無気力ヒーラーは逃れたい

登場人物紹介
レオラム・サムハミッド
頑張り屋で本来は優しい性格だが、達観しひねたところもある。
通り名は『無気力守銭奴ヒーラー』。ヒーラーとしての能力は高い。
カシュエル・フラ・ベルジュレント
国の至宝と呼ばれるほどの美貌を持ち、聖君と呼ばれ魔力は世界一と噂される。
レオラムに並々ならぬ執着心を抱くが……

カツラギ　ミコト
異世界から召喚された聖女。
恋愛脳で面食いのため、カシュエルに一目惚れする。
メイソン・エバンズ
国の宰相かつ伯爵であり、
若くしてその地位に昇りつめた実力の持ち主。
第二王子の能力を誰よりも評価している。
アルフレッド
美形で勇者の絵姿は王都で大人気。
自らのパーティを抜けたレオラムに
何かと構ってくる。

プロローグ　聖女召喚とヒーラー引退

ぐるりと大きく描かれた魔法陣。

そこにはさっぱり読めもせぬ古代語が書かれているそうで、魔法陣に向けて魔力を注ぐべく神官たちが周囲を囲み、この国最大の魔力の持ち主である第二王子が最後の詠唱をした。

天井は女神の庇護《ひご》を受けるべくぽっかりと丸い穴が開き、そこにぴたりとはまるように満月が見えている。

月の女神ルナの力が注がれ、魔力を外に逃さぬよう魔法陣に淡い光が届く。

中心から離れれば離れるほど、闇に溶け込み顔は見えなくなる深夜。

ジジジッ、ジジジッ……

蝋燭《ろうそく》の炎がゆうらりと揺れ、いかにもこれからですよという空気が流れる。

俺、レオラム・サムハミッドは厳《おごそ》かに行われる儀式の隅っこで、雰囲気って大事だよなぁっとささくれだった気持ちを抱えたままじっと魔法陣を眺めた。

いい歳をした大人が身体を折りたたみ一心不乱にぶつぶつ唱える姿は、側《はた》から見て滑稽だ。

聖女召喚。このたび、魔王討伐に向けて勇者一行の治癒士《ヒーラー》として異世界の少女を呼び出しているところだ。

俺はこの一年間勇者パーティのヒーラーとして活動をしていた。彼らと活動できるくらいなので実力はそこそこ。

ただ、聖女は類《たぐ》い稀なる力があると伝えられ、魔王が勢力を伸ばしてきた今、聖女の力が必要とされた。つまり俺はお払い箱。

それについて、特に問題はない。むしろ大歓迎だ。

そもそも、ここに嬉々として参加しているわけではない。できることなら宿に帰って眠りたいのだが、無理矢理連れ出されてなぜか強制的に参加させられた。

だからといって、歓迎されてもいない。勇者たちも体裁を整えるためにしぶしぶ連れてきたのだろう。

お互いしぶしぶ。だから、俺もその態度を隠すことなく邪魔にならないように隅っこで大人しくしていた。

連れてこられたまま、あとは知らんとばかりに放っておかれ、成り行きで見守っているにすぎない。

早く終わらないかなと思わず漏らしそうになった溜め息を呑み込みながら、ぼんやりと中心に立つ人物を見つめる。

このような特別な場でないと、じっと視線を向けることは不敬にあたる高貴な方。

この中で一番魔力の消耗が激しくつらいはずなのに、その表情は一切歪《ゆが》むこともなく泰然としていた。

長い襟足を一つにまとめた銀髪の第二王子の姿は、美しすぎる美貌とこの独特の空間と相まって神のようだ。

その王子を中心とし集められた周囲も、おいそれとお近づきになれない方たちばかり。

やはり場違いにも程があるよなと、どこか他人事のように感じる。

この儀式の場に萎縮《いしゅく》しつつも、緊張感が長続きしない。

「はぁ」

俺はこそっと溜め息をついた。

誰も自分など気にはしていないが、万が一このような場で溜め息をついているのに気づかれたら大変なことになる。

全く興味がないわけではないが面倒でしかなく、本来ならば今頃はと考えてしまう。

——絶対、ぜぇ～ったい、終わり次第速攻帰る！

今夜は密かに一人でお祝いをするつもりだったのだ。

なのに、こんなところに連れてこられて人数合わせのためにいるだけなんて無意味な時間だ。

問題を生じることなく少しでも早く帰るにはと思考を巡らせようとしたその時、カチリと歯車がはまった音が脳内に響く。

何事かと周囲をうかがうと、周りも同じように異変を感じ取ったようで顔を見合わせたり首を傾げたりしていた。

「集中」

第二王子の声が響き、魔法陣へと込められる魔力が強くなった。

さすがの俺も、その光景に目を奪われる。

誰もが固唾《かたず》を呑み見守るなか、魔法陣を囲むように空気の道ができていくのが見えた。

次第にそれは大きく波動し、側から見ていても二層の違った空間ができあがっていく。それが互いに拮抗しながら光が集まり、目を開けていられないほどの明るさになった。

「「「「わぁ～」」」」

歓声が上がるなか、眩《まばゆ》いほどの光が降り注ぎ次第に薄れていくその中央に一人の少女が現れた。

白い光に包まれし聖女。ルナの加護を受け、この世界を救う力を持つ最強の聖女《ヒーラー》。

第二王子が「お待ちしておりました」と恭《うやうや》しくお辞儀をした。それに倣い、儀式を執り行っていた神官や貴族たちも頭を下げる。

異国の衣服を身につけた少女は伝承通りの黒髪黒目。白い肌に細い腕、驚き見開かれた瞳は涙で潤み、はくはくと戸惑いを伝える唇はぷるっと艶やか。

この世界の女性よりも華奢《きゃしゃ》な彼女は、この場にいる者たちの保護欲を掻《か》き立てる。

「えっ、ここは……？」

「この世界は聖女様がおられた世界と異なります。ここは世界《アージ》と申しまして、二十八ある国の一つであるベルジュレント王国です。あなたさまのお力をお借りしたくお喚《よ》びいたしました。どうかお力を貸してくださいませんか？」

「……ベル、ジュレント？　えっ、さっきまで橋を渡ってたのに……。えっ⁉　聖女って何？　その、あなたは？」

おずおずと聖女が訊《たず》ねると、ゆっくりと王子が彼女に近づいた。

「失礼いたしました。私はこの国の第二王子カシュエル・フラ・ベルジュレントと申します」

「第二、王子？」

「はい。あなたさまは聖女として召喚されました。こちらに来られたばかりでさぞかし混乱されているかと思います。まずは聖女様が落ち着かれる場所に移動していただき、その後に王より話がありますのでその際にご質問をどうぞ。我が国は聖女様を決して不当に扱いませんので、待遇などの心配はご無用です」

「……はあ」

流れるようなカシュエル殿下の説明に圧倒されるように、聖女様は戸惑いながらも頷《うなず》いた。それを見て、俺もほっとする。

パニックやお怒りになれば、魔王退治に参加してくれない可能性がある。

まあ、あまりのことにまだ頭が働いていない可能性はあるが、騒がないだけ話が通じる相手だと思いたい。

彼女が魔王討伐に行くことは最終的には絶対なので宰相あたりが言いくるめるだろうが、揉めれば揉めるほど時間が取られる。

それは互いに無駄でしかないので、双方気持ちよくことが進むのが望ましい。

「おわかりいただけたでしょうか？　聖女様」

「あっ、はいっ！　あの、聖女というのは慣れなくて名前を呼んでいただけるほうが」

「そうですか。それでしたらお名前を教えていただけますか？」

「カツラギミコトと言います。下の名前がミコトです」

「ミコト様ですね。どうぞよろしくお願いいたします」

にこっとカシュエル殿下が微笑むと、ここからでもわかるくらい聖女はぼふんと顔を赤らめた。

それからわたわたと服を整えぶつぶつと聖女が何か言っているようだが、小さな声はここまで聞こえない。

ちらちらと王子を見ては顔を赤らめてと繰り返し落ち着かない様子で、王子が主に話しているからでもあるが、その美貌しか目に入っていないようだ。

――うーん。聖女様は少々……、かなり面食い？

確かにカシュエル殿下は誰もが認める美貌の持ち主だ。

だが、この状況でも見惚《みと》れる余裕があるのなら、ある意味肝が据わっている。魔王討伐も問題ないかもしれない。

勇者一行も顔はいいし俺以外には対応は良いはずなので、そちらの面でも聖女に魔王討伐の参加をお願いするにあたって良い条件となりそうだ。

聖女がこの場に降り立ったその瞬間から、彼女は女神ルナの使いとして侯爵の庇護《ひご》が与えられることが決められていた。話を漏れ聞く限り、ダルボット侯爵家の養女となるようだ。

異世界の少女もまさか召喚されてすぐ、侯爵家に迎え入れられるとは思ってもいないだろう。

というか、王族が保護するものと思っていたのだがそうではないらしい。しかも、公爵家でもなく侯爵家。その辺は大人の事情というものがありそうだ。

ダルボット侯爵家は力がある貴族なので、ある意味これも保護ということなのだろうか。

高位の方の考えていることはわかってもわからなくても一緒か。自分には関係のないことだと考えるのをやめ、俺は中央へと視線を戻した。

「ご不安は多くあるかと思いますが、まずお話を聞いていただけないでしょうか？」

「話……、えっ、ちょっと本当にここは異世界？」

王子の説得は続いている。そして、聖女はやはり現状を理解しきれていないようだった。

現在、誰もが視線を彼女とこの場の最高指揮権を持つ王子へと注いでいた。

この国の王族は皆美しく、特に第二王子はこの国の至宝とも呼ばれて次元の違った美しさを誇る美貌の持ち主であった。

そして、王子がこの国に施している魔法によって多くの命が助かっているのが現状であり、王子の功績あって発展した分野も多くある。この国になくてはならない人だ。

「話を聞いてくださるのでしたら、まず冷たい地べたではなく柔らかい場所に座っていただきたい。どうかこの手を取って一緒に来ていただけますか？」

「わかりました」

混乱しながらも目の前の銀髪の美青年に目を奪われているようで、王子に促されるまま頷《うなず》いた。

そろそろとカシュエル殿下に手を伸ばす姿はまるで催眠にかかったようだと、なかば感心しながら観察する。

間近ではないが、何度か謁見《えっけん》の際に遠くから第二王子の顔を拝見している。

離れていてもわかる血が通っていない人形のように整いすぎたご尊顔。それとはまた違った意味で、すべてを見透かすようで蠱惑《こわく》的な紫の眼差しは凶器のようだった。

一瞬視線が絡まっただけでぶるりと背筋に怖気《おぞけ》が這い上がったあの感覚を今でも覚えている。

王族を許可もなく不躾《ぶしつけ》に見るものでもないとすぐに視線を外したが、しばらく妙な感覚が残っていて忘れられなかった。

それからはどうしても謁見《えっけん》などに参加しなければならない時は、周囲がこの機に拝見と意気込むのとは正反対に、俺は視線を第二王子に向けなかった。

集まったお偉方は彼らのそのやり取りを息を凝らし見守っていたが、無事に意思疎通できそうだと見なしたのか、徐々に緊張を解いて騒ぎ出した。

「聖女様が頷《うなず》かれた」

「これで大丈夫ですね」

「ああ～、よかった。よかった」

――いやいや、魔王討伐はまだわかっていなそうだけど？

勝手にすべてが終わったと安堵しているお偉方たちに、俺は思わず心の中で突っ込む。

常々、上位貴族たちは人任せで危機感が足りないと思っていたが、その見解をガッチリ固める発言に気持ちは引き気味だ。

「我が国の悲願を」

「ぜひ、魔王を倒してください」

「カシュエル殿下はさすがでございます」

周囲も聖女の召喚という奇跡に目を奪われていた者たちも思い出したように口を開き出し、この場が一気に熱気に包まれた。

一方、カシュエル・フラ・ベルジュレント殿下は、聖女召喚という大それた儀式を終えたというのに何事もなかったかのごとくスマートに聖女をエスコートした。

カシュエル殿下が彼女とともに広場から辞す。

一世一代の成果を上げ、魔力を盛大に消費したにもかかわらず、姿勢の良いその後ろ姿は貫禄があった。

さすがはこの国の聖君と呼ばれる第二王子だ。

この国から離れた小国の王族の次女であった第二妃である美貌の母親の容姿を受け継ぎ、大国の姫であった正妃を母に持つ兄の王太子を常に立てている。さらには持て余すほどの魔力でこのベルジュレント王国のために多大な貢献を二十三という歳で成し遂げた。

そんな聖君と聖女の姿に見惚《みと》れる者多数。

あまりにその姿が絵になるので、ゆくゆくは第二王子に聖女をあてがえば、いまだ婚約者も決めぬ王子の身辺は落ち着くだろうと考える者がいそうだ。また、年頃の独身の身内がいる者は、我が血族をぜひ嫁がせたいとその瞳がギラッと光らせる。

しかし噂では、カシュエル殿下はすでに心に決めた人がいるという話だ。

国への貢献はそのためのもの。その方以外添い遂げる気がないとの意思表示だと言われていた。

実際、ここまで力を示した殿下に歯向かったりその力を失ったりすれば、国として痛烈な打撃になる。なので、第二王子への対応はとても慎重になった。

多大な成果を示し周囲を黙らせようとするのは、お相手によほど身分差があるのかもしれない。

それと同時に、召喚の儀式に熱心であったあたり、もしかしたらご執心の相手はこれから呼び寄せる聖女なのではとも噂されていた。

どちらもあくまで噂だ。

どのみち聖女をこの国で囲うことは前提としてあるので、第二王子が絡んでも絡まなくても扱いは丁重になる。

とりあえず、実際の年齢や見た目や気質もわからぬため、どっちに転んでもいいように、王家ではなく侯爵家の養女とするのが落とし所としてよかったのであろう。

ダルボット家になるまでも、それはそれはいろいろあっただろうことは推測できる。

そこまで考えて、なるほどと納得すると同時に、そういったことにはよく皆頭が回るなと感心もする。

そんな渦巻く思考を理解すると、神聖な場が一気に淀むようだ。

ヒーラーとして思惑が入り交じった空気に敏感な俺は静かに溜め息をついた。その際に長めの前髪が視界の邪魔をする。

俺は茶色の髪に茶色の瞳、どこにでもあるような凡庸《ぼんよう》な顔立ちだ。

特に悪くもない顔だとは思うのだが、いかんせん周囲がなんとも派手なので余計に地味平凡に見えるらしい。

そのせいで俺をよく思わない輩に不釣り合いだと絡まれうんざりしていたが、これでようやくお役御免だと肩の荷が下りた。

軽くはなったが、召喚された聖女を思うとあまり気分はよくない。

俺自身が解放されたという個人的なやましい気持ちがあるので主張しきれないし、もともと強く出ることのできる身分でもない。

だが、あまりにも勝手すぎないかとこの現状に思うところはあった。

俺だってこれまで命を張って頑張ってきたのだ。死戦に出たことのない彼らとは視点が違う。

この達成感に満ちた空気でおかしくなっているかもしれないが、何のために聖女を呼び出したかそろそろ現実に戻ろうぜって思う。

――おっさんら、それよりも先に魔王討伐だから！

第一章　無気力守銭奴ヒーラー別れを告げる

――魔王討伐。

そう。そうなのだ。

現在進行形で魔王が放つ魔物退治が行われ、いずれその先には魔王との戦いが控えている。

聖女が召喚されたからもう勝てる的なムード満載だが、絶対ではない。魔物のレベルも上がってきており、切迫した状態であったから聖女召喚を行うことになったのだ。

そこのところをすっかり忘れている高貴な身分の方はのんきなもので、目先の己に関わることに思考を燃やしているようだ。

この国の未来に華やぎを。そして我が一族に恩恵を。

打算的な欲が轟々《ごうごう》と燃え広がるように見える。聖女召喚が行われた神聖な場だからこそ余計に際立つ俗悪さ。

まあ、第二王子と聖女の組み合わせは国としてはありなのだろうなと、貴族の端くれなので俺も思うところはある。

王太子の正妃はすぐ懐妊され、もうすぐお子がお生まれになる。そして、二人いる側室のうちお一人も最近になって懐妊していると発表されたばかりだ。

お腹の子が男女どちらかわからないが、二人も懐妊しているのなら男児である確率が上がり、何より王太子の子を成す能力に問題はなく、この先王家の血統が途切れることはないだろうとの見解だ。

ならば、聖女の力を他国に流さずこの国に繋《つな》ぎとめるには、第二王子の妃とはいわずとも側室くらいに収めたい。あの華々しい二人が並んだことでそう考えた者も増えたに違いない。

——ああ、よくやるよ。

第二王子の意思を尊重するふりをしながらまるっと無視して、周囲が勝手に暗躍しているだけだが、王侯貴族というものはそういうものだ。

外堀を埋《う》められたほうが負けの世界。

だから、第二王子も頑張っているのだろうと思うと健気にさえ見えてくる。

もっとも、この国で誰よりも怒らせてはならないのは、国王でもなく、軍事国家出身の王妃でもなく、その二人の息子の王太子でもなく、この第二王子であるカシュエル殿下だと言われている。

聖君王子が怒るところは想像できないが、それくらい第二王子の魔法の力は桁違いで、そのため周囲もあれこれ策動するのだろう。

まあ、それはそれだ。思うことはあっても、俺には関係のない話だ。

結局、対魔王に関して、戦うのは人任せなあの人たちには、ここまでやったのだからあとは頑張れよ、死んだら死んだで別の者をまた立てたらいいし、生きて戻ってきたら褒美くらいやるからなという感覚なのだろう。

とにかく、聖女召喚の儀式は無事行われ成功したが、思っていたより呆気なかった。

俺が見たところ、同じヒーラーとしては異次元な力をお持ちのようだが、どのように反映されるかは実戦にならないとわからない。

巨大な敵に立ち向かうには、ヒーラーの有無と実力は非常に大事なこと。

異世界から召喚された少女はこれからこの国のために活躍してもらう代わりに、国賓として迎えられるため、今頃は待遇の説明をされているはずだ。

混乱しているだろうし、勝手に連れてこられてかわいそうではあるが、こうなったら運命として諦めてこの国で幸せになってもらいたいものだ。

俺の代わりとなってもらう聖女には悪いが、本当に面倒だったんだ。歓迎もされていないところで働くのは苦痛でしかないし。それでも耐えてさ、仕事はちゃんとしたよ。

契約期間は一年、もしくは聖女が現れるまでだったからこれでおしまい。

ちょうど今日で一年。そしてその日に聖女が現れた。

聖女には申し訳ないが、解放されて俺的にはすごくスッキリした。

しぶしぶここに来たが、成功した今は見届けることができてよかったと思う。

――うん。長かった。この一年、ものすごーく長かった。

こんな下っ端の自分が聖女の行く末を心配したところで何も変わらないし、後のことは関係ない。

なんてったって待ちに待った聖女降臨だ。周囲が丁重におもてなしをするはずだ。

気持ちを切り替え、さあ、帰るかと俺は歩き出した。

来る時はげんなりして通ったものだが、今はあの扉が新たな門出に見える～なんてちょっぴり感動した。

少し浮かれているかもと客観的に判断しながら口元を緩め、出口に差し掛かったところでぐっと右肩を掴《つか》まれた。

「待て」

「何ですか？」

やっぱり絡まれるのかとげんなりしながらゆっくりと振り向き聞き返すと、勇者に苛立ちのこもった眼差しで睨まれた。

射貫くような鋭い眼光はさすが勇者。たくさんの魔物を退治したその手にぎゅうっと力が入り、ミシッと肩が鳴る。かなり痛い。

痛みに顔をしかめてしまったが、文句は言わない。俺はきゅっと唇を噛んで我慢した。

勇者一行の中でも俺への仲間意識は底辺。ないに等しく、底を突き抜けて穴に埋まっているかもしれない。

パーティの中で一番の実力者である勇者に逆らうのは、かえって扱いが酷くなり文句が長くなるため何もいいことがない。

契約には金銭が伴っており、いわば、勇者は俺の雇い主。それも今日で終わる。

そうだ。これで最後だと、俺は勇者のアルフレッドをじっと見つめた。

絡まる視線。

そういえば、こうやって勇者をまっすぐに見るのは初めてだなと思いながら、その美しく輝く青の瞳を視界に捉える。

普段は俯《うつむ》きがちでろくに視線を合わせずに淡々と働いていたので、勇者だけでなく人と視線を長く絡ませることはほぼない。

まじまじとこんな顔でこんな瞳をしていたのだなと眺めていると、こくりと喉を鳴らした勇者が、ちっと舌打ちした。

「これでお前は用なしだな」

「そのようですね」

それを言いたくて来たのか……。お暇なことだと呆《あき》れる。

そう思っていることが態度にも出ているようで、俺のふてぶてしさが気に入らないらしい勇者は、ぎりっとまた肩を掴《つか》む手に力を入れてきた。

――だから、痛いんだって。馬鹿力っ!!

そっと払おうと手を置くと、ぴくっと身体を跳ねさせた勇者はばっと嫌そうに自分の手を離した。

そっちから触ってきてその反応、本当になんなんだ。

勇者はいつもこうだ。自分勝手に接触してくるくせに、今のようにこちらからの意思で接触すればひどく嫌そうな顔をする。

顔も見たくなくて触られたくもないのならヒーラーを代えればいいのに、抜けることに関しては最初に契約したからと許可が下りない。

だから、仕方なく一年働いた。仕方なくであったが、役割はしっかりこなしたつもりだ。

その間に、聖女早く来ないかなぁなんて思ってはいたが、最終的に契約も終了された。

先々、勇者パーティに最大のヒーラーが加わることになったので、後腐れもなく非常にいい終わり方だろう。

そもそも、勇者がそういう態度なので、仲間も俺をいいように扱った。

こちらはヒーラーなので何か起こった場合に治療してもらえないと困るからか、実際に暴力があったわけではない。

ただ、召使いのように雑用を押し付け、些細《ささい》なことでも嫌味を言い、それ以外はただただ空気みたいな扱いをするだけ。

でもそれは人としての尊厳を奪い、俺にとって苦痛の日々だった。

ふぅっと息を吐き出し、自分を無理やりここに連れてきた勇者一行を静かに眺める。それから、最後にもう一度勇者へと視線を向けた。

勇者の金の髪、青い瞳の絵姿は王都では大人気だ。

魔王討伐後は爵位も譲渡されるとあって、身分に関係なくモテモテのモッテモッテの青年だ。年齢は二十一歳。

俺にはこんな態度だが、普段は紳士で剣を振るう姿は荒ぶる鬼神のようだとギャップがまた人気に拍車をかけているのだそうだ。

勇者に優しさを向けられたことのない俺にはわからないが、もし彼と争いになるなら誰もが勇者の味方をすることは容易に想像がつく。

だから、俺もできるだけ刺激しないように、息をひそめるようにパーティについていた。

「ちっ。もう少し悔しがれよ」

「アルフレッドの言う通りだな」

勇者の言葉に、銃使いが嫌そうに賛同する。ぐっと眉間にしわを寄せこちらを睨みつけ、気に食わないと態度ではっきりと示してくる。

俺は小さく息を吐き出し、なるべく声に感情を乗せないように努めた。

「聖女様が降臨されたのでしたら、彼女の加入は誰が見ても最善です。それこそ、勇者様ももっと周囲と同じように喜ばれたら」

せっかく聖女が無事召喚され、いつかくる魔王退治に希望が見え始めたのにあまり嬉しそうではなく、こんな時でさえ自分に絡んでくる勇者にそう告げる。

「お前はいつもそうだな」

腹立たしげに言われ、俺は首を傾げた。

一応、礼節を持って接しているつもりなので、これ以上を求められても困る。

「アルフレッド、こんなヤツ放っておいたらいい。どうせ今日でおしまいだ」

「…………」

「そうですね」

勇者が黙り込んだので、代わりに俺が頷《うなず》くと勇者一行全員に睨まれた。

「最後まで可愛げがない」

「それはすみません」

淡々と心にもない謝罪を述べると、剣士がぎろりと俺を睨んできた。

接近戦の多い剣士は怪我が多く、こっちはお前何回治してやったと思っているんだと文句の一つも言いたくなるが、勇者に憧れている彼は俺がとことん気に食わないだけなのだ。

こちらは勇者にぞんざいに扱われているのに、剣士の目からすれば構われているのに懐かない可愛げのないガキなのだそうだ。きっと興味もないから俺の年齢を知らないのだろう。

本当、よくわからない。憧れは瞳を曇らせる典型的な例だ。

あと、同世代の相手にガキと呼ばれるのも腹が立つが、俺は百六十五センチと小柄で勇者一行の男性陣は百八十センチを皆超えている。魔導士である唯一の女性も俺より高いので、余計に幼く見えるらしい。

それに、可愛げと言われても本気で困る。

そちらが攻撃的なら、ひ弱で後ろ盾もないこちらは受け流すしか選択肢がない。

可愛げを出す以前の話であって、剣士も意味がわからないことで文句を言ってくるが、こちらは仕事だと割り切っているので無視をする。

反論すればさらに反感を買うのは目に見えているのだから、そのほうが穏便だ。

それさえも気に食わないと言われれば、俺にはもうどうしようもなかった。

だから、報酬さえもらい生きて帰れたらそれでいいと割り切り、俺はこの一年頑張ってきた。

それに対して文句を言っていたようだが、考えを述べても突っかかってくる相手に何を言えというのか。どんな反応をしてもきっと同じなのだ。

年が明け、春が来たら彼らは魔王討伐に行く。自分は聖女が召喚されるまでの繋ぎ。万が一、召喚が失敗した時の代換品であったことを十分理解しているのに、悔しい気持ちなんて湧くはずもない。むしろ、ほっとしている。

本物が来たのなら、偽物《じぶん》は速やかに撤退するのに何が気にくわないのか。

最後までわからない勇者一行の絡みに、俺はゆっくりと眉を寄せた。

勇者は剣士を諫《いさ》めるでもなく、ふんと鼻を鳴らし、眉間にしわを寄せて俺を見る。睨まない視線以外は初めてで、ぱちぱちと瞬きをして相手を見上げた。

「金はいつものところに入れておく」

「ありがとうございます」

変に絡んでくるのに、契約、契約というだけあって最後まで約束を違《たが》えない勇者。

こういうところは信頼できるなと素直に礼を述べ深々と頭を下げると、また周囲が文句を言う。

「結局、金かよ」

銃使いがバカにしたようにそう告げると、これ幸いと便乗する仲間たち。

「わかっていたことじゃない」

「ヒーラーなのに慈悲もないなんて」

追い出したがるくせに、離さなかったのはあんたらだろうと言いたかったが、今日で終わりなのにこれ以上絡むのは疲れるだけなのでやめておく。

それにお金は大事だよ？

結局、何をするにも先立つものが必要なのは誰でも知っている。

勇者のおかげで大分稼がせてもらった。

「そうですね。お世話になりました」

不当な扱いを受けていたが、命を守ってもらった。

ヒーラーの自分が倒れたら、強い敵に出くわした時に不利だからだとしても、戦闘中の彼らは優先して自分を守ってくれた。それには感謝しているのだ。

心を込めて、感謝を。

あなた方が守ってくれたから、早くお金も貯まった。勇者は金払いが良かったから、こうして自分は足枷《あしかせ》を取ることができたのだ。

そして、これからはヒーラーとして戦いにいく必要もなくなる。

俺は心からの謝意を込め、真摯《しんし》に彼らを見つめた。

途端、はっと黙り込む彼らは自分に対して態度が悪いだけで、悪い人たちではないと知っている。

命と隣り合わせの道中、何度も一緒に危険をくぐり抜けてきた。

嫌いだけど、憎いわけではない。

だから、あまり真正面から人に見せることのない瞳を晒《さら》し、これが最後だと小さく微笑んだ。

「では、さようなら」

今まで、命を守ってくれてありがとう。

お金をくれてありがとう。

そして、さようなら。


俺は静まり返って反応をよこさない勇者パーティにもう一度頭を下げると、くるりと踵《きびす》を返し扉をくぐった。

ようやく、自分の好きに生きられる。

ようやく、今日で解放される。

聖女召喚を眺めつつ、あれやこれやと分析しながらも、俺の気持ちはずっと高揚していた。この日が来ることをずっと待ち望んで生きてきた。

「やっとだ」

仕方がないと思っていてもしんどかった日々。

つらく当たられて、ふとこのまま消えてしまいたいと思うことはよくあった。

助けてもらいながら、そのまま魔獣に襲われて死んでいたほうが楽だったかもと罰当たりなことを考えた時だってあった。

自分は嫌われ者の厄介者。

ここ最近の自分の評判は正直よくないのは知っている。

俺の通り名は『無気力守銭奴ヒーラー』だ。

知るかっ！　とは思っているが、まあそんなもんだろうなと受け止めている。だから彼らに反論するつもりはない。

実際、お金が必要だったから金払いのいい相手と組んだ。期間が終了したらまた新たに報酬と契約条件がいい相手と組み直し、最終的に勇者一行のところに入っただけのこと。

今までの相手との関係を簡単に解消して金を優先するその事実《こと》が、周囲には慈悲もない守銭奴として映ったのであれば、実際お金が大事であったのだからそれでいい。

契約履行は果たしているのだから、周囲がどれだけ何を言おうとも双方の問題だと思っている。

思ってはいるが、パーティを渡り歩くようなタイプは性格に問題があると見なされる。

それがわかっていても、後々不利になると理解していても、スタイルを変えなかった。

課せられた仕事はこなしてきた自負はある。

それなりに腕があるから、途切れることなくパーティを組むことができた。じゃないと、勇者一行の目に留まることもなかっただろうし。

ただ、無気力と言われることに関しては、本気で意味がわからない。

本当に無気力な者は、冒険者なんてしない。

守銭奴に関しても、別に贅沢をしたくて金に執着しているわけではなく、金が必要だったから自分の力を少しでも高く買ってくれる相手と契約していただけだ。

現に危険度の高い勇者たちのパーティに入ったのも金払いが一番良いのと、一年、もしくは聖女が召喚されるまでの期限付きだったからだ。

途中、扱いにストレスを溜めまくって、何度か抜けたいと勇者に願いでたけれど、目標を達成した今となっては理不尽な引き止めはありがたかったと思うようにしている。

そうなんだよなっ。

結果として、予定よりは多めの金額を稼げたのは彼らのおかげだ。

もめるのが嫌で人知れず出ていくつもりだったが、最後にちゃんと礼を言えた。

俺は根が真面目と言えば聞こえがいいが、後腐れができるのは嫌だし、どうでもいいと思いながらも後々引きずるタイプだ。

なので、しっかりと幕引きできたのはちょっぴり気分がよかった。

明日から、いや、今からいいことが待っている。

今まで頑張ってきた自分にそう言い聞かせ、一歩一歩軽い足取りで回廊を歩いた。

月の明かりが足元をかろうじて照らす。

さぁっと風が通り、広く開けた空間。

昼間なら宮廷庭師が丹精込めて世話をしている美しい花々が見えるが、あいにく今はその風景の確認は叶わない。

視線を上げると、丸いお月さまがこちらを見ていた。

心の中で両手を重ねる。

――月の女神ルナ。解放してくださったあなたに感謝を。一生ついていきます！

とにかく、今はここから早く去りたいので後でしっかりお礼申し上げますと心の中で挨拶をし、じんわりと浸りながら敬虔《けいけん》な気持ちで歩いていると、背後から鋭い声で名を呼ばれる。

「レオラム！」

——あっ、ああ～、もうっ！　……勇者、まだ絡むのか。

俺はきゅっと唇を一度噛み、俊敏な動作で行く手を塞《ふさ》いだ勇者を見上げた。

月の光に照らされこちらを見る青い双眸《そうぼう》には、軽い苛立ちと怒りが透けて見える。

今までなら、それに萎縮《いしゅく》してすぐ逸らしていた。

だけど、これ以上イラつかせては駄目だと思っていた瞳を隠す必要はない。契約者でもないので配慮する必要もない。

それに王都から離れて戻るつもりもないから、今さらどう思われてもいい。

俺はゆっくりと息を吸い込むと、静かに告げた。

「もう帰りたいのですが」

「これからの予定は？」

「なぜ、勇者様に教えなければいけないのですか？」

こっちは引きこもる気満々だ。やることやったら田舎の地でしばらくはのんびり過ごす予定だ。

「やめるのか？」

「そういう契約でした」

「また契約するつもりは？」

は？　契約？　何を言っているのだと、猜疑心《さいぎしん》で声が低くなる。

「誰とですか？」

「俺と」

「聖女様がおられるのに？　必要ないですよね？　それにほかの方が反対すると思います」

というか、勇者も俺のこと嫌いなんだよね？　なのに、また誘うってどういう了見だろうか？

今日の勇者は変だ。いつもと絡み方が違う。

「なら、ほかのところに入るのか？」

「行く予定はありません。もともとギルドに登録した時にこの日までと決めていました」

そう告げると勇者の青の双眸《そうぼう》はくっと見開き、驚いたと口を開いたまま停止した。

普段隙のない勇者の間抜けな姿は、彼の容姿がカバーしてちっとも威厳が損なわれない。

つくづく美形って得だよね、となぜか周囲の美形率が高い俺は嘆息する。

気を取り直した勇者が、さらに俺に近づき見下ろしてくる。

威圧感を覚えながら頷《うなず》くと、勇者はぐっと眉を寄せた。

「……この日まで？　金は？」

「えっ、勇者様払ってくれますよね？　えっ、俺、ちゃんと働きましたよね？」

「それは払う。これからどうするかを聞いてるんだ」

「どうするって……」

言われてもなぁ。詳しく話す気もないし義理もない。

なぜこのような反応になるのか不思議に思い、軽く首を傾げる。

俺になんて興味がないのに、いろいろ知りたがりの勇者。

意味がわからないなと思いながら、今日で最後だしなぁっと珍しく相手の出方を待った。

珍しく。そう、いつもは適当に流す俺にしては珍しく相手を待った。

これがこの後にどう関係するかなんてわかりはしない。

後々、悔やむことになるなんて、この時の俺にわかるはずなんてない。

俺にとっては、少し先のことに浮かれていただけ。

解放された喜びに、態度が綻んだだけ。たったそれだけのことだった。

俺を相手にする時は、必ずといってていいほど不機嫌を漂わせる勇者の気配がいつもと違う。

戸惑いを含みつつ、不機嫌だけどどちらかというと拗《す》ねているように感じた。

「言えないのか？　もしかして何か悪いことでも？　いつも身なりは質素だったしギャンブルや借金が理由の逃亡ではないよな？」

「失礼ですね。ギャンブルなんてしたことはありませんし、それなりに蓄えもあります。あと、勇者様に話す必要はありません」

そう切り捨てると、明らかに勇者から怒気が放たれた。

獣が一気に狙いを定めたような圧に、ぐっと歯を食いしばる。

「レオラム」

鋭い声にはあっと大きく息を吐き出し、どうして話さないといけないのかとおざなりに告げた。

「日付が変われば十八になります。つまり法的に成人するので、できることが増えるでしょう？

そのためにはまず先立つものはお金ですからしっかり支払っていただかないと」

「誕生日？」

この国は十四歳でギルドに登録でき、一人で生活できる術《すべ》を持てる。だが、一人前の大人と見なされるのは法的に定められた十八歳だ。

親や親族の庇護《ひご》下から外れ自由に行動できるし、その権利を主張できる歳となるのだ。権利の主張と同時に責任がのしかかるが、待ちに待った年齢。

「ええ。これ以上は言いません。それに勇者様には関係のないことですので」

お金に反応するかと思えば、誕生日に反応した勇者を訝《いぶか》しく思いながらも、俺は話を切り上げるように言い捨てる。

むっ、と明らかに機嫌を悪くした勇者がじろりと睨んできたが、俺は言葉通り関係ないよと涼しい顔で見返した。

「でも、さっきは少しって。……あと、十八だと？」

納得いかないと猜疑心《さいぎしん》を滲ませた声のトーンが最後は上がり、勇者は眉間にしわを寄せた。

それからじろじろと俺の全身を上から下へと視線をやって、嘘だろとばかりに目を見開く。

小さいのは自覚しているが、改めて反応されるとムカつく。

「何かおかしいところでも？」

「ああ、いや、悪い。そうか……、普通そうだよな。経歴を考えるとギルド登録できる十四から活動していたということか。ん、法的に成人とは？」

「そこはどうでもいいでしょう」

今さら、こちらの事情を知ったところで関係ないだろうと、勇者を静かに見つめた。

これで最後という思いは気を大きくさせるようだ。自分と違ってがっしりした勇者の体格はいつも怖かったが今はもう気にならない。

……嘘です。気にならなくはないが、前ほど怖くはないかなって思った。

威圧するように不機嫌をぶつけられると、いつもならびくっと身を竦《すく》めていたが、今夜は身体が反応しない。

病は気から。なるほど、己で体験して納得する。

どうしても反応する身体。

幼い頃に染み付いたそれだったが、パーティからの解放とあと十数分で成人する事実が気を強くしたようだ。それとも、数々の魔物との戦いのせいか。

文字通り屍《しかばね》を越えて俺は今こうして生きている。変わらないほうがおかしいし、いつまでも幼い頃のままではない。

――わかっていたようで、わかっていなかった。

どうにかしたい気持ちがなかったわけではないが、ずっとそのこと《過去》に気づかないふりをして避けていた。

だけど、思ったより自分は大丈夫だったようだ。

これなら相手をはっきりと視界に入れ視線を合わせても今までのようにびくつくことなく、多少は胸を張って生きていけるだろう。

図らずも、勇者がまた現れたことで知れた。

嫌っていても、嫌われていても、勇者というヤツは多少なりとも人を救うらしい。

嫌いは変わらないけれど、俺の中で勇者の存在価値が少しばかり上がる。

まじまじと勇者を観察していると、するりと冷たい何かが俺の目を隠した。

「ひぃっ」

気配もなくされたことに、情けない声が漏れる。

——何？　いや、これは手だ。勇者は目の前にいるのだから勇者ではない。なら誰の？

広い草原のような爽やかな香りのなかに、かすかな甘い匂いがする。

嫌な気配ではないので抵抗するのを忘れパシパシと瞬きを繰り返しながら、己の現状をじわじわと把握していると、後ろにいるであろう人物がくすりと笑った。

それに対してぞわぞわと悪寒のようなものと、全神経が背後に引っ張られる感覚がした。

強烈だった。抗《あらが》い難い重力のように必然と引き寄せられていく。

あまりのことに俺は身体を強張らせた。

さっきから冷や汗が止まらない。鼓動もドキドキと忙《せわ》しない。

視界が塞《ふさ》がれているから悪いんだと知らぬ手に自分の手をかけ剥《は》がそうとしたら、ふふっとくすぐるように笑う気配とともに耳元でささやかれた。

「そうだよね。話さなくていいよ」

ビクゥッと身体が跳ねる。

鼓膜に男性の声がとろりと甘く響く。肌が、神経が、ぞわぞわと落ち着かない。

「殿下」

勇者の声が相手を示す。

見えないけれど、目の前で勇者が跪《ひざまず》く気配。

身分の高い相手が現れたらそうするよなぁ、ではなくって。

「……でん、か?」

信じられない思いで、俺は勇者の言葉を繰り返した。

第二章　聖君殿下と戸惑うヒーラー

でんかって、殿下？

今日この時をもって王宮内とはいえ離れたこの神殿にいる殿下と言えば、さっきまで聖女と一緒にいた第二王子のカシュエル殿下しかいない。

えっ？　これどういう状況？

どうして自分は視界を塞《ふさ》がれているのだろうか？

「そうだよ。レオラム」

「……えっ？」

名前……。名前を呼ばれたっ!?

本当に王子がこの場にいるのなら、突っ立ったまま混乱している場合ではない。

すぐさま勇者と同じように跪《ひざまず》こうとしたが、「ダメだよ」とまた耳元でささやかれた。

その際に熱い吐息が触れ、俺はぷるりと小さく身を震わせた。

うわぁーと内心パニックになりながら、自分の身体の反応は後回しにする。

それよりもだっ！

——なっ、何が起こってる？？？？

「殿下が、……どうして？」

今頃、聖女と一緒にいるはずの第二王子が、なぜか自分の名を呼びここにいる。人違いという線はそれで消されてしまい、雲の上のような方に触《ふ》れられている現実が追いついてこない。

あまりのことに何度か瞬きを繰り返し、そのたびに睫《まつげ》毛が手のひらに触れる。

ごつごつしているわけではないが硬い手は武術を嗜《たしな》む者の手であり、騎士ほど鍛えなくとも魔法を得意とする王子ならではのものだ。

「用事を済ませて戻ったらレオラムの姿がなかったからね。そう遠くには行っていないとは思ったけれど、追いついてよかった」

ああー、やっぱり名前を呼ばれている。

どうやら第二王子は俺を捜しにきたらしい。

「そう、ですか。お手を煩わせたようで申し訳ありません」

捜される理由の見当もつかないが、先ほど神のようだと感じた第二王子自ら足を運ばせてしまった事実に冷や汗が止まらない。

俺は剥《は》がそうと上げた手を震わせながら、ゆっくりと下ろした。

「レオラムならさっさと帰ろうとすることも視野に入れておくべきだったが、実際こうして捕まえられたから問題ないｨ」

「そうおっしゃるのでしたら……」

そのあとの言葉が続かない。

あと、ずっと目元を手で覆われたままでどのような対応が正解なのか？

そこまで強い拘束ではないのだが、跪《ひざまず》くことを許してもらえず、かといってこのまま棒立ちというのは心臓に悪い。

高貴な方とはずっと無縁の生活だったので、自分のどの言動が相手の逆鱗《げきりん》に触れるのかわからず縮こまるしかない。

そもそも、勇者パーティに所属していたが、無気力ヒーラーなんて呼ばれてほとんどの人が自分の名前を知らないはずだ。

なのになぜ、公の場で名乗るようなこともなかった自分の名前を殿下が知っているのか？

どうして自分は背後を取られて目隠しされているのか？

疑問ばかりが頭を巡り、先ほど奇跡を起こした相手に粗相があってはいけないという気持ちが強くて、わずかに身体が震えだす。

「そんなに怖がらなくていいよ、レオラム。大丈夫だから。すぐに取って食おうというわけではないからね」

「…………」

言い知れぬ不安から王子の言葉を正確に聞き取れなかったが、危害を加えるつもりはないとの言葉にわずかながらに息をついた。

だけど、王族にどのように声をかけていいのかわからず、依然として固まったまま動けない。

「これからは危険なところにレオラムが出向かない。それだけ決まっていたらそれでいい」

「どういう、意味でしょうか……？」

まるで俺の現状を知っているかのような意味深な言葉に、ぎょっとして問いかける。

だが、背後にいるカシュエル殿下はくすりと笑う気配だけで、答えもなく話が進んでいく。

「レオラムは今日までとても頑張ったね。だから、ゆっくりするのはいいと思う」

「……はぁ」

何が言いたいのか。そもそも王子が自分の何を知っているのか。

常々、眩《まばゆ》くとても遠い方だと思っていた人物だということも相まって、俺はろくな反応ができないでいた。

「私もこの日のために頑張ったんだ。褒美をもらってもいいと思わないか？」

「…………？？？」

聖女召喚のために用いる魔力、胆力、頭脳、魔法のずば抜けたセンス。それとともに、陰謀渦巻く貴族たちとの駆け引き。

王子の苦労は想像でしかないが、底が見えない聖君と呼ばれる第二王子でも非常に疲れることだったのだろう。

そんな殿下がご褒美を欲するのなら、望むものを与えるべきだ。

噂を鵜呑《うの》みにするのなら、聖女か、もしくは身分違いの想い人がいて、その人と結ばれることを望んでいるのだろう。

今日の聖女召喚は第二王子がいなければ成し得ないことだ。これだけ功績を残した王子に、身分が違う相手との婚姻を望むことに誰も文句は言えないだろう。

王子の片思いだったとしても、きっと望む通りになるだろうと思える力強さとカリスマ性がある。

容姿端麗で身分も最高級な相手にこれだけ熱望されるなら、既婚者やお相手がいない限りはすぐさまほだされてしまいそうなくらい、同じ男として嫉妬よりも魅力的だと感服する人物だ。

さっき見ただけだが、少なくともお相手が聖女であった場合、すぐに陥落しそうであった。

それだけのものを第二王子は持っており、所望する権利を誰よりも有している。

そういった事実《もの》は少し考えれば誰でもわかるけれど、それをなぜ俺の背後で主張するのか。

沈思していると、カシュエル殿下の吐息が耳をかすめた。

「そう思わない？」

「…………」

「ね、レオラム」

名前を呼ばれているだけなのにすべてが支配される感覚。

それから逃れたくて慌てて口を開いた。

「……はいぃ。そう思います」

「そう。よかった」

「っ、ぅっ……」

再び俺は身を震わせ、小さく呻《うめ》く。力強い美声だとは思っていたが、耳朶《じだ》に響く破壊力はとんでもなかった。

ぞくぞくと身体中がしびれる感覚に、俺は本気で怖くなった。

ヒーラーは強い相手に力では敵わない。だから、自衛として気配に敏感だし、俺の場合はそれで何度も難を逃れてきた。

その勘が第二王子から逃げろと告げている。

まるで敵わない魔獣を相手にした時のようにびりびりと感情が高ぶり、すぐさま手の届かないところに逃げ出したいと訴えていた。

だけど、そうすれば不敬になると理性でわかっている。どうしようもなく身体が震えるが抵抗できずじっとするしかない。

辛うじて死を目の前にするような恐怖ではないので醜態を晒さずに済んでいるが、脳内で警報が鳴り響いて気が気じゃない。

「レオラム。いい子だね」

「うっ、はい」

条件反射で返事はするが、一向に考えがまとまらない。

己の危機感が狂っているのかと思えるくらい反応しているのに、今まで感じたどの感覚とも違って戸惑いがすごかった。

いろいろ気にはなるが身体の反応に構っていられない。

自分で解決できないならば、第三者にっ！

「えっと、勇者様、これは」

勇者が空気のようになりかけているが、ひとまずこの現状の打開策を求めて声をかけてみる。

そもそも勇者が俺を足止めしたせいで王子に捕まったのだから、どうにかしてくれてもいいのではないか。今日はいつもと様子が違うし、もしかしたら手を差し伸べてくれるかもと一パーセントくらいの期待はあった。

先ほどから俺の質問は何気にスルーされているので、カシュエル殿下が何を望んでいるのかわからない。無礼も働けないし謎のプレッシャーもあって太刀打ちできそうにない。そもそも王族に気安く話しかけるなんて無理だ。

縋《すが》るように勇者に声をかけると、隠されていた手が離れて目の前の視界が開けた。それと同時に視界がぶれる。

「それはダメだよ」

咎《とが》めるような低い声とともに片腕でひょいっと抱きかかえられ、俺は「ひぇっ」と悲鳴を上げた。

間近で見る美貌と、あまりにも神秘的な紫の瞳の色に魂を吸われてしまうのでないかと畏怖《いふ》の念を抱くほどの眼力に、数瞬、思考が飛ぶ。

「…………えっ？」

続いて、あろうことかこの国の第二王子に抱き上げられてしまっている現実に恐れ戦《おのの》く。

「軽いね。これからはしっかり食べてもう少し太ろうか」

「はっ？　あっと、えっ？」

「ふふっ。いい反応だ」

「…………っ」

内心では盛大に絶叫しているのに、王子の反応に対してはくはくと口を動かすだけでまともな言葉が紡げない。

俺はこれ以上ないくらいカチコチに固まった。

――うぁぁ～、何が起こっているの？

意識が遠のきそうになるなか、勇者の声で我に返る。

「殿下！」

「邪魔をするな」

勇者が焦った声を出して一歩踏み出したが、カシュエル殿下がその動きを制した。

若干苛立ちで燃えるような視線を、勇者は俺にではなくて王子へと向けた。

やっぱり今日の勇者はいつもと違う。

勇者が俺の意思を尊重しようと動いたことを目にして、複雑な心境になった。

あと、王族に向けていいような眼差しではないよなぁと心配にもなる。

だが、たとえ王子がよしとしても、子供のように抱えられ先ほどより密着している俺のこの状況のほうがやばいのではと、焦る気持ちが勝《まさ》った。

鼓動が高まりそうなのに、きゅっと締め付けられる緊張感でずっと変な汗が出ているなか、俺はそろそろと王子をうかがう。

いつも人を見上げるばかりであったが、抱き上げられているため位置的に今はほんの少し見下ろす側というのも落ち着かない。

「レオラム。気になることがあるなら私に聞こうか？」

王子は冷たい視線を勇者に向けていたが、俺の視線に気づくと覗き込むようにこちらを見てにこっと柔らかに微笑んだ。

その変化に大きく目を見張ると、ずいっと顔を寄せられる。

見れば見るほど不思議な色合いの瞳に視線が釘付けになりながら、吐息がかかりそうなほどの近さに、俺はわずかに肩を後ろへとやり距離を取った。

俺が身体を反らせたことに気づいた王子は、すぐに抱き上げている位置を変えて開いた距離を詰めてくる。先ほどより頭の位置を少し下げられ、鼻と鼻が触れ合いそうな位置に俺はひゅっと心臓が縮みあがった。

俺のどこにでもある平凡そのものの茶の髪だけが揺れ動き、カシュエル殿下の美しい銀糸の髪と重なる。

それに釣られるよう徐々に視線が王子の顔へ移動し、俺は我に返って慌てて視線を逸らした。

「どうして視線を外すの？」

「その、……不快にさせてはいけないと」

不服そうな声に、俺は肩を揺らした。

習慣的な咄嗟《とっさ》の行動であったが、その行動こそが相手の不興を買ったようで、慌ててもごもごと言い訳をする。

「目を合わすだけで？」

「……はい。瞳の色、間近で見ると少し変わっているようで」

気持ち悪いと言われていたと、続く言葉は言えなかった。

ぼそぼそと告げると、抱かれている腕に力が込められる。

言葉にするのはまだしんどい。

ここ数年はできるだけ相手と視線を合わせなくてもいいように立ち回っていたので、瞳に関して言及する人はいなかったが、長く言われてきた言葉の刃は抜けきれないままだ。

勇者たちには最後だったからどう思われてもという気持ちもあって勇気を出せたし、自分より大柄な人もさほど怖くなくなったと、自分の身体の反応にさっき自信を持てた。

そのためこれからは、自分より大きな相手と目を見て話すたびに身体が余計な反応をすることも減るはずだと踏んでいる。

あくまで希望だが、そうありたい。

今後は今までと違った意味で人の目を気にせずに生きていこうと決意しているし、冒険者となり様々な経験をしたことで、前ほど瞳の色にこだわる必要はないと頭ではわかっている。

わかってはいるが、すぐさま意識を変えて行動できるかと言われると別だ。

「見せて」

「でも……」

「大丈夫だから」

「……はい」

請われては、逸らすことが逆に不敬になる。

俺はおずおずと視線を合わせた。

カシュエル殿下の水晶のように神秘的な紫の瞳は、聡明さとともに独特の色香を放つ。

王子のひたと据えて揺るぎない視線は、俺の中に広がるすべての不安さえも見透かして奥底まで浚《さら》うようだった。

互いに互いの眼を見ることで、色が曖昧になっていく。

たった数秒がとてつもなく長く感じ、これ以上はもう限界だと感じる前に王子がふっと微笑し、わずかに視点が逸れる。

それにほっとした俺は、気づかれないように視線を下げた。

「誰がなんと言おうと、レオラムの瞳はとても美しいよ」

「…………」

どう答えていいのかわからず曖昧に苦笑を漏らすと、王子は露骨に眉をひそめ苦々しく声を落とす。

「レオラム。どこの誰が君を蔑《さげす》んだのかは知らないが、そんな者の言うことを真に受けてはいけない。私は君の瞳が綺麗だと思う」

「ほんとう、ですか？」

「ああ。だから、逸らさないで。むしろ逸らされるほうが私は嫌だ」

「うっ、……はい」

あまりにも真摯《しんし》な色を滲ませた低音ではっきり告げられ反射的に視線を上げると、まだ見ていたらしいカシュエル殿下と再度ばっちりと目が合う。

そわそわと視線を彷徨《さまよ》わせたが、じっと見つめてくる王子の視線は外れない。

観念して俺は見つめ返した。

「焦点を合わそうとすると色が濃くなるみたいだな。どちらの色も変わらず綺麗だ」

「………」

綺麗とは言いすぎだが、王子のその言葉も双眸《そうぼう》も真剣そのもので俺は反応に困った。

むずむずしながら自嘲の笑みを浮かべる俺に対して、王子はどこまでも穏やかな声だった。

ふっ、と優雅な微笑とともにこつんと額を押し付け瞳を覗いてくる。

「恐れるな。誰かが酷い言葉を発したのならば、その者はレオラムのその綺麗な瞳を直視できないやましいことがあったからだ」

俺の自信のなさを見透かし、真っ向から真摯《しんし》な声とともに見据えられ、さすがに頑《かたく》なままではいられなかった。

目の前の綺麗な人に褒められるのはくすぐったいが、からかう気配もなくはっきりと断言されて、疑うことのほうが難しかった。

「ありがとう、ございます」

ぶわっと熱が這い上がり、頬が熱くなるのが自分でもわかった。

王子と視線が合うということはつまり間近で顔を付き合わせるということで、吐息がかかるほど顔と顔が近いのも問題だ。

月の明かりの下でも輝くばかりの容姿は、生まれながらの高貴さからのものか。

カシュエル殿下がくすりと笑い小さく首を傾げる。

たったそれだけの動作も優雅で洗練されて魅了される。

「照れているの？」

「…………」

「レオラム。顔真っ赤」

指摘され、さらに顔が熱くなるのがわかった。

「あっ、っと、……その、見ないでください。人に褒められることに慣れていないので」

「かわい」

「……っ!?　かわい、くない、です……」

ふいに漏れたとばかりの王子の言葉と、自分の過剰な反応に感じたことのない羞恥を覚える。

——やばい、熱すぎる。

自分でも反応しすぎだとわかるのに、どうしても止められない。

今まで身を縮こめて警戒し生きてきた俺は、褒められることに慣れていない。

蔑《さげす》まれることや嫌味なら、はいはいそうですかとスルーできる自信はあるのに、逆になるとこの有様だ。何もかも急な変化に対応できず、虚勢を張る隙も与えられずぽろぽろと感情が漏れてしまい、どうしていいのかわからない。

——第二王子、危険すぎない⁉

カシュエル殿下に背後を取られてからずっと、心がざわつき警戒するように告げてくる。危害があるわけではないが、自分の思惑が何も挟めない現状に、何度か命の危機を乗り越えてきたヒーラーとして警戒心がむくむくと膨れ上がる。

このまま捕まったままだと、よくわからないがヤバイと勘が告げている。

何より、家を出てからこんなにも好意的に自分に関わろうとした人は初めてで、あっという間に心の内部に触れてくる王子が恐ろしかった。

得体の知れない身分の高い相手。

己の価値を理解し、こちらがろくに抵抗ができないとわかっている上で、次々とあらゆる角度から俺の戸惑いを封じ込めてくる。

圧倒的に文句を言われることが多かったため、褒められることも、甘えが許される子供のように抱かれて密着することにも慣れない。

体温が伝わる近さも、俺にとっては心中穏やかにいられない要因の一つだ。

他人と視線も合わせないことに慣れすぎて、否応《いやおう》なくであるが久しぶりにしっかりと目を合わせるといった慣れない行動に平静でいられない。

金を稼ぐことが目的で、他人に興味がなく任務以外は積極的にこなさなかったため無気力と言われる俺だけど、こんな俺でも信じ大事にしたいと思う人がいる。

それがあるから、どれだけ周囲に嫌われようとも、扱いが悪かろうとも、真っ暗な底に落ちずにここまでやってこられた。

彼らは決して俺を蔑《さげす》まないし、彼らの前なら俺も自然体でいられる。

だけどそう簡単に会うことができず、ここ何年も顔を合わせていない。

そのため、俺は圧倒的に肯定される言葉に慣れていなかった。

しかもカシュエル殿下の言動は、彼らと同じように俺に親しみを抱いているのだと錯覚させてくるもので、余計にどうしていいのかわからない。

――ああっ、限界っ！

長時間視線を合わせるのに耐え切れずそろそろと目線を横にずらすと、くすりと笑われた。

「慣れないことをさせたようだね」

「いえ。……その、やっぱり慣れません」

今の行動は許してもらえるようだ。

とっさに否定したが、嘘をついたところで態度でバレバレかと言い直す。

「そう、正直だね。それでさっきも言ったけれど、私の行動に疑問があるのなら私に聞けばいい」

聞いてもいいのだろうか？　というか、聞かないと始まらない気配。

いくつも気になることがあるが考えがまとまらない。

とにかく、いつまでも抱き上げられているほうが問題だと、まず現状から処理しようと意を決して俺は口を開いた。

「でしたらお訊きしますが、どうして抱き上げられているのでしょうか？」

「手っ取り早かったからだね」

何に対して手っ取り早いと？

疑問はあるが、短いやり取りでこの疑問は解消されないと学んだ俺は、同じ疑問を繰り返さず要望を伝えてみることにする。

「……そうですか。ちなみに下ろしてくださる気は？」

「ないね」

あっさりと却下された。

ああー、本当に頭が働かない。意味がわからない。ただ、王子が納得するまでは離してもらえないことはわかった。

隙のない返答に困って眉尻を下げると、カシュエル殿下はふっと笑う。

それから王子は、完璧な美貌に感情が全く見えない笑みを浮かべ勇者を見た。

アルカイックスマイルというのだろうか。その表情からは感情は一切伝わらず、口元だけがわずかに上がっている。

「さて、勇者アルフレッド。レオラムは本日付け、もう日にちは変わったので君のパーティを抜けている。それは間違いないね」

「はい」

勇者は苦虫を噛み潰したような顔をしながら、明瞭《めいりょう》な声で返事をした。

「仲は良くないと聞いていたけれど、気にかけていたようだから伝えておく。今後、レオラムは私の庇護《ひご》下に置くから何も心配いらないよ」

「それはどういう意味でしょうか？」

「そのままの意味だよ。君のところには聖女が入る。先ほど見た限りでは、適性は十分にあるようだから心配いらないよ。できうる限りのサポートはするから、春になったら予定通り魔王討伐に向けて頑張ってほしい。大いに期待しているよ」

それだけ告げると、俺を抱いたまま王子はすたすたと歩き出したので慌てて声を上げた。

「あっ、殿下。待ってください」

会話に気になるところがあったが、このまま何も言わず勇者と別れるのもなんとなく後味が悪い。

勇者のほうへと視線をやると、カシュエル殿下が訝《いぶか》しげに眉を寄せた。

「残りたいとか言わないよね？」

「いえ。状況の理解は追いついてはいませんが、殿下が私に用があるのはわかりましたので、ぜひお話を聞かせていただきたいと思っています」

ああ、なんでこんなに気を使わないといけないのか。

「それで？」

「その、最後に勇者様と話をできたらと思いまして」

「――――……いいだろう。ただし、このままでだ」

「えっ？　あっ、はい。ありがとうございます」

抱き上げたまま下ろさないと言われ、狼狽する。

話を聞かないと解放されないと言われ、どこに連れていかれ、何を言われるのか怖いが、話を聞くしかない。そこはこちらが気持ちを切り替えていくしかないのだろう。

その話が終われば予定通り田舎に引っ込む予定なので、これが正真正銘勇者と最後になる。

嫌いだけれども、最後はなぜだか気にかけてくれていたし、これからもあの戦いのなかに身を置く相手に何も言わずにはいられなかった。

「あの、勇者様」

「アルフレッドだ」

「勇者様」

「…………」

要望に応える気はなくいつも通りに呼んだが、勇者がだんまりを決め込んだ。

どうしてこうなった？　なぜ自分が気を使わないといけないのかと思いながらも、自分の立場が弱いことは歴然で。

「ああーっと、アルフレッド様」

「なんだ？」

なんなの？　王子といい、勇者といい、権力を持っている人は我を通すのが強すぎない？

うぬぬぬぅとそれに逆らえない己の立場の弱さを実感しながらも、彼らはそれだけ国のために力を尽くし、結果を出しているのは事実なので文句など言えない。

すぅっと息を吸い込み、無事を祈って告げた。

「今まで守っていただき、ありがとうございました。ご武運を」

一度お別れを言った後でしかも抱き上げられながらと格好はつかないけれど、勇者なりの気遣いを感じないでもなかったのでさっきよりは心を込める。

そんなことを言われると思っていなかったのか、勇者はぽかんと口を開けてこちらを見た。

「もういいか。行くよ」

だが、勇者が反応を返す前に、王子がためらいなくすたすたと歩き出した。

最後にちらりと目にした勇者は何か言いたげにこちらを見ていたが、肩で大きく息を吐くと来た道を戻っていった。

「レオラム」

ぼんやりと見送っていると、いきなり顔に指が触れてくいっと顎を引かれた。

視線が合うとしばらく見つめられていたが、にっこりと笑って無駄に甘くささやかれる。

「転移するから肩に手を回して」

「はぃ」

ぞくぞくと這い上がるものを押し出すように慌てて返事をして周囲を見ると、いつのまにか特定の魔法以外使用不可とされる聖域空間を抜けていたようだ。

魔法の気配がして言われるままにカシュエル殿下の肩に両手を置くと、とんとんと優しく背中を撫でられた。

「そういい子だね」

すっと顔が寄ってきたかと思うと、先ほどまで掴《つか》まれていた顎に唇が触れる。

「えっ」

戸惑いの声は発動された転移魔法の渦に吸い込まれ、慣れない他人の魔力を盛大に浴びる。初めての魔力酔いでくらくらする目眩《めまい》を逃すべく、ぎゅっと目をつぶった。

内側をかき乱すような奔流に流され溺れそうになるなか、それでいてどこか温かいお湯の中に浸かるような居心地のよさを感じる魔力にすっぽりと包まれる。

己の魔力がすべてカシュエル殿下のものに書き換えられるのではないかと思うほど圧倒的で、頭まで茹で上がりそうなほどの衝撃だった。

「うっ……」

魔力には相性があるが、そこまで相手に影響を及ぼすことはない。

カシュエル殿下ほどではないが俺も魔力は多く、それに加えて他人の魔力の影響を受けにくい体質のようで、今まで大して気にしたことがなかった。

ほかの人もよほどのことがない限り、なんとなく自分にとって好ましいとか嫌だなと感じるだけで、性格の相性とそう変わらない。

恋愛でも仕事でもパートナーとしてよく一緒にいる相手なら、能力も踏まえてその辺りも加味するが、普段の生活ではそこまで気にしない。

カシュエル殿下のそれは絶対的な総魔力量の違いか、質の違いからか。もしくは密着したまま浴びたせいか、今までに感じたことのない感覚だった。

俺は押し流されそうな勢いに、不敬などと考える余裕もなく遠慮がちに触れていた肩から、より安定感を求めるように目の前にある王子の首に腕を回した。

「そう、そのましっかりくっついて」

「……はい」

そんな俺の行動に異を唱えることなく、言葉通りもっとくっついていいよと腕に乗る尻の位置を器用に変えられ、さらに向き合う形になった。

俺はぎゅっとしがみつき王子の肩に顔を寄せ、襲いかかる魔力に耐える。

ふわっと体全体が浮くような浮遊感のあと、はあと熱い吐息がかかる。

それさえも過敏になった神経には毒となり、ピークを過ぎたと思った第二王子の魔力がぞろりと神経を逆なでするようで、ぶるりと俺は震えた。

「着いたよ。大丈夫？」

心配そうな声に大きく息を吐き出す。そろそろと目を開けると、部屋の明かりに照らされて柔らかに目元を細める紫の瞳とかち合った。

いまだにぐつぐつと煮え身体の内部を回る王子の魔力の感覚に、開いた拍子にぽろりと涙がこぼれ落ちる。

「あっ、申し訳ありません」

慌てて拭おうとしたが、それよりも先にカシュエル殿下の長い指にそっと掬《すく》われた。

ぱちりと瞬きをした際にまたこぼれ落ちたそれも同様に拭われて、優しい低音でささやかれる。

「顔色は悪くないから私の魔力を受け付けなかったのではないと思うが、体調が悪くなったりはしていない？」

「はい。殿下の魔力量が多かったためか、どちらかというと驚いた感じです」

「それはよかった。嫌だとかそういったことはなかったんだね？」

「はい」

真意を探り、瞳の奥を覗き込むように再度念を押される。

俺は思わず視線を逸らしそうになったが、先ほどのやり取りを思い出しゆっくりと頷《うなず》いた。

王子はほっと息を吐き出すと、立派なソファの上に俺を下ろした。

「これを飲むといい」

「ありがとうございます」

冷たい水が入ったコップを渡された。

喉が緊張でカラカラになっていたこともありこくこくと飲みきる。

喉から入る冷たさが、靄《もや》のかかったような思考もクリアにしていくようだ。

ほっと一息吐き、人心地がついたところで、俺は周囲をうかがった。

白とダークブラウンを基調とした部屋に、今座っているソファを含め重厚な家具が配置されている。広く天井の高い部屋、その天井にまで柄があった。部屋にはいくつかドアもあるのでさらに部屋は続いていそうだ。

ところどころに優しい色合いの緑が使われているため、そこまで圧迫感はない。

優美な内装は見事としか言いようがなかった。

細かな細工や金の装飾、緩やかな曲線を描くテーブルの脚。

どれ一つとっても気後れしてしまうくらい高価なものとわかる。当然現在座っているソファも座り心地からそうなのだろうと想像して、俺はもぞもぞと尻を動かした。

場違いな空間と魅惑的な瞳を持つ美貌の主を前に、夢ではないかと逃避しそうになる。

だけど、カーテンが開けられたままの大きな窓からは満月が覗き、聖女召喚から今に至るまでの現実を突きつけてくる。

「ここはどこなのでしょうか？」

「私の私室だ」

「えっ？」

王宮内だろうとは推測していたが、まさかプライベートルームだとは思いもせず絶句する。

「水はもういい？」

「はい。ありがとうございます」

握り込んでいたコップを俺の手から奪い前の机に置くと、カシュエル殿下は身体をくっつけるようにして横に座った。

胸元まである長い襟足の銀の髪が小さく揺れ、俺の肩と王子の腕がくっつく。

恐る恐る見上げると、人差し指で額をこするように前髪を梳《す》かれ覗き込まれた。

否応《いやおう》なく合わさる視線。

幻想的な薄紫色の空に星が無数に散らばり輝いているようだ。不思議な色合いの瞳は見れば見るほど引き込まれ、いつまでも見ていたい気分にさせられる。

残念ながら、その瞳の中には今は平々凡々な自分の顔が目を丸くして間抜けヅラを晒《さら》しているだけだ。

視線に囚われて身動きできない俺を見ながら、カシュエル殿下は目を細める。

「落ち着いた？」

「おかげさまで」

しばらくじっと観察するように俺を見ていた王子は、俺がこくりと頷《うなず》くと、「そのようだね」と優雅に微笑んだ。

冷たく感じる美貌が感情を乗せ微笑むだけで、ずいぶんと印象が変わる。

その顔には、本気で俺を案ずる色が乗っている。

涼やかで甘さも含むカシュエル殿下らしいエレガントさが匂い立つようで、ずっと見ていたい甘い誘惑にかられる。

触れるほど近くに立って初めて知る王子の匂いが、そこら中から感じ取れた。

ほうっと息を吐き出すと、王子は俺の前髪から指を離し、横に陣取ったまま姿勢を立て直した。

気配に気を取られていると、王子に唐突に問われる。

「ところで、レオラムはこの部屋をどう思う？」

「素敵な部屋です」

言うまでもなく今まで見た中でダントツだ。

「気に入った？」

「気に入る？　えっと、気後れするくらい豪華ではありますが、不思議と落ち着く、とてもいい部屋だと思います」

「そう。今日からレオラムの部屋でもあるから気に入ってくれてよかったよ」

続く言葉に首を傾げ、瞬きを何度か繰り返す。

ゆっくりと『レオラムの部屋でもある』という言葉が頭に入ってきたが理解しきれず、俺は思わず声を上げた。

「えぇっ!?」

「ふっ。何をそんなに驚いているの？」

どうして驚かないと思えるのか？

王族の前で大きな声を上げてしまったことに気づき、俺は慌てて片手で口を覆った。

叫び終わった後では今さらかとゆっくりと手を下ろし、おずおずとトンデモ発言をした真意を本人に問う。

「申し訳ありません。本当に意味がわからないのですが」

「意味？」

「はい。殿下の部屋が、どうして私の部屋にもなるのでしょうか？」

「ふーん。説明してほしい？」

再度、顔を覗き込まれ問われる。

その際にものすごく楽しげに甘く揺らすカシュエル殿下の双眸《そうぼう》を目にし、どきりと胸が跳ねた。

先ほど潤ったはずの喉がまた渇きそうで、こくりと喉を鳴らす。

「説明して、ほしいです」

なんとか言葉を紡ぐ。

どこか甘い空気が漂い、官能か恐怖かわからないぞくぞくしたものが体内を這い回る。

俺は小さく身震いしたが、流されまいと首を振りそれになんとか耐えた。

誘うような甘さを向けなくてもいいので、もったいつけずさくっと説明よろしくお願いします！

とじっと王子を見つめ返す。

すると、眼前で鮮やかな眩しい笑顔を返された。

「いいね」

言葉とともに目の下を親指でついっとなぞられた。

王子の言う『いいね』とは視線を合わせたことに対してだと、しばらくしてから理解する。

すでに瞳は変ではないとお墨付きをいただいているからか、カシュエル殿下を前にそれをどうこう考えることはない。

どちらかというと、空気感や言動が気になって気になってそれどころではなかった。王子の前だと取り繕って考えている余裕がない。

カシュエル殿下は俺の目元を何度か撫でていたが、今度は何を思ったのか動揺しまくる俺の鼻をかぷりと噛んできた。

「なっ!? かっ、噛ん、えっ？」

「ああ。つい」

つい!? と驚きすぎて声も出ず口をはくはくさせていると、カシュエル殿下は表情を和らげてさも当然といった口ぶりで続けた。

「それで勇者にも話したが、レオラムは私の庇護《ひご》下に入ったため、今日から一緒にここに住むことになる。この部屋は私の魔法が施されているから危なくないし、必要最低限の者の出入りしか許していない。ゆっくりできるよ」

「いやいやいやいや」

驚きで理性が麻痺し、王子相手に素で突っ込んでしまう。

マイペースにも程がある。

鼻を噛まれた衝撃が去らないまま、さらっと説明されたが本気で意味がわからない。

ほぼ初対面のはずだが、なぜ王子と暮らすことになるのか？

それに、『つい』で人の鼻を噛むってどういうこと?

「……可愛い」

あわあわと落ち着きなく視線を動かしていると、とうとう王子の口から俺にかけられるものとして理解不能な言葉が出た。

さっきも聞いた気がするが、それもこれも気のせいだ。

ううぅと唸っていると、またカシュエル殿下の顔が近づき、親指で撫でていたところに吸い付くようなキスをされる。

「でで、殿下っ」

「ああ。これもつい」

慌てて手で押し退けようとするが、カシュエル殿下は軽く首を傾げて悪気もなく微笑む。

「ついって……」

「それで今日からここで暮らすよね？」

「暮らしませんが⁉」

当たり前のように聞かれ、何を言っているのだと反射的に返す。

「なぜ？　レオラムはパーティを脱退したでしょう？　ならもう自由だよね」

「そうですけど……。あぁ～、殿下はマイペースって言われませんか？」

「言われないな」

王族だからかな。従えて当たり前なのかもしれないが、なかなかのマイペースさだ。

「何度も確認することになって非常に申し訳ないのですが、もう一度言っていただけますか？　殿下の庇護《ひご》下に入り、王宮にあるこの一室に一緒に住むようにお話しされていると聞こえたのですが」

「そう言った。レオラムはこれからずっとここに住む」

「ずっと⁉」

聞き返したら、もっとハードルが上がった。

それと王宮のセキュリティ大丈夫？　……ああ、カシュエル殿下こそがセキュリティのようなものだから、その王子がよしとしたらそれでいいのか？

いや、それでも勇者パーティに所属していたからといって、貴族の端くれといえど王子からしたら末端の末端。身分もないに等しい自分が、王族と一緒に過ごすとかいろいろ問題がありすぎる。

幻聴ではなかったと目を白黒させていると、王子がくすりと笑う。

うーん。おかしいな。こんなに表情が豊かな人だったっけ？

普段は無表情。召喚儀式の時に聖女に向けたように、必要に応じてにこっと笑うことがあるのは知っている。

だけど、それらはいつも戦略的というかそんなタイミングだったし、こんなに笑顔を見せる人ではなかったはずだ。

これでもかってほど不躾《ぶしつけ》に見ながら考え込んでいると、また楽しげに笑われる。

「驚きすぎ」

「驚きますよ。そもそも俺、えっと私は引退した後、田舎に引きこもる予定でしたし。明日の馬車も予約してあるのですが」

驚きのオンパレードだ。

カシュエル殿下と二人きりでいること自体が信じられないのに、その話の内容はもっと変で到底理解できない。

なのに、さらなる問題発言。

「それは断りをいれておいたよ」

「はっ？」

こともなげに告げられ、当たり前でしょとにこっと微笑む王子様。

断り？　勝手に？

そもそもどうして予定を知っているのか？

いや、それ以前の問題でどうしてカシュエル殿下は俺を構ってくるのか？

「えぇぇぇっ〜!!」

混乱の極みだ。

どこから突っ込んでいいのかわからない。すでに地が出てしまったが、相手は格上なのであまりいろいろ言えるような立場でもない。ないけど、取り繕っている余裕もない。

ううぅーっ、どうすればと口を開いたり閉じたりしていると、王子はずいっと顔を寄せてそれはもう見事としか言いようのない微笑を浮かべた。

「褒美が欲しいと告げた時、レオラムもそうすべきだと頷《うなず》いてくれたから問題ないよね」

――問題大ありですけど？

さも当たり前のように無理難題を突き付けてくる王子に、俺は困惑を露《あら》わに凝視した。

言葉を失っている俺の顎に手を伸ばしくいっと持ち上げ、王子は満足だとにこりと微笑む。

「そういうことだから」

「待ってください！」

自己完結するカシュエル殿下に、慌てて声を上げる。だけど、言葉が続かずただ相手を見つめるだけになった。

ん、と首を傾げて見つめてくる王子を前に、俺はうー、あー、と言葉にならない声を発した。

十八歳になってすぐ、俺はどうやら王宮生活がスタートすることとなったらしい。

それは第二王子が勝手に決めただけであって、納得も承諾もしていない。

してはいないし、王子に対しての言葉遣いとしてはどうかと思うくらい崩れつつあるが、やはり相手は王族だと思うと強く押し切ることもできない。

——ああー、どうしたら？　というか、睫毛《まつげ》も透けるような銀で長いんだなぁって、……んっ？

顔ちかっ。

どこへ視線をやっても感心するばかりのご尊顔。今さらだけど距離が近すぎないだろうか。

「何かあるのなら言ってごらん」

「……とりあえず、心苦しいほど近いですのでもう少し離れていただきたいと思うのですが」

「レオラムが逃げてしまいそうで不安なんだ」

「逃げません」

ここまでは転移魔法で誰にも見られることなくやってきた。

王子に仕える一部の者は俺がここにいると知っているかもしれないが、現在は聖女様のこともありそれどころではないだろう。

つまり俺は詳しい場所がわからないし、味方もいない。

自分の立ち位置がものすごく微妙だとわかるがゆえに、王宮を許可もなく歩き回るのはさすがに恐ろしいので逃げるに逃げられない。

「そう？　でも、こうしているほうが落ち着くから」

「…………ふえっ」

引き寄せるように肩に腕を回され、そっと抱きしめられる。

ぽすんと王子の胸に頭が乗るような形に、慌てて離れようとするがぐっと力を込められ敵わない。

下から見上げるような形で王子を見ると、嬉しそうに緩む眼差しとともに髪をくしゃりと大きな手で掻《か》き混ぜられた。

とくん、と心臓が高鳴る。

見慣れない美貌と慣れない優しい眼差しや大きな手に、かぁぁっと顔が熱くなる。

「レオラムのそういった表情を見るのは好きだ」

俺の顔をじっと覗いていたカシュエル殿下に、しみじみと低く呟かれる。

自分でも自分らしくないというか、取り繕う余裕がない。この短時間でこの何年か分の感情がただ漏れのような気がして、さらに顔が熱くなった。

「……うっ、あっ、そのお恥ずかしい限りです」

両手で顔を覆うとさらに髪を甘やかすように撫でられて、ふわりと温かい気持ちになる。しみじみと言われると胸が苦しいというか、とすんと響いてくるというか。

——なんか、不意打ち。

大きな手で撫でられていることも、大丈夫だよと慰められているようで、じんわりと温かい気持ちになる。

普通なら小さな子供に接するような扱いに嫌な気持ちになるはずなのに、十八歳にもなってずっと撫でてほしいかもと思う甘えが湧いてくるから不思議だ。

「こうされるのは嫌？」

「嫌ではないですが、慣れていません」

「そう。ならこれからは私がたくさん甘やかすから、じっくり慣れていけばいい」

「………それは、その」

カシュエル殿下は、さっきからさも自分たちは一緒にいるとばかりの未来を語る。

正直、やめてほしいというよりは困るという気持ちになった。

ようやく本格的に独り立ちできると意気込んでいたところで、優しく甘やかされている感じがむずむずする。

蔑《さげす》まれることに慣れていても、優しくされることには慣れておらず、過剰に反応してしまうのを止められない。

「大丈夫。ゆっくりね」

戸惑い眉根を寄せた俺に王子はこてりと小首を傾げ微笑み、もう一度、「ね」と念を押してきた。

「……はい」

思わず、釣られるように返事をしてしまう。

——カシュエル殿下、絶対自分の美貌とその影響を理解しているよっ！

そうは思うが、性別関係なく見惚《みと》れるほど美しい顔で請うように笑みを浮かべられると、悲しませたくない気持ちが働くのか、ついつい従いたくなってしまう。

そもそも俺が無気力と言われてきた理由は、人嫌いとも言えるほど他人を信用していなかったからだ。

そのため他人の言動を気にせず惑わされなかっただけだが、周囲にはどこ吹く風でやる気がなく見えていたようだ。お金以外に執着を見せなかったこともあるだろう。

実際、心の内側はいろんなものを溜めて傷ついていなかったわけではないが、それらを悟らせないことは俺なりの矜持《きょうじ》であり防衛でもあった。

だけど、第二王子が相手となるとそうもいかなかった。今までと勝手が違いすぎて、どうすればいいのかわからない。

黙したままでは王子の意のままに進み非常に危険だとわかっているのに、どうも自分からは逃げられそうにない。

強く逆らえない高い身分の王子ということもあるが、この部屋のように王子のそばは意外と心地よいことに気づいたからだ。

眼差しや手がどう考えても好意的で優しくて、本気で拒めない。

「よかった」

「うぅっ。とりあえず、頭を撫でるのはやめてもらえるとありがたいのですが」

ここに留まるつもりはないし、甘やかしに対しても思うことはあるが、はっきり拒否もできなさそうなのでひとまず『ずっと』などの問題は後回しにする。

「うーん。レオラムが照れてしまうから、今はやめておこうか」

「ありがとうございます」

拘束が解かれほっとする。

気づかれないように少しだけ距離を取ったところで、高い位置にある王子の顔を見上げた。

「その、ご褒美と自分が関係するとは思えないのですが」

「それについては、説明してもすぐわかってもらえると思えないかな。そのうちわかるだろう、というかわかってもらえたらと思っている」

「そのうち、ですか？」

「そう。強引なことをしている自覚はあるけれど、私は立場上ここを離れることはできない。魔王討伐に向けて大事な時期だしね。だから、レオラムが合わせてくれると助かるんだ。これからはここにいてほしい」

どうして自分にこだわるのか。

それが一番の疑問なのだけれど、今すぐに究明はできなそうだ。

王子の言動は俺をここに留めたいというところは一貫しているので、ひとまず話を進めるしかない。無事ここから離れるには情報が必要だ。

「殿下の要望は理解しました。ただ、やはりここに私が暮らすのは敷居が高いですし、嫌だとか以前に田舎に帰りたいです」

そこは譲れない。

「どうして？」

「そう決めていたからです」

詳しくは言いたくない、というか言えない。

ただ、そうするとずっと決めていたので、ほかの未来を考えられなかった。

「レオラム、私はどうしてと聞いているんだよ。それを言えないのならその言い分は却下だ」

聖君と呼ばれる王子は、なかなか意志を曲げない。

優しく正しいだけの人ではなく、自己中心的な面とともに強引さも持ち合わせているようだ。

そうしないと陰謀渦巻く王宮で生き残れないのかもしれないが、俺とて譲れないものはある。

「私のことを、なぜ殿下が決めるのですか？」

「それはレオラムにこれ以上無理をしてほしくないからだよ」

無理をするなと言うのなら、ほっといてほしい。

「……っ、どうしてですか？　何も知らないのに勝手を言わないでください」

「そう言うなら、教えてほしいな」

「………」

そこで口を噤《つぐ》む俺に、少し苛立ったように眉根を寄せて王子が続けた。

「レオラムは理由が知りたいのだったな。だったら、先に身体を洗おうか」

「……はっ？」

だったら、の意味がわかりません。

しかも、先に身体を洗おうかって、接続詞も内容も間違えてませんかね？　王子との会話は突っ込みどころ満載だ。

幸いなことに、多少礼儀を欠いていても気にならないらしいが、『勝手』なんて王族に言っていい言葉ではない。

感情的になってぽろっと出てしまったが、カシュエル殿下は強引ではあるが俺を心配してくれているようなので、なおさら丁寧さを心がけるべきだ。

「勝手なんて言って申し訳ありませんでした」

「それだけレオラムにとっては大事なことなのだろう？」

「ですが」

己の未熟さに唇を噛み締める。

「私も追い詰めたいわけではないから、二人きりの時はむしろ感情を溜め込まずレオラムの思うように話してくれるほうが嬉しい」

「………ありがとうございます」

寛大な言葉とともに許されて、申し訳なさと歯痒《はがゆ》さに口を引き結んだ。

思わず反論しても咎《とが》められないことは非常にありがたいが、会話はずっと平行線どころか、カシュエル殿下の思惑通りに転がり落ちている気がする。

そして、言葉通り遠慮されることが嫌だと態度に出され、ペースは乱されっぱなしだ。

敬う気持ちは十分あるのに、距離を急に詰められて対応するこちらも距離感がおかしくなってやり取りに混乱する。

ひとまず謝罪ができ改めて許しを得たことにほっとすると、やっぱり王子から発せられた言葉が信じられなくて気になってきた。

ひと呼吸おいてから再度問いかける。

「その、さっきは聞き間違いでしょうか？」

「聞き間違いではないと思うよ。先に身体を洗おうか」

――聞き間違いじゃなかったぁー。

ゆっくり一語一語丁寧に返されて、気が遠くなりそうだ。

「どうしてそうなるのでしょうか？」

「レオラムが理由を知りたいと言ったから」

「そうなのですけど、それがよくわからないのです」

「確認したいこともあるし、夜も遅いからね」

結局、同じような話に戻ってしまった。

ただ、王子の中では筋が通っているようで、夜も遅いことも付け加えられれば、これ以上ごねても仕方がない気がしてきた。

一瞬、自分が知りたい理由って何だったっけとわからなくなった。あれこれ考えることがありすぎる。……そうだ、カシュエル殿下のご褒美に自分が関わっている理由だ。

謎に執着されているから、一緒に住むことに繋《つな》がるのだろうが、まずその理由がわからないことには俺もすっきりしない。

それと身体を洗うことはどうしても繋《つな》がらないのだけど……。うーん。

「………んー、確認とはつまり殿下が？」

もしかして俺の身体を洗うのですか、とはさすがにそれはないだろうと聞くことは憚《はばか》られる。

だったらどのようにと首を傾げ唸っていると、カシュエル殿下が同じように首を傾げて燃えるような瞳を俺に据えた。

「そう。レオラムが譲れないものがあるように、私も譲れないことがある」

物腰は柔らかいが、カシュエル殿下の瞳は決めたことに対して妥協しないと強い光を放っている。

俺が周囲から厭《いと》われても譲れなかったものがあるように、誰にでも大なり小なりある。それを自分が相容《あいい》れないからと、否定するつもりはない。

「それは裸にならないとできないことですか？」

「そうだ」

――そうなのか。

王子がふざけているとも思えない。

交わる双眸《そうぼう》は相変わらず唯一無二の宝石のように恐ろしいほど輝き、不可能も可能にしてしまうほどの力強さと自信に溢れていた。

「何を確認したいのでしょうか？」

俺自身も言及してほしくないこともあるので深くは聞けないが、これくらいなら聞いてもいいはずだ。

すべてを見通すような瞳とぶつかる。

密かに揺らいで細まるのを間近に見つめてしまい、逆にこちらが王子の内側を覗いてしまったようでとくんと胸が騒ぐ。

「私は以前からレオラムを知っていたよ。心臓がぎゅっと鷲掴みにされたかのように痛むくらい、君のことを見てきた……」

「えっ。知ってくださっていたのですか？」

親しげに名前を呼ばれていることを考えればあり得ない話ではない。けれど、存在を認知されていたどころか、かなりの時間見られていたようだ。

信じられない思いでカシュエル殿下を見つめると、そっと目元を親指で擦《さす》られる。

「なのにレオラムときたら、ろくに目も合わせてくれなかった。私はいつも怪我をしていないか心配していたし、ずっとこうして話したかった」

「もしかして、謁見《えっけん》の時に視線が合ったと思ったのも、偶然ではなかったのですか？」

「もちろん、私は意図して見ていたよ。レオラムはすぐ視線を外して、それからは全くこちらを見ようとしなくなったけどね」

ちらりと悪戯《いたずら》っぽく、それでいて何かを求めるかのように俺に視線をやると、カシュエル殿下はかすかに首を傾げ微笑む。

意味深な微笑みに、たじろぎながら頭を下げた。

「それは……、その、申し訳ありませんでした」

「いい。これからはこうして話せるのだから」

こちらはただただ恐縮していただけだが、まさかカシュエル殿下がそのような思いでいてくれたなんて考えもしなかった。

「えっと、それで、今は怪我の確認を？」

「そうだ」

だったら、そう言ってくれればよかったのに。

身体を洗いながら怪我の有無の確認をしたいということらしい。言葉足らずすぎる。

いつからとか、どうしてとか、それはとても気になるけれど、それを聞けば俺もまた留まりたくない理由を話さなければならないのだろう。

さてどうすべきかと沈思していると、カシュエル殿下はゆったりと笑った。

「沈黙するならするでいいが、レオラムがここで過ごすことは決まっているからね。どうして田舎に帰るのか理由を教えてくれたら考慮はするよ」

「考慮……」

やけに優しげな声に惑わされそうになったが、それって考えはするけれど、意を汲《く》むかはまた別って言っているようなものだ。

俺が言葉を繰り返すと、王子は淡々と頷《うなず》き肯定した。

「そう、考慮だ」

「こちらの意見を聞いてくださる気は？」

「そう言うなら、まずどうして帰りたいのかを言うといい」

微塵《みじん》も揺らがない声音。

悠然とされればされるほど、焦りが出てくる。

「それは、できません」

「なら、話はこのままだ」

「そんなっ」

王子が理由を述べよと望んでいるのに、それを拒否している自分。

やましいことがある理由《わけ》ではないが、やはり言えないと感じた。

困惑と躊躇《ちゅうちょ》を浮かべて、静かに笑みを浮かべているカシュエル殿下を見上げる。

声音や醸し出す雰囲気はゆったりとしているのに、俺を見据える瞳の奥は相も変わらず柔和とはかけ離れていて、こくりと息を呑み込んだ。

己の振る舞いを振り返るとひゅっと肝が冷える思いがするが忖度《そんたく》ばかりしてはいられない。地で対応していかないと、王子の思うようにずるずると進むのだから仕方がない。

田舎に帰ってのんびりする予定ではあるが、その前にできれば決着つけておきたいことがあり、さすがにカシュエル殿下に言われるがままというわけにはいかなかった。

だからこそ、先ほどから俺なりに精一杯反論しているのだが、王子には届きそうにない。

「レオラムは頑固だね」

ふぅっと肩を竦《すく》める王子に、俺はもう一度謝ることしかできない。

「申し訳ありません」

「そればかりだね」

王子も大概だ。

俺が黙することは許しても言い分を聞き入れてくれる気はなく、この部屋から逃がしてはくれないらしい。

「以前から決めていましたので」

「ふーん」

じろじろと不服なことを隠さず見据えられるが、俺はぐっと手を握りその視線に耐えた。

「レオラムがどうしても言えないというのなら、こちらも考えがある」

そう告げた王子の次の行動に、俺はさらなる衝撃を受けた。

カシュエル殿下の手が腰に回ってきて裾を掴《つか》まれたかと思うと、一気に上の服が胸のあたりまで捲《まく》し上げられた。

叫びながらなんとかカシュエル殿下の手を掴《つか》んで行動を阻止しようとするが、あっさりと頭からすぽんと脱がされる。

「ひえっっ。えっ、ちょっと、待ってください」

「話せないのなら話したいと思うようにしよう」

「だからって」

かなり強引では？

「ほら、もう夜は遅いしレオラムも疲れているだろう？　私もさすがに今夜は疲れたからベッドに入る前に先に身を清めないと」

「うっ」

疲れたと言われれば、反論も弱くなってしまう。

見ていただけの俺より、聖女召喚という大役を果たした第二王子は労《いた》わられるべき人だ。

魔力がある分、王子がどれほどのことを成したのかわかっている。

なので、これ以上抵抗することに対して気がしぼむ。

「はい。一度そこに立って」

抵抗が弱くなった俺を立たせると、上の服をぽいっと遠くに投げた王子は俺の周りをぐるりと一周し、しげしげと俺の身体を観察した。

医者に診察されているかのごとく、カシュエル殿下の視線がじっくりと俺の身体を這っていく。

「で、殿下……」

「見えるところには傷はないようだね」

堪《たま》らず声を上げると、ようやく王子の視線が外れた。

「えっ、はい。勇者様たちに守っていただきましたから」

「それはよかった。念のため全部確認するよ」

さも当然のように言われ、あれよあれよと浴室の前へと連れていかれズボンにも手をかけられる。

脱がされそうになったのをとっさに押さえるが、半尻状態から引き上げることが許されない。

男同士だからといって、はいどうぞと脱がされるのはさすがに抵抗がある。特に下は困る。困るったら、困る。

「全部って？　下も全部ということですか？」

「そう。あますところなく」

「あます!?　それは結構です。見ていただかなくとも傷一つありません！」

懸命にズボンを上に引っ張りながら、俺は主張した。

それは嘘ではなかった。

俺はヒーラーとしても特殊で、時間差はあるが自分自身の怪我を意識しなくとも綺麗に治癒してしまう。

だから、言葉通り擦り傷一つない。おかげで肌もつるっつるで、なぜかヒゲが生える様子もなく余計に幼く見える。

ひょろっとした身体は今さらなのでいいのだが、問題は下半身もあまり生えていない毛だ。申し訳程度にあるそれはとても薄く、人様に見せるようなものではない。

身長も身長なので今さら男らしくあれと意識して見栄を張りたいわけではないが、恥ずかしいものは恥ずかしい。

再度上半身を滑るようにゆっくりと動いていたカシュエル殿下の視線が、下半身で止まる。

ぞくりと身体が震えた。

「全部見せて」

「見なくても絶対怪我なんてないですから」

身をよじり、懸命に訴える。

王子に見てもらわなくても問題ない。

そもそも、どうして王子が確認という名目で俺の身体を見るんだ。

「どうして？　レオラムが見えないところに傷が付いていることだってあるのに」

「それは……」

「ねえ、レオラム。君が本当に嫌なら隠していることを無理に暴きたいわけではない。だけど、そのせいで無茶をするなら私は許せない。これまで危険なこともたくさんあったはずだ。無茶をしてこなかったたか、確認したいだけなんだ」

なおも言い募る王子は、何を思ったか右手でつつつっと俺の背中をなぞった。

「ひゃっ」

「いい反応。はい。脱ごうか」

「…………っ!?」

思わず手の力が緩んだ瞬間にずるっと下着ごと下げられ、声にならない声が出た。

王子の前にすべてを曝《さら》け出し、羞恥で顔に熱が集中する。

「へえ」

カシュエル殿下から感心したような声が漏れる。

俺はこれ以上ないくらいに、顔が茹だった。外に出ていても日に焼けることのない白い肌もほんのり赤くなっていく。

ズボンを抜き取るため屈《かが》んだ王子が、どこを見ているのか明らかだった。

慌てて大事なところを手で隠したが、それはそれで同性同士でどうなのか。逆に意識しすぎのような、でもやっぱり見せるものではないといった葛藤《かっとう》に悩まされる。

この国は同性同士のカップルも一定数いるし、数年前に法的にも伴侶になれるようになった。

だからといって、自分がそういった意味で同性を意識することは今までになかったし、相手もすぐにそうだろうなんて思わない。

国に認められて以前よりも見かけるようになったが、まだ圧倒的に異性間のカップルが多い。

何が言いたいのかというと男同士だからといって絶対安全ではないが、自分が意識しすぎて変な空気になるのも嫌だし、かといって貧相な身体を王子に見せるのも嫌で、隠した手をどうしたらいいの？　ということだった。

王子にそのつもりはなく、怪我の有無を確かめると言っていたから目的もわかっている。

それでも、身体を見られる恥ずかしさは収まってくれない。

「あのっ」

「ああ。すまない。レオラムはヒゲも生えていないようだし全身もあそこの毛も薄いのだな」

はい。アウトー。

ばっちり見られてしまったらしい。

「あまり見られると困るのですが」

「どうして？　肌もつるつるでとても触り心地がよさそうだ。それに隠したら確認できない」

だから、見なくていいんですって。

「その、貧相ですし。さっきも言いましたが、見てもらわなくても傷などありませんから」

「だからそれを確認する」

確認はわかった。心配してくれていることもわかった。

だからって、下半身まで見る必要はないはずだ。

「ううっ」

「レオラム。私を安心させて」

殿下は殿下で譲らないらしい。真っ裸にされてから抵抗しても今さらだった。

――もう見られてしまったし。

今の俺ができることと言ったら、早くこの状況を終わらせることだけだろう。

「でしたら、さっと見てもらってもいいですか？　公衆浴場ならまだしも、一人素っ裸というのも本当に恥ずかしいので」

本当は見られたくないが、見ないと引かないのならさっさと確認してもらったほうが早い。諦めの境地で告げると、王子は斜め上の返答をしてきた。

カシュエル殿下は、にっこりとこともなげに告げる。

「そういうものか。なら、私も脱いで一緒に入ろう」

「えっ？」

「濡れることを気にせず、レオラムも自分だけが裸だと気にしないで済む。じっくりと確認することもできるだろう」

逃亡防止とばかりに扉を塞《ふさ》ぐように立つと、王子はためらいもなく衣服を次々と脱ぎ去った。

直視するにはあまりにも美しい裸体が惜しげもなく晒《さら》される。均整の取れた身体はどこを見ても綺麗に薄い筋肉が付いていていて無駄がない。

「おいで」

あまりのことに呆然と見守っていた俺を担ぎ上げると、カシュエル殿下は俺を悠々と浴室内へ連れ込む。

そこは思ったより小さめの浴室であったが、それでも一般的な基準からすれば十分に広い。大理石に金の装飾と豪華さはやはりというべきか。

浴槽は温度を保つためかそこまで広くなく、一瞬現状を忘れて見入ってしまう。

アロマを含んだ蝋燭《ろうそく》が灯り、幻想的かつほのかに甘く香るいい匂いがして非常に落ち着く空間ができあがっていた。

「ほら、ここに座って」

「本当に確認するのですか？」

今さらだ。それはわかっているが言わずにいられない。

「もちろん。あまりごねるようなら、私の膝に座ってもらうけれど？」

「椅子に座らせていただきます」

王子の膝の上なんてとんでもない。観念するしかなかった。

裸体を晒《さら》しても堂々とするカシュエル殿下を前に、俺も羞恥心を心の隅っこに追いやった。言われるがまま王子の前の座椅子に座る。

カシュエル殿下はソープを泡立てると、ゆっくりと俺の背中を撫でるように触れた。

優しい感触と他人の手の温《ぬく》もりにびくっと身体が跳ね、全神経が背後へと向かう。

「手で確認するのですか？」

「見落としがないよう確認するのによいからね」

俺の戸惑いなどお構いなしだ。

カシュエル殿下は有言実行とばかりに隅々まで俺の身体を洗い始めた。

途中、向かい合うように言われ、胸のあたりを撫でられる時は妙な気分になる。

何より、続く言動がありえなかった。

「ここも可愛らしいな」

どこを見て何を言っているのか知りません！　見えてません！　それは聞かなかったことにする。

もう反応しないぞと心を無にしようと試みるが、裸で向かい合う構図は落ち着かない。

どうして王子殿下に乳首を触られないといけないのか、とやっぱり思ってしまう。

何も感じはしないが、互いに裸でしかも相手が第二王子だと追認すると、改めてなんだかイケナイ気分になる。

きゅっと口を引き結んでいると、王子がふっと笑うのがわかった。

「そう拗《す》ねるな。確認していくとどうしても目に入る」

「そうなのでしょうが、口に出さなくても……。触られるのは当然ですが、見られること自体慣れておりませんので」

俺の身体はあれこれ小作りで、逞《たくま》しい体つきの人の前では余計に恥ずかしい。

「だが、先ほどは公衆浴場の話をしていた。そういう場を利用すれば見られることもあるだろう？」

「数えるほどです。どうしてもの場合のみ、人目に付きにくい隅でさっさと済ませていましたので」

「なら、成長してからレオラムの裸体を間近で見たのは私が初めてなのだな？」

「裸体と言われると語弊があるように感じるのですが、そうです」

しかも、がっちり見られるという苦行。

筋肉がついているなら見応えもあるが、ひょろっとした俺の身体なんて見ても楽しくないだろう。

そもそも、薄い毛を気にしているので人前に晒《さら》すこと自体なるべく避けたい。

なのに、なんで自分は王子と裸の付き合いをしているのか。

「そうか。なら、仕方がないな」

何が仕方ないのかはわからないがあっさりと胸から手を離し、腕や脇へと進んでいく。

だが、ほっと息をついてすぐに股の間にある大事なあそこを持ち上げられ、俺はぎょっとした。

「で、で、んかっ！」

「ここも確認しておかないと」

大事な部分を掴《つか》まれてろくに抵抗できないまま、カシュエル殿下はためらいなく裏側まで指を伸ばし揉むように洗われる。

あまりのことに気を失いそうになりながら、止めるように王子の手に己の手を重ねた。

「そんなところまでしなくてもっ」

「すべてと言っただろう」

真剣な顔でガン見されながらさわさわと触れられて、直接的な刺激にわずかだが兆《きざ》しかける。

普段は欲が薄いので、健康のために必要最低限処理をする程度の俺には青天の霹靂《へきれき》だ。

「本当にダメですって」

「洗うだけだ」

精一杯の抵抗も軽くいなされる。

これ以上は本気で取り返しがつかないくらいやばい状態になりそうだ。そうなったらどうしようと、ぽろりと生理的な涙がこぼれ落ちた。

「でんか……」

「大丈夫」

何が大丈夫なのだろうか？

肩を強張らせ銅像みたいに身体を硬くさせていると、今度は王子の手が後ろに回り込む。股間はしゅんと一気に萎《な》え、違う意味で慌てた。

王子の前で粗相しなくて済んだと、喜んでばかりはいられない。

言葉通りただ洗うことを意図するだけの動きではあるのだが、際どいところをすべて見られ洗われ、精神的にごりごりと大事なものが削られていくようだ。

「ううっ。そんなところまで」

泣き言が情けなく漏れた。

穴の周囲をくるりと指が触れたのは一瞬であったが、人に触れられるなど想定していなかった。

ましてや相手は王子だと思うと、もう気持ちがいっぱいいっぱいで泣きたくなる。

「ここも傷一つない。レオラムはこんなところまで綺麗だ」

「うぅっ。もう勘弁してください」

「だが、ここはレオラムも自分では見ることはできないだろう？」

そう告げると、くいっと尻たぶを持ち上げられ覗かれる。

無心を心がけていたが、その一言と行動がトドメとなり俺はじたばたと暴れた。

もう、耐えられない！

「綺麗なところではありませんっ！」

「気にしなくていい。それに洗っているのだから問題ない」

――問題しかありませんから！

「そういう問題ではないと思うのですが」

「私が気にしなければ問題ないだろう」

だから、問題だらけです！

聖女召喚の儀式の参加からして俺の意思ではなく、怒涛《どとう》の展開続きですべてにおいて消化不良だ。

挙げ句の果てにはあそこを持ち上げられて、お尻も洗われガン見されるなんてこれのどこが問題ないというのか。

「そんなところを怪我する戦闘ってどんな状況ですか？　最初にも言いましたが、私はヒーラーで戦闘職じゃなかったですし、本当に危ない時は守ってもらっていたので大きな怪我をしたことはありません」

「本当に？　私がレオラムに初めて会った時はとても傷だらけだったけど」

初めて会った？

カシュエル殿下の言葉に、俺は恥じらい伏せていた視線をぱっと上げた。

探るように目を眇《すが》めた王子がじっとこちらを見つめ、視線が絡むとさらにすぅっと目を細めた。

「えっ？」

俺の疑問をよそに、カシュエル殿下が話を続ける。

「あの時のレオラムは腕や背中に数え切れないほど傷があった。その当時の傷痕は見せてもらった限り残っていないようで安心したけれど、見ていて本当に痛々しかった。昨日のことのようにはっきりと覚えているよ」

俺の下半身から手を離すと、そっと労《ねぎら》うように傷を見たという場所を撫でられる。

ここも、そこも、とばかりに撫でながら俺の腕を掴《つか》み、カシュエル殿下は低く唸るように耳元でささやいた。

「あの時は全身を確認できなくて、もし大変なところや障害が残るような怪我をしていたらと思うと、今さらだけど確認せずにはいられない。だから、じっとして」

俺は抵抗をやめ、まじまじとカシュエル殿下を見つめた。

見惚《みと》れるほどうっすら筋肉が乗った裸体が思考の邪魔をしてくるが、目の前の美貌が記憶にないか探る。

「覚えてない？」

ん、と首を傾げ、王子の銀の髪が揺れる。

俺は目を眇《すが》めて思い出そうとするが、ただただその所作一つとっても美しいと感嘆するだけで、記憶に引っかかるものを感じなかった。

王子の話が本当ならば、毎日傷が絶えなかったのは九歳になった頃から数年。その時に出会っていたことになる。

思い出そうとすると、今は痛くないはずの背中や腕がじくじく痛む気がして、俺はぎゅっと眉を寄せそっと息を吐いた。

あの頃は生きることに必死で、この美しい銀髪や蠱惑《こわく》的な瞳に出会っていても忘れるはずないとは言い切れなかった。それだけ当時の俺には余裕などなかった。

「……申し訳ないのですが、殿下と謁見《えっけん》の時以外に会った記憶はありません。人違いではないでしょうか？」

「レオラムで間違いないよ。君自身が名乗っていたしね。私たちの出会いは偶然で、あの時は私も素性を隠してフードを深く被っていたし、レオラムもかなり憔悴《しょうすい》していたようだから、私のことなど記憶にないのも仕方がない」

細めた目の奥が、寂しそうに光る。だが、言葉は俺を気遣うものが放たれた。

ちくっ、と胸が痛む。

この存在感の塊のような第二王子を忘れるとはずいぶんと失礼な話だし、それと同時に我ながらヤバい状態であったと今さらながらに自覚した。

あの状態を知っているから、俺に構っているのだろうか。

考えもしない理由であったが、少しばかり王子の行動理由の一端が見えた気がした。

「そうですか……。えっと、気にかけていただきありがとうございます。その、この確認も当時のことを心配してくださってということでしょうか？」

「主な目的はそうだね」

主な？

ちょくちょく王子の言葉は引っかかるが、当時の俺を知っていて心配してくれていたのだとしたら、この羞恥塗《まみ》れの行いに強く文句も言えまい。

恥ずかしいし嫌だけど、強引に脱がされ洗われながらの確認にカシュエル殿下なりの理由があると知って少し安心した。

それでどうして下半身というかあんなところまでとは思うけれど、心配のため隅々までというのなら王子を忘れていた分、我慢すべきか。

忘れていることの負い目もあり、カシュエル殿下の印象が、雲の上すぎて理解不能な人から、少しばかり親近感を持たせる高貴な人に変わる。

構われるのはその当時のことがあるからとわかり、理由《わけ》がわからない状態から少し脱して余裕ができる。

俺はわずかに肩の力を抜いた。

「それでしたら見ていただいてわかるように、あの当時の傷はすっかり綺麗になりましたし、パーティを組んで活動していた時も大した怪我もしなかったので大丈夫です」

「そのようだね。ただ、名前以外の詳しいことを何も聞かずに別れてしまったのをずっと後悔していた。後になって捜したけれど、どこのレオラムかもわからなくて見つけるのに時間がかかってしまった」

それだけ長い時間気にかけてもらっていたと知り、自分がとても薄情な気がしてくる。

「すみません」

「責めているわけではないよ。さっきも話したけれど、当時のレオラムの状態を思うと仕方がないとは理解している。謁見《えっけん》も過去のことであるし、今は事情を知り私のところにいる。それが大事だ。これからはそばにいて、怪我一つさせたくない。だから、その前に今の状態を確認させてほしかった。ということで、続きは湯船でね」

「はあ、うわっ」

そう告げたカシュエル殿下は、俺を軽々と抱え込むと浴槽へと移動する。

筋肉むきむきではないのに、ものすごく安定感がある。あっという間に運ばれ、じゃぶっと温かい湯に肩まで沈み、王子の膝の上に座らされた。

先ほどから何度も子供のように抱えられているが、身長体重の差を思うとカシュエル殿下からしたらなんてことないのかもしれない。

ガン見されていた身体が多少隠れ、適度な湯加減の心地よさからほぉっと息が口から漏れた。

いつもとは違う疲れにずるずると身体を沈め、もういいやとカシュエル殿下に預ける。

ふっ、と嬉しそうな吐息とともに、ぎゅっと背後から抱きしめられた。

ゆらゆらと揺れる蝋燭《ろうそく》の灯りにリラックスモードになりかけて、そこではっとする。

――ちょっと待って！　つい理由がわかって安心しかけたが、全く問題は解決してなくない？

そのタイミングで、背後にいるカシュエル殿下に顎を肩に置かれる。

俺の頬に触れるか触れないかの位置に王子の顔があることにドギマギしていたら、続く王子の言葉に俺は卒倒した。

浴室から出て、ほわほわと身体中から湯気とともに香りを匂い立たせながら、俺はぐったりしていた。

——ひ、酷い目にあった……

今は撫でるように王子の魔法で優しく髪を乾かされている最中で、小さく頭を揺らしながら気持ちのよい手捌《てさば》きに目を細め遠くを見つめた。

『いろんな反応とともに確認しよう』などと、反応!?　と目を白黒させている間に、抵抗できないよう封じられてから次の行動に出るまであっという間であった。

この機会に俺の身体を隅々まで確認しておこうね、と言われて最初は抵抗していたがどう足掻《あが》いても王子の思うまま進む。次第に逆らう気力もなくなり、身を任せるまま散々弄《まさぐ》られた。

触れられる場所や触れられている人物を現実視するだけで、羞恥で神経が焼き切れ途中から正気を保っていられなかった。

まるで軟体動物にでもなったかのように身体中の力が抜けて、カシュエル殿下に世話をされるがまま今に至る。

「はぁ……」

思い出しては、溜め息が出る。カシュエル殿下はとても楽しそうであったが、終始冷静であった。

一人慌てふためいて、最終的には兆《きざ》してしまったものを扱かれて喘《あえ》がされてイかされてしまった。

信じられない。

握り込まれ扱かれるなか、ぬるりと舌先が耳をなぞりカリッと噛まれて最後を迎えてしまうなんて、本気であり得ない。今でもその時の息遣いや熱さが濃厚に思い出される。

ああーっ、無性に叫び出したい気分だ。

他人から与えられる性的な愛撫はとんでもなかった。

自分でコントロールできないことが、怖くてそれでいて気持ちよくて。

相手が王子である背徳感もまたスパイスとなって、あっけなく達してしまった。

ちらりと見上げると、ばちっと王子と視線が合う。

「レオラムは髪も柔らかくて手触りがいいね」

も、ってなんだ。もって！

穿《うが》った見方でまじまじと見るが、カシュエル殿下はにこっと笑うだけでその笑顔に邪気はない。

美貌の微笑は凄まじい威力で、浴室のこともあり俺はぼふんっと湯気が出るのではないかというくらい顔が熱くなった。

俺をイかせるだけで、それも兆してしまったからついでにイっとこうか程度で、ほかに性的なことをされたわけではなく、そういう意図で触ってほしくもないが、自分だけイくことの罪悪感がものすごい。

お願いしたわけではないのに、悪いことをさせてしまったという気持ちが止まらず、その負い目もあって俺は大人しくなった。

「……ありがとう、ございます」

もごもごと返事をしていると髪を乾かし終えた王子に、ふわふわのガウンを着せられる。

バスタオルで全身を拭かれたが、念のためと身体全体を乾かされた。

過保護というか、とても至れり尽くせりである。

カシュエル殿下の魔法の才能は多岐にわたる。聖女召喚の後に転移魔法の使用と、どちらもかなりの魔力が必要なものなのに殿下の魔力は底が知れない。

「ふふっ」

大きな手で優しく頭を撫でられ、この部屋に来た時よりもその表情は柔らかく解《ほぐ》れて見えて毒気を抜かれる。

気負っていても仕方がないというか、痴態を見られた後で多少のことは気にしたところで無駄というか。世話が楽しいようで嬉々として構い倒してくる。

なので、俺もこの短時間に慣れざるを得ない。

ふわふわのガウンに包まれて、俺の仕上がりを満足そうに眺めているカシュエル殿下に話しかける。話さないとまたさっきのことを思い出しそうだ。

「殿下、人の世話をするのに慣れておられます？」

「ん？　いや、するのは初めてだな。どうしてだ？」

「髪を乾かすのもうまかったですし、手慣れていらっしゃるように見えましたので。あと、楽しそうにされるので好きなのかなと思ったのですが」

「楽しそう？」

そこでカシュエル殿下は、俺をじっと見つめて考え込んだ。

場繋《つな》ぎというか、ただの気分転換のつもりの会話に考え込まれ、俺はびっくりする。

「殿下？」

「ああ。確かにレオラムの世話は楽しいな」

しみじみ告げられ、鼓動が速くなる。殿下に他意はないと思うが、言われた俺はどう反応していいのか困る。

妙に気恥ずかしくなりながら、それを誤魔化すように早口で告げた。

「えっと、それでどこで寝かせてもらったらいいのでしょうか？　それとも、このままお話を？」

話があるのなら聞きたいが、さすがに浴室のあれやこれやで疲れてくったくただ。頭が回る気がしない。泊まれというなら泊まりたいと、思考はそちらに傾いていく。

ぐだぐだになる前にできる範囲の主張をしての今なので、ここまできて帰るなんて言える空気でないとわかっている。

カシュエル殿下は、意識的なのか無意識なのかはわからないが、自分に都合の悪いことは聞き入れる耳を持っていないらしい。

王都から少し離れた格安の借家を借りているのだが、今回は利便上宿を取っていた。そこに必要な荷物があるからと言っても、明日の朝に従者に取りに行かせるの一点張りで叶わなかった。

自分の言うことを聞いて当然とまでは思ってはいなそうだが、主張を変える気がないのは見て取れた。

気遣いは感じられるので傲慢《ごうまん》とは思わないが、上に立つ人独特の従わせることに慣れた態度だ。気にかけてもらっていることには感謝するが、機会を見て脱出を試みるしかないのだろう。

逆上《のぼ》せたようなふわふわとした思考でこれからについて訊《たず》ねると、カシュエル殿下も同じだったようであっさりと寝ることに同意した。

もっとも、この王子様は聖女召喚という大役をされた後だ。今日だけでなく、準備なども大変だったに違いない。

「そうだな。まだまだレオラムと話したいことはあるが、今日は疲れただろうから話は明日にして寝ようか」

「はい」

「寝る場所だが、こっちだ」

手を引かれ連れられた場所は、これまた何人寝られるのかというくらい広いベッドだった。しわ一つない整えられたシーツの上に王子が上がると、そのまま腕を引っ張り上げられる。

「ここで寝たらいい」

二人分の体重でわずかに軋《きし》み、見るからに主寝室のベッドの上部、クッション枕を背に二人して座り込むことになった。

なんとなく想像はついていたが、ベッドに上がったということはそういうことらしい。

「殿下、一緒のベッドに入る必要があるのでしょうか?」

「なぜ別にする必要が?」

「なぜって……」

あまりにも平然と返され、絶句する。

「互いを知るには、時間の共有から始めるのが一番てっとり早い」

「そうですが」

「それに私はレオラムの身体のすべてを見たのだから、寝るくらい今さらだろう？」

強引にことを進めてきた本人がそれを言うのってどうなのだろうか。

勇者と話している時に捕まってからずっとこんな調子で、どうやって王子を説得していいのかわからない。

「ここは殿下の寝室では？」

「そうだが？　この部屋でレオラムは遠慮しないでいいからね」

ふ、とどこか色めいた表情で笑い、甘やかすような声音に、耐性のない俺の返事は上擦る。

「ソファでも……」

「レオラム。私が言ったことが聞こえなかった？」

ソファでも恐れ多いがそのほうがまだマシだ。そう言おうとしたら、即座に腰に手が回りぐいっと引き寄せられて密着した形で向かい合う。

――ひぃぃぃー。近いって。

本日何度目かの密着だが、毎度心臓が縮む。

裸でないだけマシだのそんな次元ではない。王子のすることなすこと、心臓に悪すぎる。

カシュエル殿下の美貌は認知していても、触れられるほど間近にあるとそのあまりの美しさに否《いや》応《おう》なく視線が吸い寄せられてしまう。

「……その、大人が一緒にって寝苦しくありませんか？」

「レオラムは寝相が悪い？」

「そんなに悪くないですけど」

「なら、問題ないな」

——だから、ずっと問題だらけなんです！

王子の言動の根底には俺への労りも感じるから強く否定できないだけで、今までの俺ならこんなに人と密着することも長時間話すこともありえない。

王子の私室にいること自体もそうだし、一緒に就寝するなんて、これ何の時間なのかというくらい拷問だ。

「ううぅー」

「何も迷う必要はないが」

「では、ベッドはとても大きいので、端っこをお借りできれば……」

だから、くっついている現状をどうにかしたいのだと告げてみるが、王子はふっと柔らかに笑うだけ。一緒にいるだけでいいとばかりにずっと穏やかな空気を流され、俺は眉尻を下げた。

居心地がいいのか悪いのかわからず、ちらちらと王子の様子をうかがう。

俺を見る王子の紫の透き通る瞳がゆらゆらと揺れた。

その揺れが何なのかを確認する前に、ふっとそれは消えてにこっと笑みを浮かべられる。

「慣れてくれ」

「…………」

慣れって、そもそも今日は仕方がないとしても明日には帰るつもりだ。

だけど、それを告げたところで丸め込まれるのは目に見えている。

俺は賢明にも口を噤《つぐ》み、せめてもの抵抗で瞼を伏せた。

「レオラム、私に慣れて」

その瞼に息を吹きかけるよう静かに告げられ、俺は視線をカシュエル殿下へと戻した。

こちらに向けられた蠱惑《こわく》的な瞳がすぅっと細められ、声に出さない考えを見透かすような眼差しに心臓がすくみ上がる。

「殿下……」

「レオラムと一緒にいたい」

額に吐息のようなキスを落とされ、俺ははっと息を呑み込んだ。

殿下に捕らわれて、言葉をかけられてから、浴室でのことなど何度かまさかと思い、王子に限ってそれはないだろうと頭の隅に追いやっていた考えが押し寄せてくる。

強引なのに、優しく触れてくるそれは嫌ではなくて、本当のところはまだはっきりとわからないから俺も態度で示せない。

水面下で静かに混乱する俺をよそに、カシュエル殿下は再びにこりと微笑む。それから有無を言わさず向かい合うように横になり抱きしめてきた。足も絡められ、身動きできなくなる。

「あの……」

「レオラムからしたら、何もかも急で驚くことばかりだと思うけれど」

そこで言葉を止めたカシュエル殿下を見つめ、突然の発言に瞬いた。その通りだったので頷《うなず》く。

「はい」

「私の言ったことをよく考えてほしい」

鼻先を俺の頭に押し当て、すん、と匂いを嗅がれ、耳元でささやかれる。

ぞくりと肌が粟立ち、耳朶《じだ》が熱くなった。

浴室でのことをあっさりと思い出した身体はじわじわと耳同様に熱を帯びてくるようだ。

俺はもぞりと頭を動かしカシュエル殿下の吐息から逃れようとした。

だが、それさえも許さないとばかりにぎゅうっと抱きしめられ、うっとりと呟かれる。

「とても落ち着く」

「………」

否応《いやおう》なく密着する身体とカシュエル殿下の匂いに包まれ、俺はひっそりと苦く笑った。

同じように俺も王子の体温と匂いにうっとりしかけたものだから、人のことを言えない。

もちろん、こちらは偶発的だが、相手は意図的に匂いを嗅いでいるので全く条件が違う。

そもそも同じ洗浄剤を使って洗いましたが？　などとも思うが、悪口を言われたわけでもあるまいし、浴室の出来事を思うと匂いくらい些細《ささい》なことだ。

人肌は落ち着かないようで落ち着く。

それが誰にでもそうなのか、相手が王子だからなのかは、圧倒的に経験不足の俺では判断つかない。加えてそわそわする気持ちは嫌なのにくすぐったくもあって、どんな顔していいのか困惑する。

「レオラム、このままで」

「……はい」

それらの心情をぎゅっと自分の中に押し込め、受け流すことに慣れた俺はそのまま王子の腕の中で大人しくした。すると、さらに閉じ込めるようにきゅっと力を入れられる。

これ以上ないくらい密着する状態になり、カシュエル殿下の胸元に顔を埋《うず》めるような形になった。

思わずイエスと返事してしまった後では、このまま寝るのかな？　寝にくくない？　絶対寝にくいよねと言いたいところだが言えない。

うーん。……じっと見られてる気がする。

頭上に視線というにはあまりにも熱いものを感じ、俺は頑《かたく》なに王子の胸に顔を預けた。

どんな顔をしてどんな反応をしていいのか、何を話しかければいいのか本当にわからない。

体勢を変えてまで、王子を見る勇気はない。

ないけれど、どんなふうに自分を見ているのだろうかと気になって考えてしまう。

カシュエル殿下の見透かすようで蠱惑《こわく》的な紫の眼差しは凶器だ。

一瞬視線が絡まっただけでぶるりと背筋に怖気《おぞけ》が這い上がったあの感覚と、甘やかに柔らかく解ける眼差しを思い出し、ぞわりと身体が震えた。

「殿下、このまま寝るのですか？」

「そうだね」

ふぅっと息を吐き出すように問いかけるが、まだ視線が突き刺さっている。

話しかけてはみたが、カシュエル殿下と視線を合わせる勇気は持てなかった。自分を見るその双《そう》眸《ぼう》に何かを見つけてしまったらまずいと警鐘が鳴る。

明確なものは掴《つか》めておらず、むしろ、今は顔を見ないで済むほうがいい気がした。

「おやすみ」

じっとしていると、小さく息をついた王子が静かに告げた。

その際に柔らかな感触が頭上でしたが、きっと気のせいに違いない。

「……はい。おやすみなさい」

俺はここに来てからのもろもろを呑み込み、就寝の挨拶を返した。

小さな、本当に小さな声は王子の胸に吸い込まれ聞こえたかわからないが、今度ははっきりと唇が頭上に落ちてきた。

――これって、殿下はやっぱり自分のこと……

そういう思考になりかけたが、だからといって何をどう考えていいのかわからなかった。

いずれここから出ていくつもりだ。ならばあまり深く考えても仕方がないと思考に蓋《ふた》をする。

しばらく相手の様子をうかがっていたが、胸元は規則正しく上下し、王子は何も言うつもりもなく本当に寝るようだ。ただ、拘束された腕の力ですぐに寝たわけでもないことはわかる。

なんだろうなぁ、と俺は深く息をついた。

カシュエル殿下のすることと言うことに過剰に振り回され、今のところ転がり落ちるように流されている。

あんなことまでされて、今も明らかに寝るにはリラックスできる体勢ではないのに、完全に居心地が悪いとは思えないことが自分でも不思議だった。

俺の過去を知って、心配してくれていたとわかったことも大きい。

どうしてあのような傷を負っていたのか、すべての事情を知っているわけではないと思う。それでもあの時の自分を気にかけてくれていた人がいたという事実は、じわじわと俺の胸の内に喜びを広げた。

気にしないように、傷つかないように、これ以上駄目にならないように。

そうやって生きてきた俺は、それだけでほだされてしまいそうだ。

他人からすればそんなことでと思う些細《ささい》な出来事かもしれない。だが、当時の自分が知ったら間違いなく王子との再会を目標の一つとして生きるための活力に変えていただろうと思えるくらい、その存在はとても貴重だ。

――でも、このまま流されるわけにはいかない。

俺は改めて決意する。

たらればの話をしても仕方がなく、王子はこのまま俺を留めておこうとしているが、それでは何も過去と決別できないままだ。

感謝はするが、このまま王宮に閉じ込められてはなすべきことができない。

怒涛の一日であったがようやく一人で考える時間を持て改めて気持ちを確かめていると、わずかに拘束の力が緩んだ。

俺はそっと顔を上げ、目を閉じたカシュエル殿下を見つめた。

何もかも特別で手の届かない遠いところにいるはずの人。

心音を聴くほど近くにいることに違和感しかなく、他人の心音をこんなふうに耳にすること自体が初めてであったが、耳を傾けていると心が安らぐ気がした。

とくとくとく、と王子の心臓の音が自分の心臓の音と重なる。

自分の考えもまとまったからか次第に心地よい眠気に誘われ、最後に王子が瞼を閉じたままなのを確認してそっと目を閉じた。

よほど疲れていたのかふわぁっと欠伸が漏れる。

王族と共寝して緊張よりも眠気が勝ち、どこか壊れた自分の感性に俺は苦笑した。

そもそもこうなったのは、と思い返す。

聖女召喚を見届け、これでお役ごめんだとばかりに気分よく満月を見上げ、さようならの挨拶をしても何かと絡んでくる勇者に捕まったことから始まった。

あの時、さっさと扉を出て振り切ってでもその場所を離れていたら、こんなことにはなっていなかったんじゃないだろうかと、薄れゆく意識の中で最後に思った。

第三章　戸惑いと深夜の体温

カーテンの隙間からほんのりと外の明かりが漏れ入り、ゆっくりと太陽の光が伸びて部屋の内部を照らしていく。

意識が浮上していくと同時に、身体が重いことに違和感を覚え、ゆっくりと瞼を上げた。

「んっ、……っ⁉」

わずかに首を傾げたところで目の前に第二王子の姿を捉え、かっと瞬間的に目を見開いた。

急に覚醒した頭で怒涛《どとう》の展開に流された昨夜の出来事のあれこれを思い出し、徐々にぷすぅーっと力が抜けていく。

「そっか……、昨夜は殿下と一緒のベッドに寝たんだった……」

改めて考えると、とんでもない一夜だった。

そして、昨夜の決意とともに現在進行形で何も解決していない事態。

解放してもらえる日がくるのだろうかとカシュエル殿下を見つめあれこれ考えてみるが、すんなり進むビジョンが浮かばず、もう一度夢の中へと入りたくなった。

一度、現実逃避とばかりにむぎゅっと目をつぶってみるが、しっかり王子の存在を感じた後では無視できない。

遠くから見ていた分には華奢《きゃしゃ》ではない細身のイメージであったが、意外と厚い胸板が目の前でゆっくりと上下している。

——無防備すぎる‼

改めて、現状の異様さを認識する。

これは俺を信用しているのか、それともひょろっとした俺では何もできないと思っているのか、どっちなのだろう。

もちろん害する気持ちは一欠片《ひとかけら》もないが、数年前に出会っていたとしてもほぼ知らぬ仲の相手に、この状況は心配になる。

視線を上げると、瞼が閉じられて一層作り物めいた美しいカシュエル殿下の顔があった。

どこを見ても整った形、絶妙な配置のバランスに、改めて見ても完璧なご尊顔だ。

「すっごい綺麗な顔」

思わず感嘆の声が出た。

冷たいくらい整った顔立ちは、昨夜何度も見た笑みを思い浮かべるとあどけなく、寝ている姿が可愛く見える。

——って、可愛いなんてどういうこと？

王子に対して抱く感想ではないとふぅっと息を吐き出し、現在の己の状況をもう一度整理する。

勇者たちに連れられて聖女召喚を見届け、王子に捕まってからここまでのやり取りを思い出し、はぁっと溜め息が漏れる。

あれこれされたことを深く考えるのは朝から精神衛生上よろしくないし、怪我の有無の確認という理由もあったようなので、今はぐっと羞恥心を堪える。

「やっぱり、夢じゃなかったのか」

つまり、カシュエル殿下に絶賛抱きしめられながらの朝。

大きな身体の温《ぬく》もりや息遣いがリアルに伝わってくるのに、どこかで嘘だろうと叫びたいほどの信じられない気持ちがいまだにある。

もぞもぞと身体を捻って動こうとしてみるが、長い腕が俺の背に回っていて動けない。

腕は昨晩から変わりなくがっちり回されていたようだ。苦しくはないがそれはそれでどうなのだろうかと、さっきよりも大胆に距離を取ろうと試みた。

「ふ……」

「うわっ」

俺の動きに反応したのか王子が小さく声を漏らし、一層強く抱きしめてきた。

しかも、頭の位置が変わるように軽く持ち上げてずらされ、背中を反らせる形となって王子との顔の距離が近くなる。

――何この状況？

今何時なのかはわからないが、本来ならば馬車に揺られながら田舎に向かっているはずが、ふっかふっかの布団の中でいい匂いに包まれている。

しかも、お近づきになりたいなどと考えることもない、遠い存在である美貌の王子に抱きしめられて寝ているなんて夢のよう。けれど、昨夜の話や今後のことを思うとあまりいい夢とは言えない。

「ありえない……」

「何がありえないの？」

小さな独り言であったはずの言葉に、かすかに掠れた声が返ってくる。

目の前でゆっくりと長い銀の睫毛《まつげ》に縁取られた瞼が上がり、蠱惑《こわく》的な紫色の瞳が現れた。

あまりにもすべてが神秘的で見惚《みと》れてしまったが、王子が起きてしまったのなら会話をしないわけにもいかないと俺は大きく息をついて腹を括った。

「申し訳ありません。起こしてしまいましたか？」

「いや。問題ない」

カシュエル殿下はゆっくりと瞬きをし、小さな吐息とともに呟いた。

まだ眠そうであったが俺の姿を再度その美しい双眸《そうぼう》に捉えると、ふわりと花が綻ぶように微笑む。

「レオラム、おはよう。よく眠れた？」

あまりの神々しさと無防備すぎる姿を目にして、うくっと声が詰まる。

とても貴重な姿を目にしてしまったという背徳感と甘やかに向けられる自分への視線に、鼓動がとくとくと速くなる。

「……おはようございます。おかげさまでぐっすり眠れました」

「それはよかった。それで、何がありえないの？」

覗き込むように見つめられ、さらに距離が近くなる。

その際にさらりとカシュエル殿下の長い髪が落ち、まだ眠たいのか切れ長の瞳が若干細められているのもなんとも色っぽい。

朝から眼福ものだが、心情的には見惚《みと》れているわけにもいかず、わたわたと口を開く。

「それは、この状態がですね」

「状態？」

「そうです。遠い存在であった殿下と寝室をともにしている事実が信じられなくて」

寝室をともになんて言ってもただくっついて寝ていただけなのだけど、ずっと身体を密着させた状態で寝ていたようだし、それだけでも驚愕ものだ。

それを聞いたカシュエル殿下は眉を寄せ、ふっと息をついた。

「信じられない、ね。まあいい。これからのこともあるし、起きたのなら食事をしながら話そうか」

「はいぃ～ぃっ」

返事をする最中にぎゅうっと抱きしめられ、悲鳴のような声が出た。

なぜか、殿下の魔力が巡る感覚がする。

発動してる？　発動してるの？　なぜ⁇

「ああ。苦しかった？」

「いえ、そういうわけではないのですが驚いたというか」

「それだけ？」

「えっ、と、そうです」

その答えに気をよくしたらしいカシュエル殿下はすぐに俺を抱えたまま身体を起こすと、ベッドから降りてクローゼットの前に立ち手を伸ばした。

さっきの魔力発動はなんだったのか。

「これに着替えるといい」

俺に衣服を渡すと、カシュエル殿下は俺の見ている前でためらいもなくガウンを脱ぐ。

その下には下着一枚しか身につけていなかったようで、綺麗に筋肉の付いた裸体が惜しげもなく晒《さら》され、目のやり場に困る。

数点セットされている衣服から一つを選び王子は手慣れた手つきで着替え終わる。それからまだ慣れないツルツルしたシャツのボタンに苦戦する俺の着替えを手伝おうと手を伸ばしてきた。

「私がやろう」

「自分でできます」

「手が空いたから私が手伝うほうが早く終わる」

言い終わる前にあっさりと一つボタンを嵌《は》められた俺は断る術《すべ》を失い、こうなったらさっさと着替えてしまおうと己の手を動かした。

「……ありがとうございます。その、いつも着替えは殿下が？」

「昔から人に触られるのはあまり好きではなかったから、最低限は自分でするようにしている。公式行事の時などは専任に任せるけど、自分でするほうが効率的だし煩わされないしね」

最後に本音が混ざる。

これだけの美貌だ。あれやこれやとこれ幸いと関わろうとした者が多かったのだろう。

この国の最高の魔法使いとなった今は己で防衛できそうだが、力負けする子供の時は苦労もあったのかもしれない。

「違った意味での大変さもあるんですね」

素直な感想が出た。

王族や高位貴族のすべての者が踏ん反り返っているとまでは考えていないが、使用人にさせて当たり前だと思っていた。

「おかげでレオラムの着替えも手伝える」

「それとこれとは違うと思いますが、本当に手際がいいですね」

話している間に次々とボタンをとめられ、その流れで髪までセットされる。

ここまでくると、任せたほうが早いと俺も大人しく王子に従った。

前髪に触れるとともに、カシュエル殿下の長い指の背が額に触れる。そのままゆっくりと降りてきた手は頬に添えられ、そっと顔を持ち上げられた。

探るように見つめられ、少し鼓動が速くなる。

「髪は少し横に流しても？」

「……はい」

一瞬、ためらってしまったがゆっくりと頷《うなず》いた。

「昨日も言ったが、レオラムの瞳は綺麗だ。堂々としていればいい」

そのわずかな間の意味を正確に汲《く》み取られる。

傷だらけの過去を知っているなら、カシュエル殿下はある程度推測できているのかもしれない。

「ありがとうございます。そうできるようにしていけたらと思います」

昨夜、自分の反応に思うことはあったばかりだ。いつまでも過去に囚われず、改善していけることは改善していきたい。

それを後押しする言葉をもらい、俺は神妙に頷《うなず》いて礼を告げた。

返事の代わりとばかりに、添えられていた手で俺の頬をぷにっと持ち上げると、王子は笑みを浮かべた。それから目の前で真剣な顔をすると、優しい手つきで俺の髪に触れる。

ただの前髪に何をそんなにこだわる必要があるのか、王子は何度か俺を左右から見ては前髪をいじり、ようやく納得がいったのか笑う気配がして満足げに頷《うなず》いた。

「できたよ」

「ありがとうございます。してもらってばかりで申し訳ありません」

本来ならば、傅《かしず》かれる側の人だ。そんな相手にベストも着せられ、至れり尽くせりで恐縮して告げると、チェストの中から薄紫の紐を取り渡される。

「それなら、私の髪を結んでくれないか？」

「髪、ですか？」

傷みのない艶やかな銀糸の髪に視線をやると、カシュエル殿下は小さくこくりと頷《うなず》いた。

その姿はなんだか可愛らしく、続いて期待のこもった眼差しを向けられやたらドキドキする。

「そう。レオラムに結んでほしい」

「うまくできないかもしれませんけど」

「それでもいい」

「でしたら、失礼します」

椅子に座ってもらい、背後から髪を梳《す》く。

朝の陽光に照らされて一本一本が透き通り、さらさらとした銀の髪は昨晩見た幻想的な光を思い出させた。

長いといっても襟足だけ背中まで伸びているだけで、束ねることも紐を結ぶこともそう難しくはなかったが、引っ張りすぎないようにと丁寧に触れると時間がかかる。

「できました！」

最後にきゅっと結び声をかけると、カシュエル殿下は結んだ髪を後ろから右胸あたりに持ってきて、リボンに触れて嬉しそうに微笑む。

「ありがとう」

「いえ。こちらも着替えを手伝ってもらいましたので」

我ながらいいさじ加減の強さとリボンのバランスだと満足し、小さく頷《うなず》いた。

それとともに、まずいなと自分の気持ちの変化に焦りを覚える。

会話や行為に満足し、誰かを可愛いと思うなんてここしばらくなかった。

相手の温《ぬく》もりを感じ好意的な笑顔を向けられると、虚勢を張れない。振り払えない。ましてやずっと見守ってくれていたらしい人。

情を向けられるとどうしてもこちらも好意的に心が動くし、包まれた温《ぬく》もりに情が湧き、親しみを覚えてしまう。

たった一晩。そんな短い時間だけど、俺の中で十八という大事な区切りの日を乗り越えたこともあって気が緩んでしまったのもあるだろう。

カシュエル殿下の存在自体が特別だ。

そしてタイミングも絶妙で、種類はどうあれ好意を示されれば、よほど生理的に受け付けないとなれば別だろうが、人は同じように好意的な方向へと気持ちが変化する。

俺の中を刺激するのに十分だった。

あらぬところまで曝《さら》け出したので、取り繕う必要もなくなったというのもあるかもしれない。

――昨日から、距離感がずっとおかしい。

強引に詰め寄られた距離から逃れられず、ふわふわと地に足がつかない状況が続いている。

物理的にもだが、なんだか照れくさいのと自分でもよくわからない気持ちを持て余し、カシュエル殿下から離れる。

田舎に帰るという気持ちは変わらないのに、王子とのやり取りは胸の奥がちょっぴりほっこりする。それもなんだかいただけなかった。

「そうか。これからはレオラムがずっと結んでくれると嬉しいのだが」

「……それは」

敏《さと》い王子は、俺が物理的にも心理的にも距離を取ったとしっかり認識したようだ。

すかさず距離を詰められ、腰に手を回される。

「レオラム。逃げてはダメだよ」

「ですが、もともと帰る予定で」

「うん、そうだね。勘違いしてほしくないのだけど、私は帰ること自体を反対しているわけではないよ。大事なことがあるのならば、一時的にならいいと思っている」

そうなのか？　だったら、帰らせてくれたらいいのに。

一時的という言葉は気になるが、絶対にここから出さないと言われているわけではない。そのことにほっとする。

「でしたら」

「だけど、レオラムが何をしに帰るのか理由を知りたい。田舎というのは、傷だらけになっていた場所にということだろう？」

「そうですけど……」

どこまで推察しているのだろうか。続く言葉が見つからなくて、俺は眉尻を下げた。

腰に回されていた手が背中へと移動し、昨夜も触られた王子の記憶にある傷跡があった場所を撫でられる。

「何があるのかわからないところに、レオラムを一人だけで帰らせることはさすがにできない。当時はレオラムを捜しきれなくてとても心配していた。またどこかに行ってそのままいなくなってしまうのではと思うと、簡単には許可できない」

カシュエル殿下の真摯《しんし》な言葉と向けられる思いに俺はどきりと心臓を跳ねさせ、高まる緊張に固唾《かたず》を呑んだ。

「その辺りも含め、しっかり話し合おうか」

「……はい」

有無を言わせない口調に、俺は困り果てながら掠れた声で返事をした。

しばらく視線が絡み合っていたが、気まずさに逸らす。

「レオラム。君をもう見失いたくない」

カシュエル殿下の真摯《しんし》な声が響く。

それに対して、答えを持ち合わせていない俺は小さく下唇を噛み締めることしかできない。

王子はそんな俺を見て、すっと澄ました顔のまま口元だけで笑みをかたどり、何を考えているのかわからない表情で続けた。

「まずは朝食からだね。しっかり栄養を摂らないと」

話が後回しになったことにほっとしていいのか複雑な思いのままカシュエル殿下を見返したその時、来訪を告げるノックの音が響く。

俺はびくりと身を強張らせたが、王子は涼しい顔をして入室を許可した。

まるで見計らったかのようなタイミングでメイドや使用人、そして護衛騎士が訪れて朝の挨拶を述べる。その次に、明らかに高位貴族だとわかる立派な服を着た金髪で眼鏡をかけた男性が訪れた。

吊り上がり気味の細い目で冷たい印象を持つその相手は、記憶に違いがなければこの国の宰相だ。

「殿下、おはようございます。よく眠れましたか？」

「ぐっすりとな」

「それはよかったです」

親しげに会話がなされるなか、使用人たちは脱いだ服を回収している。プロフェッショナルな彼らは俺がいても不躾《ぶしつけ》に見てくることなく、各々の仕事をこなしていく。

シャッ、と一気にカーテンが開かれ、明るい日差しが部屋全体を照らした。

停滞気味だった時間が動き出し、一晩過ごしたはずなのに途端に知らない部屋みたいで居心地が悪くなる。

先ほどまで二人きりだった空間が一気に賑やかになり、精緻《せいち》な造りの内装も含め、場違い感が半端ない。身を縮こめて、俺はなるべく存在感を消すよう息を最大限に潜めた。

周囲の様子をそれとなく観察しながら、カシュエル殿下と宰相の会話に耳を傾けていたが、二人の会話が不自然に止まり妙な沈黙に視線を上げる。

「……‼?」

面白いほどびくぅっと肩が跳ねた。自分の反応も恥ずかしいやらで、そろそろと視線を戻す。

なぜか、二人して見下ろすような形でじぃっと俺を観察していた。

カシュエル殿下は穏やかな目で、宰相は眼鏡の奥に面白そうな光を宿していて、どうして二人して自分をそんな眼差しで見るのだと、ますます居心地が悪く落ち着かない気持ちになる。

宰相を近くで見たのはこれが初めてだが、年齢は三十なかばくらいだろうか。四十歳はいっていないと記憶している。

文系のインテリ感を醸し出す男は、俺と視線が合うと鋭い双眸《そうぼう》を細めた。見ていることを隠さず、俺の姿に上から下へと視線を走らせてくる。

「無事、確保なさったようですね」

「朝から何をしにきた？」

確保？　と首を傾げるが、カシュエル殿下が俺の肩を引き寄せたので、疑問を浮かべている場合ではなくなった。

人前で肩を抱かれ、王子の手を振り払うわけにはいかず、寄り添うように話を聞く羽目になる。

「それをおっしゃいますか？　昨晩は大業を成され、聖女を送り届けた後は聖女が引き止めるのにも構わず、そのまま部屋にこもられたと聞いて倒れていないか心配していたのです」

「本音は？」

カシュエル殿下の端的な質問に、宰相は王子をまっすぐに見つめた後《のち》、頭を深く下げた。

「聖女を私たちに押し付けてから全く顔を出されなかったので、そちらの首尾はどうなったのかと確認しに参りました」

「そうか。見ての通りだ」

「ええ、初動は上々といったところでしょうか。ああ、初めまして。あなたがレオラム様ですね。

私はメイソン・エバンズと申します」

「彼は宰相だ」

王子が補足してくれたが、やっぱり宰相で合っていた。

異例の若さで抜擢《ばってき》されたエバンズ宰相は有名だ。かなりの手練《てだ》れだと政治に疎《うと》い俺でも聞いたことがあるくらいの人物だ。

「レオラム、です」

性は名乗るほどでもないだろう。冒険者は平民が多いし、冒険者ギルドにはレオラムと下の名前だけで登録していた。訳ありで冒険者をしている者も多く、詮索しないのが暗黙のルールだ。

だが、貴族社会では姓まで名乗るほうが一般的だ。

名乗られて名乗らないのはどうなのかと悩んでいると、カシュエル殿下が今度は背後から覆い被さるように腕を回してきた。

「殿下⁉」

びくりと背中が揺れる。

咎《とが》めた声を出してしまったが、王子はものともせずに涼しげな声で平然とそのまま軽く体重をかけてくる。

「嫌な予感がするからレオラムを補充したい」

嫌な予感？　宰相が来たから？

ぐっと足を踏ん張りつつ宰相を見上げると、彼の口の端がうっそりと吊り上がった。

眼鏡の奥の瞳は角度から光で反射してよく見えないが、油断ならない相手だと王子が警戒するのもわかる気がした。

「察しがよくて助かります」

「何が助かるのだか。見ての通り忙しいのだが？」

「そのようですね。ただ、こちらもこちらで事情がありますのでぜひともご協力いただければと」

平然と会話を続けないでくれませんか？

なんとか無礼にならないように脱出を試みるが、一向に抜け出せそうにない。

ぽんぽんと、王子の手を叩いて訴えてみるが、あっさりと去《い》なされる。

「レオラム、じっとして」

「ですが、近いなぁって」

加減はされているが自分より大きい相手は重い。何より、人に見られていることをもっと考慮してほしい。

「今さら？　昨夜はもっと」

「わぁぁぁーっ」

ちょっ、何を言い出すのか。俺は立場も考えず思わず叫んだ。

カシュエル殿下はくすくすと笑うと胸のあたりに置いていた腕を曲げ、俺の顎を軽く持ち上げた。

上から覗き込まれる形になり、俺は息を止める。

「レオラムにくっついていたいのだが」

「……ですが」

「嫌？」

その聞き方はずるい。

「嫌ではないですけど」

「ならいいな」

そう言うしかないではないかと困って硬い表情のままぽそぽそと告げると、おんぶお化けになった王子が満足そうな声で笑い、すりっと顔を寄せてくる。

「これはこれは、これほどとは。殿下と一晩いてこの態度……、興味深いですね」

「レオラムは特別だ」

顎を固定されているから見えないが、宰相が興味深げにこっちを見ているのがわかる。

「ええ、レオラム様は稀有《けう》な方ですね」

「……様？」

会話の途中だったのだが、さっきも敬称をつけて呼ばれていたと違和感を口に小さく乗せると、淡々とカシュエル殿下が告げ、宰相が同意する。

「レオラムは私の大事な客人だからね」

「そうですよ。これからよろしくお願いいたします」

ようやく王子に顎から手を離してもらえ、改めて宰相と向き合った。

エバンズ宰相のこれからという言葉を聞かなかったことにして、歓迎ムードに頬を引き攣《つ》らせながら、俺はぎこちなく笑みを浮かべた。

「よろしくお願いします……？」

社交辞令として頭を下げたが、何がよろしくなのかわからない。

むしろ、一冒険者が第二王子の私室にいる、しかも一晩過ごしたことに、もっと言うならこの体勢に疑問を持つべきだ。

カシュエル殿下を説得したら早々に田舎に帰るつもりなのに、王子で手一杯なところに宰相も関わるとなると逃れられる気がしないので不安だ。

ややこしくなる前にやはり交渉をとそっとカシュエル殿下を見上げると、俺の反応をじっと見ていたらしい王子にぎゅうぎゅうと抱きしめられる。

「うっ。く、苦しいです」

「レオラムが可愛くないことを考えてる」

勘や洞察力が鋭すぎない？

「……気のせいではないでしょうか」

「違う。絶対、よからぬことだ」

悪巧みをしているような言い方に困ってしまうが、カシュエル殿下からすれば意に沿わぬことなのだろう。

昨夜からこのやり取りを続けていると、理由を話さない俺が悪いように思えてくるから不思議だ。

王子マジックか。

恐れと驚きとともに妙に感心していると、宰相が「へぇえ」と小さい声であったが関心を寄せた声を上げた。

それから、小さな笑みを浮かべて俺のほうへ一歩近づいてくる。

「お噂はかねがね。いろいろ聞いておりましたよ。こうしてお会いしてみると、印象がまた変わりますね」

「はあ」

ろくな噂ではないのだろうと、俺はわずかに顔をしかめる。

お偉いさんにまで『無気力守銭奴ヒーラー』なんて通り名まで知られていると思うと、無性に消えたくなった。思わず王子を見上げると、ぽんっと頭を優しく叩かれる。

柔らかにこちらを見る双眸《そうぼう》とかち合い、カシュエル殿下はふっと顔を綻ばせた。

「他者の評価など当てにならない」

「そのようですね。少なくとも、無気力というのは他者が彼の心を動かせなかったからと見受けられます」

うーん。プラス評価されると、それはそれでどうだろうかとそわそわする。

決して無気力ではないぞと思っているが、仕事さえこなしていたらいいだろうと行動してきたのは事実だ。

仕事以外のコミュニケーションは必要最低限。その仕事の最中もろくにしゃべらないので、他人からはやる気ゼロに見える。

少なくとも、そう呼ばれても仕方がないと思う行動をしていた自覚はあるので、噂を真っ向から否定されたらそれはそれで居心地が悪い。

「買い被りかと思います。その、あまりいい噂はなかったと思うのでこの話題はつらいのですが」

「そうですか。調べるなかであれこれ噂はありましたが、治癒士《ヒーラー》としての腕は確かだと一貫していましたので、それはそれで凄いことですよ」

「レオラムの実力はその辺のヒーラーより断然優れている」

なぜかカシュエル殿下が、我がことのように自信満々に言い切った。

調べたとの言葉に俺は一瞬どきりとしたが、今ここに咎《とが》められずにいることが答えのような気がして、今さらかとあっさり受け入れた。

冒険者ギルドに登録した時点で、活動内容は知られている。

個人情報は別として噂も多々あり、最後は勇者パーティに加入していたこともあって、それなりに俺は目立っていた。

――そんなことよりも、無性に恥ずかしい。

冒険者のヒーラーとして活動していた時は、噂や視線に我関せず自分の目的のためにしたいようにしていたが、さすがにここではそうもいかない。

態度とは別に仕事ぶりは認めてもらえていたのだと知り、今までのつらさが帳消しになったわけではないが、少しは報われた気持ちになった。

褒められることは本当に慣れなくて、顔が熱くなっていくのがわかる。

俺の様子と王子が愛おしそうに俺を眺めるのを見て、宰相は眼鏡の奥で目を細くした。

「それで、殿下はどこまで彼に話を？」

「話はまだだが、もろもろの確認はした」

平然とそんなことを告げるカシュエル殿下に、俺は昨夜のあれこれを思い出し耳が熱くなる。

それを見た宰相が首を傾げたが、見透かしつつも取ってつけたような仕草に思え、俺はすっと視線を外した。

「もろもろの確認ですか」

「ああ、具体的な話はこれからだ」

対するカシュエル殿下は、全く気にも留めていないようだ。

大人の助けが必要な赤ん坊の頃以外、誰にも触られたことのない場所をガン見されて触れられたことは、一晩経ってもそう簡単に記憶が薄れるものではない。

「そうですか。それは困りましたね」

「困る？」

「はい。実はですね、聖女様があれからうるさ、いえ、不安だと殿下の同席を求めておりまして。来ていただけないかと」

宰相がそう言いかけた時に、扉の向こう側が急に騒がしくなった。慌てた様子の男が護衛に案内されてやってくる。

「歓談中失礼いたします。聖女様が殿下に会わせろと脱走を試みまして。なんとか宥めておりますが私たちではなかなか納得してくださらなくて、一度殿下に顔を出していただけないかと」

その話を聞くなかで、背後のおんぶお化けと化しているカシュエル殿下が体重をかけてきたので視線を投じると、王子の表情がすぅっとなくなっていった。

露骨に嫌な顔はしていないけれど、一晩、どちらかと言えば甘やかな表情ばかりを見てきた俺からすれば、面白くないのだろうなと思える表情だ。自分に向けられたものではないとわかっていてもヒヤリとする。

「殿下？」

「心配いらないよ」

安心するように笑みを浮かべながら、ぐりぐりと甘えるように頬ずりされた。

そこで男はようやく俺の存在に気づき、その背後に乗っかるように陣取るカシュエル殿下を見比べて、ひっと小さく悲鳴を上げた。

エバンズ宰相は眉間に指を当てて揉み込み、疲れた息を吐き出した。

「私が説得にあたってからそう時間が経っていませんが、待てなかったのですかね？　雑談も許されないとは、聖女様はそう気が長いほうではないようでいらっしゃる」

宰相の痛烈な嫌味に、話を通しにきただけの男は真っ青になった。

「申し訳ありません！」

「あなたに言っているわけではないのです。ただ、行動が幼すぎると。年齢は十七歳だと聞いていたのですが、異世界は精神年齢が違うのでしょうかね」

「あちらでは学生というもので、独り立ちはまだと話されておられました」

「はあ。仕方がないですね。能力とそれは別物ということなのでしょう」

宰相は大仰に肩で息をつくと、ゆっくりとカシュエル殿下に向き合った。

「そういうことですので、殿下がレオラム様との時間を重要視しているのは重々承知しておりますがこちらも急務でして。聖女の機嫌を損ねて魔王討伐に行かないと言われても困りますし、殿下もそれは避けたいでしょう？」

「ああ」

カシュエル殿下が小さな息を吐くのとともに頷《うなず》くと、宰相は眼鏡の縁を押し上げた。

「そうでしょうとも。一緒に来ていただけますよね？」

「仕方がないな。勇者たちは？」

「部屋を用意し、待機してもらっております。彼らにもよぉーく言い聞かせて聖女のご機嫌を取るようには伝えておきますが、ひとまず殿下に会っていただかないと埒《らち》が明かないようでして」

――埒《らち》が明かないって⁉　いやいや、聖女元気すぎない？

不安だからって……。不安なのだろうけれど、初めに声をかけたのがカシュエル殿下だったから刷り込みみたいなものだろうか？

だけど、この感じからすると丁寧にもてなしていそうだし、やっぱり顔、顔なのか？　面食いっぽかったし。

召喚して終わりではなく始まり。何もかもがこれからだ。

もともとヒーラーとして勇者パーティにいたため、俺もあまり他人事のようにはいられない。聖女がしっかりそこに収まってくれないと、契約満了はしているが俺も気が気でないというか。知ってしまったからには、動向は気になる。

――……ああーっ、なんか自分のことを言い出しにくい雰囲気になってきたのだけど。

俺がそんなことを考えた時だった。示し合わせたかのようにカシュエル殿下と宰相が交互に話しかけてくる。

「レオラム。話はひとまずお預けだ。聖女のことは国にとって重要であり放置できない問題だ。わかるね？」

「レオラム様。お話もまだということでしたので、殿下のためにもここでお待ちいただけたらと思います」

「なるべく早く片付けるから、待っていてくれるね？」

「そうです。くれぐれもここでおとなしく殿下の帰りを待っていてください」

背後と前から、二人して圧がすごい。

「……はい」

さすがに国の危機に関わることを目の当たりにして、自分のことばかり言っていられない。それくらいの分別はついている。

いるが、なんだかとてつもなく不安になり瞳が頼りなく揺れた。

◇　◇　◇

王宮に囚われて数日。

いまだにカシュエル殿下を説得できておらず、会話の際に暇だと言うと魔物の分布とダンジョンの種類を記す報告書の整理を頼まれた。

冒険者であったこともあって、やり出すと興味深く集中するとあっという間に時間が経つ。

報告と実際で見たものの違いを比べると、齟齬《そご》が気になり、それを調べていくと時間がかかる。

具体的な分布図で知る魔物の脅威とともに、自分たちが活動してきたことで減った魔物の数。

それらが数字で並べられて初めてわかること。

そして、国が、カシュエル殿下が聖女召喚に踏み切った理由。

あちこちで起こる異変とともにこのまま魔物の侵攻を許せば、近い将来この国は大きな決断に迫られる。すべての領土がこのまま無事とはいかないだろう。

今までは前線で魔物討伐という目標のもと、目の前の敵だけに集中していたけれど、情報をまとめることによって見えるものの脅威に改めて肝が冷えた。

前線で戦うだけがすべてではなく、このような仕事もあるのかとそれらに対して王国が働きかけてきたものが見え、考えさせられるものがあった。

ここから出ていきたくはあったけれど、中途半端に放り投げるわけにもいかない。いまだに出ていくタイミングを掴《つか》めないまま真面目に取り組んだ。

少しでも怪我する人が減り、魔王討伐がうまくいくようにと俺は与えられた仕事をこなした。

一区切りがつき、ぐっと腕を上げて伸びをする。

「いったい、いつになったら解放してもらえるのかな……」

任された仕事も悪くはない。

ただ部屋にいるだけより、何かの役に立てていると思えるだけで心苦しさは減る。

だけど、なすべきことがなせていない現状は歯痒《はがゆ》く、時間が経てば経つほど焦燥感が募る。

宰相がこの部屋に訪れて以降も、何度も帰りたいと王子に告げようと試みた。

だけど、あまりの身分の違いに、いつだってカシュエル殿下と接すると夢現《ゆめうつつ》になる上に、なかなか切り出させてもらえなかった。

きっかけは知れたがどうしてそこまで自分にこだわるのだろう。そう疑問を抱きつつも、美しすぎる王子を前にすると思考がすべて止まってしまい、気づけば言われるがまま流されるがまま今に至る。

その間、聖女は毎日騒動を起こし続けている。王宮の通常の状態自体を知らないが、護衛の話によるといつになく落ち着かない空気が流れているらしい。

「聖女様ねぇ」

こちら側の事情で勝手に召喚された聖女は被害者なのであまり強く言えないが、もう少し大人しめに行動してほしい。

肝が据わっていそうだったが、やたらと活発で少しばかり思慮に欠けているようで、それに巻き込まれているカシュエル殿下は忙しくしていた。

――聖女、タフでアクティブすぎるのも問題なんだよなぁ。

部屋にこもっているので話を聞いただけなのだが、できるだけ無駄な動きをしたくない俺にとっては、護衛や宰相から騒動を聞いてるだけでお腹いっぱいになる。

普段の公務があるなかで、聖女の会いたいコールが激化していて、カシュエル殿下は休息もろくに取れていないらしい。

カシュエル殿下の執務室などのプライベートゾーンへの侵入は、王子の魔法で絶対に許さないとばかりに阻止しているらしいが、聖女は隙あらばカシュエル殿下を捜し回っているようだ。

周囲はその聖女の居場所を捜して常に動き回り、聖女のヒーラーとしての訓練は後れを取っているとのことだ。

聖女は唯一無二のヒーラーだ。彼女ほどの力がある者はこの国に、世界にいない。

せっかく素晴らしい能力があるのでさらなる高みを目指してほしいが、無理強いはできない。

今後、魔王討伐に彼女がいるかいないかで戦力が大きく変わるため、訓練に参加してほしいが強引にして嫌われて力を貸してもらえなくなるのは困る。

本来なら勇者一行と連携して実戦もしていく予定だったが、それは嫌だと拒否された状態だ。

聖女はカシュエル殿下を追いかけ回すのに夢中で、能力はあるのに十分に使いこなす練習ができていない現状が続いている。

それに伴い、春に向けて聖女と結束してレベルを上げていこうと王都に留まっていた勇者たちの苛立ちも隠せず、なかなか思うようにいっていないようだった。

そんな中、エバンズ宰相ともう後がないと言わんばかりにせっぱ詰まった顔をしたマクレイ宰相補佐が部屋を訪ねてきた。

どうやら王都にある難度の低いはずのダンジョンが、魔王の影響力のせいか急に変質し、魔物のレベルが変化したようだ。

本来ならレベル上げに使われ、冒険者になりたてやレベルの低い者たちが攻略するダンジョンだ。最中に発生した強い魔物に襲われ、大勢の負傷者を出したらしい。

「その場にいるヒーラーでは追いつかないほどの人数が負傷しました。勇者アルフレッド様からレオラム様なら治療できる、ぜひ来てほしいと要請を受けました」

「聖女様は？」

「逃げることなく、げふん。ああ、怪我人がいるということで素直に応じてくださいましたが、血を見てその場で倒れ込みました」

聖女が住んでいた世界は魔物などおらず平和だったようで、血や傷口を見て卒倒したようだ。

冒険者をしてきたから慣れてしまったけれど、慣れていない女性にはつらかっただろう。

今、ここで聖女が使えないという噂が少しでも立つと、聖女歓迎ムードに翳《かげ》りが落ちる。

少しでも国全体の士気を上げるため、聖女自身に希望を見出してほしい時期なので、内密に力を貸してほしいとのことだった。

説明を受け、ここしばらく目を通していた書類に視線をやる。

じっとしたまま何もせずにいることも心苦しかったし、知ってしまっては何もせずにいるのも後味が悪い。

勇者の要請というのは気になるけれど、指名するということは俺にできる範囲だと判断したからだろう。冒険者としての勇者の判断は信頼できる。

「わかりました。聖女様には及びませんが、ヒーラーの端くれとして私も尽力します」

「あ、ありがとうございます」

宰相補佐が汗を拭きながら、頭を深々と下げる。

王都のダンジョンでの負の出来事は、魔王討伐に意気込む今に水を差すため、信頼回復は確かに大事なことだ。

それもわかるが、どうして補佐がこんなに死にそうな顔をしているのか気になる。

冒険者たちのもとへかけつける前に、この人の治療が必要ではないかと声をかけた。

「あの、体調が悪そうですが大丈夫ですか？　よろしければ診ましょうか？」

「ああ、お優しい。私は大丈夫ですので、どうかご無事にこのたびの任務を頼みます」

宰相補佐がつぅっと涙を流し、祈るように両手を前に組んだ。

涙もろくなるほど精神的に参っているようだ。本当に大丈夫だろうか？　情緒不安定すぎない？

宰相の下につくのはそんなに大変なのかと疑惑の目を向けると、そこでエバンズ宰相が空咳をした。

「んん。レオラム様」

「はい」

有無を言わせぬ圧のある声で名を呼ばれ、俺は背筋を正した。

「この件は当然、カシュエル殿下にも通しております。外出の許可はいただきました。条件付きの許可です。おわかりですよね？」

何が？　視線を合わせ、あまりの圧に瞬きもできず目が乾く。

現在、俺はカシュエル殿下の庇護《ひご》下にあるので、俺に関することは当然カシュエル殿下に報告はいくだろう。別にそれは問題ない。

勝手に動くなと言われているので、すでに話が通っているのならそれでいいくらいの感覚だったが、わざわざ圧をかけて念を押してこられると不安になる。

「条件とは？」

「もちろん、レオラム様の安全です。殿下はレオラム様が傷つくことを非常に心配しておられます。なので、くれぐれも無茶をしないでください。護衛騎士から絶対離れないでください」

護衛？　と首を傾げると、補佐が一つひとつ言葉を句切り、明瞭《めいりょう》に告げた。

「ご尽力いただけることは我々としても感謝しております。ですが、レオラム様にもし何かあれば私の首は文字通り吹っ飛びますので。必ずご無事に帰還してください」

そんな大袈裟な。

魔物退治に出るわけでもなく、ただ治癒をしにいくだけで危険なことは何もない。

そう思っているのが顔に出ていたのか、俺の顔を見た宰相がゆるりと首を振ると、ずいっと補佐の肩を押してこれを見ろと目の前に突き出した。

補佐はつい先日まで子供が生まれたばかりだと幸せそうにしていた。なのに、今はその見る影もなく頬はげっそりと痩せ、一度涙を出したら止まらないのか、いい大人がつぅっと涙を流しっぱなしだ。

本当に大丈夫だろうかと心配していると、エバンズ宰相がとんとんと彼の肩を叩いた。

「大袈裟だと思っているでしょうが、レオラム様の安全を優先するのはこの国のためなのです。魔王討伐も大事ですが、それも外せません。この話を持ってきたマクレイ補佐の命がかかっています。私は彼が必要なので、彼と私のためにも頼みますよ」

あまりの勢いと補佐の哀れさに俺はこくこくと頷《うなず》いた。

「わかりました。言う通りにします」

よくわからないけれど、俺に何かあったら宰相補佐の首が危ないらしい。

出向いてその場で治すだけなのにと思わないでもないけれど、すでに顔色が悪いのでここでは安心させるためにとりあえず頷《うなず》いておこう。

「ありがとうございます。カシュエル殿下を止められるのはレオラム様だけですので、本当にお願いしますね」

「お願いします！」

二人に念を押され、俺は護衛騎士とともに久しぶりに部屋から出ることになった。

ダンジョン近くの負傷者が集められている建物に到着すると、数人のヒーラーが怪我人の手当てをしていた。いち早く俺に気づいたアルフレッドが手を上げる。

「レオラム。こっちだ」

彼の横には足を止血された状態の剣士が、イライラしながら壁に凭《もた》れて座っていた。

道中に詳しい話を聞くと、ダンジョンの異変報告を受けてすぐに助けに突入した勇者たちのおかげで死者は出なかったが、その時に同パーティの剣士であるジョードが怪我を負ったらしい。

アルフレッドに付き添われ痛みに耐えるように口を引き結んでいたジョードは俺を見て、あからさまに顔をしかめた。

「ち、お前か」

苛立ちを含む声音を受け、すっと顔から表情が消えるのが自分でもわかった。

歓迎されるとは思っていなかったが、助けてもらう身でそんな態度はいかがなものかとわずかに眉根が寄る。

それでも、ここには依頼を受けてきているのだからとジョードの状態を確認する。

「怪我は足だけですか？」

抑揚のない声が出る。

この数日、カシュエル殿下と話すと平静でいられず、馴染《なじ》みのない感情が引き出されて収拾つかなくなると心配していたけれど、自分の心がぴしゃりと閉じるのがよくわかった。

そんなに日は経っていないのに、久しぶりに感じるのはカシュエル殿下と過ごす時間が濃密だからか。

彼らを前にすると、感情がすんっと引っ込む。耳に届く、揺らがない冷めた声は確かに自分のものだ。

「……くそっ。マジで気分悪い。お前に頼るくらいなら、しばらく痛くていい。聖女様が復活すれば治してもらえるしな」

確かにそれもいいだろう。

聖女も大勢の怪我人を前に、しかも重傷者もいて驚いただけだ。今後ずっと一緒に行動するのだから、剣士の治療から練習するのはありだ。

「それならお好きにどうぞ。俺は頼まれたから来たんだ。治療が必要でなければ出ていけばいい」

「はぁ？　やる気あんのかよ」

自分でいらないと言ったくせに、がるると牙を剥くように唸る剣士に嘆息する。

——難癖つけすぎじゃない？

もう、俺は勇者パーティの一員ではないのだ。彼を治す義理はない。

「今はあなたたちの専属ヒーラーではありません。宰相様に『治癒を必要とする人を治してほしい』とお願いされたから、俺はここに来ました」

「なら、治すのはお前の役目だろう？」

「聞いてた？『必要とする人』と言われたんだよ。つまり必要としない人は治さなくていいってことだよ」

丁寧に話すのも面倒になってきた。もういいかと取り繕うのをやめると、ジョードは鼻でバカにするように笑った。

「はっ。さすが守銭奴ヒーラー。金が絡まなければどうでもいいってか」

その言葉に、周囲がざわつく。

あいつが、と俺を知らない新人も噂は耳にしていたようで、じろじろと観察するような視線を向けられるのがわかった。中には、明らかに侮蔑のこもった視線も混じっている。

「はぁ、どうとでもとれば？」

本当に面倒だ。どうでもいい人にどう思われようが構わない。けれどやらなければいけないことの邪魔をされるのは困る。

俺が意見を主張したところで、剣士は特に自分の都合のいいようにしか解釈しない。付き合うだけ無駄だ。

「レオラム様は金銭のためにここに来たわけではありません」

余計なことで時間が取られているなと大きく息をつくと、護衛騎士が見かねて援護してくれた。

彼はスキナーという騎士だ。よく護衛についてくれている騎士の一人で、冒険者に混じっても見劣りしないほどがっちりとした体格だ。

俺は今までなら言われるままに、はいはいと流していた。

こういった場で庇われることがなかったので、新鮮だ。棘《とげ》のある言葉も視線も慣れっこなので、むしろこんな場面を見せてしまって申し訳ない。

俺はどう対応していいのか困って、ぽりぽりと頬をかいた。

「気を使わせてすみません。今回は頼まれたので来ましたが、以前は仕事として金銭のやり取りがありましたから」

彼らは最終的に納得する治療を受けられれば、それ以上は言わない。怪我をした不安や苛立ちをぶつけてもいるのだから、まともに受け止めれば疲れるだけだ。

ヒーラーとしての実力証明は結果がすべてだ。

治癒能力に優れているから金がかかっても俺に任せると判断したのは、勇者一行含む、これまでのパーティだ。

金がかかるとか、態度が気にくわないとか、嫌なら仲間に入れなければいい。剣士もそれはわかっているはずだ。

つまり、能力というより、可愛げがないから俺への文句が止まらない。

一緒に活動してきた一年間はずっとそんな感じだったから、勝手に言ってればと俺はなかば無視していた。まともに相手するだけ疲れるし、何も生み出さない。

「依頼があって成り立つ冒険者なら当然では？」

護衛騎士のさも当然だろうとの言葉に、好奇の視線を向けていた冒険者たちが一様にふいっと視線を逸らした。

内心苦笑する。

周囲も結局は話題が欲しいだけ。俺が本当はどうだろうと関係ないのだ。

「こいつは金ありきなんだよ。ヒーラーのくせに思いやりもない」

「ジョード！」

そこで勇者が声を上げた。そこまで大きな声ではないのに、その声はよく通り勇者がこの場の空気を支配する。

「何だよ」

「騎士の言う通りだ。冒険者は報酬を受けて成り立っている。無償ではないし、報酬がいいにこしたことはないのはお前もだろう？」

「だってよ」

静まり返るなか、剣士がむっと拗《す》ねたように口を尖らせる。大好きな勇者に諫められて、面白くないと顔に書いてあった。

以前なら、どれだけ剣士が俺に突っかかっていても止められなかったからなおさらなのだろう。

「ジョード。いい加減にしろ。レオラムはパーティから抜けたんだ。しかも、今は王宮から派遣されてここに来ている。今までとは立場が違うことを忘れるな」

へえ、と俺はアルフレッドを見た。

契約を大事にしていた勇者は、その辺の線引きはしっかりしているようだ。

そこでアルフレッドの青の双眸《そうぼう》と視線が合う。彼は何か言いたげに目を眇《すが》めたが、人もいるからかすっと逸らされた。

ほんと、この間から勇者がおかしいが、今の発言からは頼もしさも感じ少し見る目が変わる。

さすがに勇者の言葉に目が覚めたのか、ジョードがあからさまに肩を落とした。

「悪い」

「レオラムの治癒能力が高いのは認めているだろう？」

「……ああ」

ぐっと苦虫を噛みつぶしたように返事をする剣士に苦笑する。

散々、文句を言われながら剣士を治癒してきたが、一応能力は認められているらしい。素直に頷《うなず》くにはプライドが許さないのか、拗《す》ねているからか。

「それで、お前はレオラムに治してほしいのか、いつ復活するかわからない、しかもその気になるかもわからない聖女を待つのか、どうする？」

これは治す流れかなと、もう少しだけ待つかと静かに剣士を見た。

ジョードはちらりと俺を見て、次に自身の怪我した足を見て顔をしかめた。苛立ちが収まり、痛みを思い出したようだ。

「……わかったよ。頼む」

ジョードは絞り出すように声を出した。

「わかった」

素直じゃないなと呆《あき》れる。けれどここで態度に出すと拗《こじ》れるので淡々と返事をし、俺は周囲をざっと見回す。怪我人は二十人くらいか。

――剣士のせいで変に目立ってしまったから、さっさと終わらせよう。

冒険者時代は目的地までの移動、どこで治癒を必要とするか、何度必要となるのか、さらに大きな戦いがあるかもしれないと、体力や力の配分を考えて治癒していたが、今はそうする必要はない。

「では、ここにいる全員を治したいと思います。ただし、先ほども話しましたが治してほしい人だけです。文句を言う人まで面倒を見るつもりはありませんので、その旨申し出てください。では、始めます」

それから俺は重傷者から順に治療を開始した。

治療が済めば次、と無駄口を聞くことも叩かせる暇も与えず、もくもくと患部に手を当てて治していく。その間、治療されるのが嫌だと誰も言うことはなかった。

最後の一人となったところで、ふぅっと息をつき額の汗を拭う。

大きく息を吸い込み、内側から治癒の力を絞り出し患部に当てる。みるみる傷口が小さくなり、跡形もなく綺麗になった。

「はい。終わり」

「すごっ。早っ」

今日、何度も聞いたその感想にわずかに目を伏せるだけで、俺はすっくと立ち上がった。

「終わりましたので帰りましょうか？」

ずっと守るようにそばにいた護衛騎士に声をかける。

「はい」

彼らは俺を王宮まで無事に届けるところまでが任務だ。それに宰相補佐もやきもきしているだろうから少しでも早く帰ったほうがいいだろう。

あと、普通にエバンズ宰相が怖い。正確には宰相があれほど念押しする事実に正直びびっている。

ほぼ力を使い切ってしまったけれど、ここにいる全員を無事治すことができた。

無気力守銭奴ヒーラーとしての実力を疑う者もいたけれど、手を当てるとたちまち治った傷を見てからは静かに順番待ちしていた。

結局、結果がすべて。実力主義の世界。

短時間で治癒してしまえるこの能力は、度重なる戦闘時にはかなり重宝される。

パーティレベルが高ければ高いほど強敵を相手にする。怪我をしてもすぐに復活できたり、治癒にかかる時間の短縮は重要だ。

だから、評判が悪い俺に、守銭奴と言いながらも、金を出して仲間に欲しがったのだ。

「なんでこんなにあっさりと治せるんだよ。今まで手を抜いていたのか？」

誰とも視線を合わせずさっさと去ろうとした俺を、ジョードが治った足をパンパンと叩き立ち上がり見下ろした。

さすがにそれにはムカつき、呆《あき》れた表情を隠さず見上げる。

「なんでって、体力にも限りがあるし、先にもっと大事な場面があるかもしれない冒険時代と今とでは状況が違うだろ？　俺は俺なりに配分を考えていた。それとも力尽きて大事な時に役立たずになってもよかったと？」

「……」

渋面な剣士に、最後に言い捨てる。

それくらいわかれよ。何でもかんでも絡みにきて突っかかってこられて、こちらが何も感じないわけではない。

礼が欲しかったわけではないが、助けたのにこうして文句言われるのは気分がよくない。

しかも、今は大勢を相手に働いた後だ。正直、かなり疲れていた。

「もういいよ。とことん、あんたとは合わないってわかった。もしどこかで見かけても話しかけてこないで」

腹が立つ。だから、関わるのは嫌だったんだ。

人は自分の見たいものしか見ないし信じない。自分と自分が可愛がるものの利益を追求するだけで、それ以外がどれだけ苦労していても気づかない。

今さらだ。勇者一行に、剣士ジョードに何かを求めているわけではない。

勇者からの報酬は破格だった。だからこそほかのパーティメンバーの当たりが悪かったのだろう。役に立ってはいるが、後ろに控えるヒーラーに対してそこまで払う必要があるのかと文句を言っていたのを聞いた。

その時、勇者は何て言って周囲を黙らせたかまでは知らないが、剣士含むほかのメンバーが納得がいっていなかったのはわかっていた。

ヒーラーはパーティの生命線。それは当たり前の認識だが、同時に危機に陥らなければ、参戦できないのでただの足手まといになってしまう。

特に、体格に恵まれずひょろっとした俺は、険しい道のりでは足を引っ張ることも多くあった。

それを見て、一番イライラしていたのはジョードだ。

体力がないことは認めるが、体格からして違うのだから剣士たちと同レベルを求められても仕方ない。それでも文句を言わずについていった。

それだけで身体はぼろぼろで、でも弱音は吐けなくて。

体力オバケたちについていくだけでも大変なのに、毎回毎回全力で治癒しろだって？　治癒士《ヒーラー》をなんだと思っているんだ。だったら、お前も弱い敵に全力を振るうのかって言いたい。

もう知らないとふんと鼻を鳴らし、見ているのも嫌で顔を背けた。

剣士は勇者にどつかれているが、どうでもいい。やはり関わりたくない。疲れる。

いつもならこれくらい耐えられていたのに、もう冒険者をやめると決めたからか、勇者一行と関係ないと思っているからか、それともカシュエル殿下に揺さぶられ動いた心が今までのように処理できなくなってしまったのか、今まで以上に胸がきりきりした。

愛想がないとまた陰口をたたかれるのだろう。けれど、やることをやったのだからいいと、俺はその場を後にした。

◇　◇　◇

王宮に戻り、どおんと重くなる気持ちに耐えきれなくてベッドにダイブした。

あれこれ言われることに慣れていたはずだ。別にそんなことでと思っているはずなのに、身体の疲れもあって一層心が疲れてしまった。

大きく深呼吸を繰り返し、それから膝を抱えてきゅっと身体を丸める。

――大人気なかったかな。

どうせこの先関わらないなら、最後まで何も言わずにいたらよかった。だけど、なぜか感情のコントロールができなかった。

まだ、外は明るい。

この時間ならカシュエル殿下は戻ってこないだろう。もぞもぞと毛布の中にもぐりこみ、再び身をできるだけ縮めた。

暗闇は身を隠せるようで安心する。小さな頃から何かあると身を屈《かが》めていたのでこうすると落ち着く。

「早く田舎に、ハンナに会いたい」

ぽろりと、漏れた言葉はずっとずっと我慢していたものだ。

十八歳という区切りに、一つの目標を達成して少し緩んだ感情が制御しきれなくなってしまったのか、とうとう口にしてしまった。

弱くなっている。これでは駄目だと起き上がり、ぱんっと両頬を叩く。

「強くならないと」

まだ何も終わっていない。ここで弱音を吐いている場合ではない。以前のように身を縮こめていては解決されない。

それでもやはり縋《すが》るものが欲しくて、ベッドにあるクッションを抱きしめた。

ふわふわのクッションは気持ちいい。気づけば鼻を埋《うず》め、そのたびにカシュエル殿下の匂いも意識してしまって顔を離す。

「心地よすぎるのも問題だよね」

もう一度、自分のすべきことを頭の中で整理し、気合いを入れ直す。

——うまく、いく。いかせる。

再び、ころりと寝転がり天井を見上げる。

どこもかしこも精緻《せいち》で華美だけど、落ち着く色合いはまさにここの部屋の主そのものだ。

田舎に帰るためには、カシュエル殿下をどうにかしないといけない。だけど手強い相手をどう説得すればいいのか。

そう簡単に納得してくれるとは思えないし、何よりカシュエル殿下を前にすると主張しきれなくなる自分も問題だった。

はぁっと息をつき、目をつぶる。

疲れたまま眠ってしまいたかったのに、剣士の言葉がまた頭に浮かぶ。

あっちやこっちに思考が飛ぶ。今まで治癒士としての仕事に手を抜いたことはなかった。それを否定されたからか、何度も脳裏を過る。

正しくは否定ではなく疑いだったけれど、すべてを否定されたような、そのことだけではなく頑張ってきたものも無意味だと言われたような、かなり応えるものだった。

わかっている。疲れているから、ナイーブになっているだけだ。

だけど、一度そう感じたものは止まらない。

「ああ、もうっ」

「レオラム」

思わずやりきれなさを吐き出しがばりと起き上がると、この時間に帰ってくるはずのないカシュエル殿下がいつの間にかベッドの脇に座っていて、長い指が俺の髪をさらりと撫でた。

気配もなかったけれどそれはいつものこと。

一瞬、強ばった肩の力を抜いて視線をやると、カシュエル殿下は愛おしい恋人に向けるような、柔らかな笑みを浮かべた。

「どうしたの？　レオラムが大声を出すのは珍しいね」

みっともないところを見られた羞恥と、慣れない甘い眼差しにそわっと身体の奥が震える。

気にしないように、なるべく平静を装って話しかけた。

「……殿下、戻ってこられたのですね。この時間は仕事で忙しいのでは？」

「そうだね。だけど、報告を受けてレオラムが疲れているのではないかと心配だったから。元仲間に絡まれたって聞いた」

「お恥ずかしいです」

自分から絡みにいったわけではないけれど、関係もろくに築けず問題を起こしたと知られるのは未熟さを露呈しているようなものだ。

「レオラムが恥ずかしがる必要はない。相手が一方的に絡んだと聞いている。それに、今日は怪我人を次々と驚異的な速さで治したらしいね。騎士たちがすごいと興奮していたよ」

労るように頬を撫でられながら、悪くない、すごいよと褒められる。

「できることをしただけです」

「うん。レオラムはヒーラーとして優秀だね。きっと彼らも今頃はレオラムの実力を目の当たりにして、どうやって引き込もうかと考えているんじゃないかな」

「まさかっ！」

ろくに挨拶もしなかったので周りの印象は最悪だろう。

よほど危険な場所に行かない限りはある程度実力があれば十分なので、俺では不協和音を生むだけだ。しかも守銭奴ヒーラーなので金がかかると彼らは知っている。

「まあ、どっちでもいいけどね。レオラムは渡さないから」

ふっ、と口の端を上げたカシュエル殿下は艶やかな低い声でささやいた。

王子の顔を見ると、ひたと見据えてくる意志の強い双眸《そうぼう》とかち合う。

「レオラムは冒険者に戻るつもりはない。そうでしょ？」

甘い吐息とともに確認され、ぶんぶんと首を上下に振った。

それ以上何も言えずにじっとしていると、カシュエル殿下は俺をぎゅっと抱きしめながら肩の上に顔を埋《うず》めてきた。

すりすりと匂い付けする動物のように顔を動かしていたが、居心地のいいところを見つけたのかぴたりと止まる。

「何か話して」

「何かって」

「レオラムをもっともっと近くに感じたい」

話すたびに肩甲骨あたりにカシュエル殿下の唇が触れる。

ぞわりと這い上がる言い知れない感覚を逃している間に、肩口に顔を押し付けたまま器用に俺を抱き上げ、膝の上に座らせた。

「レオラムが苦しいのは嫌だ」

すっぽりと包まれる体格差。壊れてしまわないように、だけど逃さないように絶妙な力加減で身体に腕を回された。

「……」

抱きしめられるのは緊張するのに、同時に心地よくて切なくもあった。

伝わる体温が、触れる吐息が、名前のつかない温かくてでも苦しい感情を撫でていく。こみ上げる思いに逃げ出したくなる。

しばらく俺を抱きしめていたが、カシュエル殿下は俺の手を取ると王子の胸の上へと導いて置いた。シャツ越しに、どくどくと異様に力強い心臓の震えが伝わってくる。

その鼓動は、完璧だと言われるカシュエル殿下も自分と同じように悩みや苦しみを抱えて生きているのだと教えてくる。

苦しいと思うほど自分のことを考えてくれているのだと思うと、王子から目が離せない。この鼓動を拒みきれない。

本当に俺が原因で今苦しいのならば、少しでも落ち着くようにと自ら胸に手を沿わせた。

先ほどよりもはっきりと伝わる鼓動に、なんだか涙が出そうになる。

「レオラム。どこにも行かないと約束して」

「カシュエル殿下……、俺は」

「レオラムがいないと寂しい。レオラムが一人で苦しんでいると思うとどうしようもなく苦しい」

出ていきたいと言わせてもらえない。そして、今の殿下に伝える勇気が持てなかった。

切なげな声に胸が締め付けられ、手から伝わる心音がこちらに移り、自分の胸までも苦しくなってくる。

夕暮れのオレンジが二人を包み込む。

「俺は、そんなに弱くないですよ」

さっきは疲れていたこともあって弱気になっていたけれど、今まで誰に何を言われようとも自分のやりたいようにやってきた。

大事に囲われなければならないほど世間知らずではないし、ヒーラーという能力に恵まれたため生きていく術《すべ》はある。

「レオラムは頑張りすぎだ。一人で背負おうとせず私を頼ればいい。私はレオラムが望むならどんなことでもしてみせる」

直接暴くわけでもなく、ふわっと心に寄り添おうとする言葉は力強い。とんとんと優しく宥めるように背中を叩かれる。

あまりにカシュエル殿下の手が頼もしくて優しくて、向けられるものが自分で処理できないほど重いもののように感じられて、拒むようにふるふると首を振った。

――信じるのは怖い。

信じたいと、頼りたいと思ってしまうことが怖かった。

一度、頼ってしまったら戻れなくなりそうで。

このままでは逃れられなくなりそうで。

何より、傷つくのが怖い。奥深くに仕舞ってある心はもうすでにずたずたで、これ以上少しでも傷つけられると自分でもどうなるかわからない。

人と深く接してこなかったのはそこに触れられたくないから。もう傷つきたくないから。

カシュエル殿下は強引なようでいて、無理矢理には触れてこない。

俺が話さないから、カシュエル殿下も話さない。ただ、一緒にいてほしい、ここにいてほしいと、傷つかないでほしいと告げられるだけ。

その、『だけ』が俺の胸を打ち、仕舞いこんでいる心が揺れる。

なぜ、カシュエル殿下がここまで俺に執着するのか。その執着はどれほどのものなのかは怖くて聞けない。

聞いてしまったらさらに身動きできなくなりそうで、ただ伸ばしてくる手を拒めずにここに留まっている。

「レオラムが思っている以上に私はレオラムを必要としている。だから、頑《かたく》なに田舎に帰りたいと言うのではなく、そこで何がしたいのか、そろそろ言ってごらん」

カシュエル殿下自身が俺にとって甘い毒だ。

そこに浸れればとても心地よいだろう。

だけど、浸りきったあとどうやって抜け出す？　自分を保ったままでいられるだろうか？

「…………」

口にするのが怖かった。甘やかす人の前だと特に。

黙っていると、小さく息をついたカシュエル殿下が耳元に唇を寄せた。

「レオラムは今までよく頑張った。今日も最善を尽くしたよ。ずっと頑張ってきたと私は知っている」

直接耳朶《じだ》に響く声は傷ついた心を癒やすようにどこまでも優しくて、ぐっと胸が熱くなる。落ち込んでいた分、その熱さを余計に意識する。

「レオラムは傷ついた者がいると知って放っておけないと思ったんだろう。だから許可をしたけれど、こうして傷ついて帰ってくるのなら考えないと」

「傷ついていません」

「そう。そう言うなら信じるよ。でも、レオラムは優しいから、外に出ると誰かに傷つけられるかもしれない。私はそれが心配なんだ」

俺は自分勝手だ。優しくない。

今も、受け止めきれないとカシュエル殿下から逃げようとしている。

話してしまえば楽になるだろうと自分勝手な考えを捨てきれないと同時に、些細《ささい》なプライドがここで甘えてしまえば自分のしてきたことを崩しそうで頼ることを許せない。

甘えられることを求められているのに、好意にあぐらをかいていいのかと思う気持ちもあった。

揺れる心に考えがまとまらず唇を噛むと、くいっと顎を持ち上げられる。

夕日に染められた幻想的な美しい空のような瞳が俺を見る。

すべてをさらって甘やかしてしまいたいと熱を帯びながら、王子の形のいい唇が近づいてきた。

「手の届くところにいてほしい。できることなら頼ってほしい。私はレオラムを引き留めるためならなんでもするよ。私から離れられないよう、刻み付けよう。レオ、私のそばにいて」

さらに顔が近づく。

「嫌じゃないなら、このままキスをするよ」

そう宣言し、触れる寸前で止まった。宣言したまま一向に動かないカシュエル殿下。

恐る恐る視線を合わせると、いつもよりも透き通るような濃い色の紫の瞳が、まっすぐに俺を見ていた。

視線を合わせたまま、唇が重なる。

「ん……」

そっと重ねられた唇は、見た目に反してひどく熱くて柔らかだった。

キスからは逃れたいと思わなかった。

大事に思われているから？　信じたいから？

ここから逃げたいのに、カシュエル殿下の腕からは本気で逃げたくないのか。

「この感情は簡単に言葉にできない。レオラムがいてくれないと、私は私でなくなってしまいそうなんだ」

繰り返される優しい口づけの合間にささやかれる甘い言葉《どく》。

これも、俺が逃げないようにするため？

言葉通りに刻み付けられる。決して深まらないキスは、その逆に心の中に浸透していく。

「……んっ、あっ」

「レオ、もう手の届かないところには行かないで」

壊れ物にでも触れるようなあまりにも優しいキスは、回避しようと思えば簡単に回避できた。

だけど、触れる口づけとは反対に抱きしめる腕の力が強くて、強引にことを進めるのにそれを拒めば俺がカシュエル殿下を壊してしまうのではないかと思ってしまうほどで。

あまりにも優しく繰り返されるものだから、俺の顔はひどく熱くなった。

決して口では告げないのに、その一つひとつの口づけが愛おしいと告げている。

こんなにも溢れた愛を示されて、でもその言葉はないまま捉えようとしてくる。

「レオ。私の、レオ」

あまりにも優しい時間に、子守歌のようなキスに、緊張していたはずなのに次第に眠くなってくる。

「考えすぎないで。今日も含め、今までよく頑張ったね。ゆっくりお休み」

よしよしと甘やかされて撫でられているうちに俺は睡魔に襲われ、多くの力を使ったこともあってそのままふっと意識を失った。

◇　◇　◇

カシュエル殿下の私室のソファに座りながら、俺は夜空を眺めていた。

欠けつつある月はゆっくりと動き、星々とともに淡い光を静かに地上に注いでいる。中天に差しかかろうとしている月は、もう少ししたら窓から見えなくなりそうだ。

明かりを絞った室内で、俺ははぁっと肩を落とした。

背もたれに左腕を置きぺたりと頬をくっつけながら、徐々に視界から消えゆく月を眺める。

俺がダンジョンの負傷者を治療したあの日から、聖女はちょっとやる気を出したらしい。

勇者パーティの前任の俺が冒険者を治して思うことがあったのか、怪我人の治療に関してはとてもやる気を見せているとのこと。

いいように作用したのなら結果オーライだ。

一度力を発揮するとさすがは聖女様で、あっという間に大勢の怪我人を治したらしい。やはり能力は優れており、有能だと聞いている。

発動までにかかる時間も威力も桁違い。そのため、周囲も彼女の自由奔放な行動に対していまだあまり強く言えないままでいるようだ。

魔王討伐に出向くまで機嫌を損なわないように立ち回ることが大変で、それに一番割を食っているのがカシュエル殿下と訓練に付き合わされる勇者一行であった。

あと、聖女の養子先のダルボット侯爵も、心労ででっぷりした腹が二回りくらい小さくなったらしい。

とにかく、日々元気すぎる聖女のせいで、朝この部屋を出てから晩に帰ってくるまでカシュエル殿下は非常に忙しく、態度には出さないがこの部屋に帰る頃には疲れきっているのが見てとれた。

そんな殿下を前にすると、個人的な話を切り出せないまま今に至る。

「でも、今日こそは話をしないとなぁ」

直接自分が田舎に出向かなくても大丈夫なように、細心の注意を払って自分ができうる手立てを打ってはいる。

——これも不測の事態ではあるんだけど。

いつ何があるかわからないからと準備してきたことが、まさかこのような形で役立つとは思わなかった。

本来なら自分が死亡した場合や怪我をして動けなかった場合に発動するはずのそれは実行されて、守りたいものは守れている。

だけど、五体満足で十八を迎えたなら、自らの足で出向いて、過去と決別するためにも決着をつける必要がある。

そのことを考えると、ぎゅっと心臓が捻られたような痛みを覚えて俺は身体を丸めた。

背中が、腕が、あらゆるところがじくじく痛み出し、あるはずのない痛みに襲われるような感覚に陥りそうになる。

傷は綺麗に治っていても、心はそうはいかない。忘れさせてくれない。

病弱な妹とともに耐えた日々。大事な思い出を踏み躙《にじ》られ、資産を食らい尽くされるのを見ているしかなかった悔しさ。

何もできない自分が情けなくて。

妹、ハンナがいなければ、俺はきっと生きることを諦めていた。それくらい何もかもどうでもよくなるほどつらかった。

感情が激しく揺れ、窓に映る茶色の瞳が明らかに異なる黒に近く濃く陰り、夜空の色と同化していく。

「はぁぁぁー」

重くなる気持ちに、ゆっくりと目を閉じる。

過去に囚われすぎないように、なるべく当時のことを考えないようにしているが、真っ黒な煤《すす》の中に入って視界が覆われてしまいそうだ。

――あぁー、ダメだ。あまり考えるな。

ふぅーと細く長く息を吐き出し、騒ぐ心を落ち着かせる。

ひとまず、やることはやっているので慌てる必要はない。けれど、引き止めが長くなれば長くなるほど、嫌なことから逃げる気持ちが膨れ上がりそうで心配だった。

「本当、嫌だ」

気を張っていないと、すぐに過去に囚われる弱い自分が。

冒険者として活動していた時は危険と隣り合わせで、人の視線などに対しても常に気を張っていたから、良くも悪くもただひたすら目的のために頑張ればいいだけだった。

だが、いざ十八歳になると現実味を帯びてきてあれこれ考えてしまう。

ここに俺を押し込めたカシュエル殿下は、魔王討伐のことを含め公務で忙殺されている。

対して、俺はやることは与えられたけれど期限はなく、部屋から出ず他人の視線に煩わされることなく過ごしている。

周囲が忙しければ忙しいほど、居心地が悪くて仕方がなかった。

資料チェック以外はすることがなく、内容が内容なので飽きはしないけれど十日も経つとこのままでいいのかと停滞する現状に不安が募る。

カシュエル殿下がいない日中、手持ち無沙汰になると考えることも多く余計に感情が揺れ、帰りたいと思う気持ちや理由も増えてくる。

そんなふうに憂えていると、窓から見える月は完全に姿を消していた。

雲一つない晴れ渡った夜空を眺めると、清々しい気分になるどころか迷子のような頼りない気持ちになる。

そんな俺の気持ちを反映するかのように、一つ、星が流れ落ちて消えていく。

それと同時にふわりと部屋の空気の流れが変わった気配がして扉の前に視線を投じると、カシュエル殿下が転移魔法で姿を現した。

ここ最近は聖女に捕まらないように、必ず魔法を用いて帰ってくるのが定番だ。

ふわふわと空気が光とともに舞い上がるなか、カシュエル殿下は長い襟足の髪を優雅に払い、わずかに伏せていた視線を上げると迷わず俺の姿を捉える。

「レオラム」

硬質な美しい顔立ちが綻び、名を呼びながら緩やかに笑みを浮かべる。

すたすたと一直線に俺のところまで歩いてくると、両手を伸ばして俺を抱き上げた。

「うわっ」

「ああー、レオラムだ」

何度されても慣れない浮遊感に声を上げると、肩に顔を埋《うず》められる。

がっちりとホールドしながら、すんと首元の匂いを嗅がれそのままべったりと張り付かれ、俺は苦笑した。

この一連の流れは、定番となりつつある挨拶のようなものになっていた。

最初の頃は抵抗していたのだが力でも言葉でも敵わず、今は受け入れることにしている。

抵抗すれば、時に少し悲しげに、時に本当は嫌じゃないだろうとばかりに小さく首を傾げて、嫌？　と聞かれて拒絶できなくて。

本気で嫌なら暴れて抵抗しているが困るなという程度なので、カシュエル殿下の好きにさせるほうが拘束される時間が短くなると学んだ上だ。

そして、このあとに必ずある儀式。

それが来ることに緊張してわずかに息を潜めていると、一通り俺の匂いと体温を満喫した王子から、ぶわりと魔力が放たれる気配がした。

「んっ」

「リラックスして」

ざわりと空気が動き、構えていても刺激される感覚に思わず声を漏らすと、とんとんと背中を叩かれ、浸すようにカシュエル殿下の魔力が内側に流れ込む。

それらの行為は慣れてはきたが、他人の魔力が這い回る感覚に身震いする。

違和感とともに奥底に熱が帯びてくるようなそれらの感覚を、なじませるように息を整えた。

しばらくすると初めて感じた時のように、ぬるま湯に浸かったようにゆったりと心地よくなっていく。

塗り替えられると思うほどの強力な魔力は、今では少しずつ俺の魔力に馴染んでいくようで不思議な感覚だった。

ほぅっと息を吐き出すと、カシュエル殿下からも同じように息が吐き出され、熱っぽい吐息とともに額に口づけが落とされる。

ぴくっと瞬きを繰り返すと、視線を合わせるように端整な顔が近づいてきた。

「レオ」

感情が高ぶると、カシュエル殿下は愛称で俺を呼ぶ。

それにさえ、神経を刺激されてとくりと鼓動が呼応する。

「で、んか」

「レオ」

もう一度今度は目尻に落とされる。薄めの唇は意外に柔らかくて、ふわりと俺の肌と心を撫でていく。

初日に『つい』というくらい、カシュエル殿下は唇を寄せるのをごく自然にやってくる。今のこれは、魔力を受け止めて偉かったねといった感じだろうか。

あの子守歌のような口づけ以降、唇へのキスはない。

触れていないところはないのではないかというほど毎日顔のあちこちにされていて、これくらいのことでいちいち反応していては切りがない。

俺も流すことに決めて、大きな反応をしないようにするのが精一杯だ。

庇護《ひご》すべき人物への愛情表現だと思うようにしてはいるが、毎回、触れられた肌はずっと感触が残っているし、いちいち顔を赤くするのは止められないままだ。

「お疲れ様です」

「戻ってきたらレオラムがいると癒やされる」

にこっと微笑まれて、おでこの生え際にまた唇を寄せられた。

うっと息を詰め俺はそっと吐き出すと、話を深掘りせずに話題をずらす。

「今日も、その、聖女様が……」

騒動を起こした？　とは、俺の立場では問いにくい。

だが、それだけで伝わったカシュエル殿下は軽く肩を竦《すく》めた。

「彼女には本当に困ってしまうが、私がいると力が発揮できると言われれば、顔を合わせないわけにもいかないからね。適度なところで顔を出すようにしているが、会ったら会ったで話が通じる気がしない」

「殿下が教えているわけでもないのですよね？」

「ああ。専任が魔力の使い方を教えているから、私は必要ない。真面目に取り組めば十分な素質があるとわかるのだが、集中力が持続しないのかムラがあるようだね」

やはり、見知らぬところに急に連れてこられて不安なのだろうか。

「召喚の動揺でまだ落ち着かないのでしょうか？」

「本人はそう主張するけれど、実際のところはどうだろうね。でも、大丈夫だよ。レオラムがもう一度勇者パーティに入って討伐に同行なんてことは絶対させないから」

「……ありがとうございます」

もしかして、カシュエル殿下が聖女を相手にするのは、聖女がしつこくて煩いだけでなく、前任者であった俺のためでもあるのか。そんな自惚れた考えが頭をもたげてしまう。

それくらい王子が俺を見る双眸《そうぼう》はとても力強く、それでいて優しく凪いでいた。

それを見てしまうと、自分の帰りたいという要望を伝えていいのかためらい、さっき決意したばかりなのに迷いが生じる。

言い出すタイミングが掴《つか》めないまま、いつもの流れで身を清め、ベッドに移動する。

そこで広く豪奢な部屋を見て、明日も、それからまたずっと何もしないままここにいるのかと思うと、話さなければと強い衝動に駆られた。

ベッドに二人して上がり、いつものように腕を伸ばして俺を抱き込もうとするカシュエル殿下の胸をぐっと押さえる。

「殿下っ！　お話があるのですが」

「何？」

行動を止められて瞬きをした王子は、軽く首を傾げた。

夜半の空気が濃く満ちるなかでも輝く銀の髪がさらりと揺れ、見惚《みと》れるほど美しい造形に嵌《は》め込まれた魅惑的な瞳が俺を覗き込む。

少し動くだけでその場の空気を支配する王子の、連日の疲れで憂いを帯びた眼差しが心臓に悪い。

だけど、このままではきっと後悔する。俺は手にぎゅっと力を入れて勇気を出して口を開いた。

「田舎に帰らせていただきたいです」

かすかに声が震えた。

王子が俺を心配してくれていること、しかもそれは長年にわたってだということ、情を持って接してくれていることは身に沁みてわかっている。

強引なのに俺についてもしかしたら俺以上に考えてくれている人。

向けられるもの、与えられるものは俺にとって知らないことだらけで、そのどれもが優しくて。

そして熱くて。

求められる喜びと安心を与えられて。

同時に築き上げてきたものが思いもよらないところから崩れていくような怖さもあって。

何より、俺を見るあの幻想的な瞳の熱に当てられて、すっかり消えてなくなったものに熱が灯りそうになる。

国のために忙しくしている王子に自分の要望だけを伝えることに、胸に痛みを覚えるくらいカシュエル殿下に情が移っている自覚もあった。

「帰りたければ理由を言ってくれたら考えると、以前から伝えているよね？　言う気になった？」

「その、妹に会いたいと」

相手を説得するには真実を混ぜると、説得力が増すと聞いたことがある。

だったら、どこまで伝えてもいいと思えるのか、何を隠しておきたいのか。この十日、時間だけはあったので自分の気持ちとともに整理をした。

これでも考えたのだ。

やましいことがないのに言えないのは自分の心の問題だ。けれども己の意に沿わぬことは後悔するかもしれないから自分の素直な気持ちで王子に向き合いたい。

今、告げてもいいと思った精一杯。

「妹がいるの？」

「はい。手紙でやり取りはしているのですが、会うのは久しぶりで。彼女も心配していると思うので、一度会っておきたいと思っていて」

冒険者は危険な仕事も多く、いつ命の灯火《ともしび》が消えるかわからなかった。

なので、家を出てから手紙をやり取りしている間も、会いたいともそれを仄《ほの》めかしもしなかった。

俺が十八歳になるまで課したことを、妹に告げる気もなかった。

生きて、そして大丈夫だと思えるまで、万全に状況を整えてからではないと会いにいってはいけなかった。

唯一の家族。俺は妹が愛おしく、何よりも大事だった。

彼女がいたから、俺は生を諦めずにここまでやってこられた。帰郷はまだ妹には告げていないが、十八になり妹に会いにいくことは目標の一つでもある。

大事だからこそ、家族のことを周囲に語りはしなかった。そもそもそういうキャラではなかったし、嫌われ者だったたし、知りたいと思う人はいなかったけれど。

深く関わろうと、親身になって知ろうとしてくれた人に、大事な存在を明かす。

やらねばならないことがあるので浮かれてばかりはいられないが、もうすぐ会えると思うと目元が緩む。

「なるほどね。妹、妹ねえ」

伝えた言葉はわずかだったが、俺の妹への思慕を感じ取ったのか、嘘ではないと判断したようだ。

しばらく俺の背後を見据えていたが、カシュエル殿下は考えるように顎に指を当てた。理知的な瞳をすっと閉じると、しばらく黙考する。

何をそんなに考える必要があるのだろう。意外な王子の反応に様子をうかがっていると、カシュエル殿下は瞼を上げた。

こちらを見つめる何かを掴《つか》もうとするかのような厳しい眼差しに、俺はこくりと喉を上下させる。

「妹はいくつ？」

「二歳下で、十六歳です」

「そう。手紙は頻繁に？」

「三、四か月に一度くらいでしょうか」

質問の意図はわからないが、これくらいなら何も支障はないはずだ。正直に答えると、カシュエル殿下は顎に当てていた指をとんと動かすと、うんと頷《うなず》いた。

「わかったよ」

「何がですか？」

どの部分に納得をしたのかわからず問いかけると、王子は笑みを浮かべた。

「そうだね。レオラムが帰りたい理由を話してくれたから、私も譲歩しようと思う。ただ、少しだけ時間をくれないかな？」

「時間ですか」

「そう。悪いようにはしない。だから、返事はもう少し待って」

「……はい」

俺はその微笑をじっと見つめながら、小さく頷《うなず》いた。

待て、と断言されては、今はこれ以上の進展は望めないだろう。

話を聞いてくれたことは嬉しい。だけど、少し待つとはいつまでなのか。結局、状況が前進したのかしていないのかわからなくて微妙だ。

「話はもういいかな？」

「はい。聞いていただきありがとうございました」

「話してくれてありがとう。レオラムが少し心を開いてくれたようで嬉しいよ」

そう言われて、俺は視線を揺らし小さく笑みを浮かべるに留めた。

複雑だった。信じてくれることも、喜ばれることも。

すべてを話していないことに罪悪感を覚えるとともに、確かに話そうと思ったのは一緒に過ごした時間があるからだ。あながち王子の言葉は間違っていない。

少しずつ縮まる距離はどこか嬉しくもあって、それでもどこか後ろめたい。

身を縮こめていると、カシュエル殿下の長い腕に巻き込まれた。

ここ数日で慣れた王子の匂いに包まれる。

大きな身体の温《ぬく》もりに、依然鼓動が落ち着かない。けれど心は緊張状態から安らぎも感じるようになり、カシュエル殿下を前にすると身体が弛緩《しかん》する。

俺は目をつむり、カシュエル殿下の鼓動に耳を傾けた。

とくとくとく、と規則正しい鼓動は、自分と同じものでそのことにとても安心する。

身分だとか、美貌だとか、そういったものが常にちらつくが、こうしている間は何者でもない同じ人間なのだと思えた。

最初から強引で、慣れない好意をぶつけられていたからか、王子を前に過去《トラウマ》に迫られてびくつくこともなく、体温に慣らされている。

愛情表現として落とされる口づけも、心の中に蓄積するように刻み付けられ、それらすべてが俺の手に余る。このまま王子の好意の色に染まってしまいそうな怖さに尻込みする。

だけど、こうして抱き込まれ人に身を委ねている現実は、以前とは変われたことの証のようで安堵する気持ちもあって、俺はいつも複雑なままその温《ぬく》もりに身を落としていた。

今日も抱きしめられて眠るようだと、当然のごとく伸びてくる腕に自然と口角が上がる。

「おやすみなさい」

「ん、おやすみ」

俺の挨拶にカシュエル殿下も同じように返したが、その手は俺の肌を服の上から這い回る。

感触を確かめるように動くそれもいつものこと。ずっと同じ流れだけれど、今日は問題が起きた。

――やばっ。

後ろから抱きかかえられるように寝ることが定位置になりつつあったが、そうするとカシュエル殿下の吐息が首にかかる。

王子の手はたまに意味深に俺の身体を行き来し、胸の突起もわざとなのか微妙なラインで触れていく。

ぴくりと俺が反応すると、そっと引いていくので言葉で抗議したことはないが、そういうことを毎晩繰り返され、俺の肌はカシュエル殿下の指の動きに対して敏感になっていた。

王子の息が首元に触れるたびに熱を感じ、動かされる指を無意識に追っていると、緩やかに前が勃《た》ち上がってしまった。

——マジかぁ……

自己嫌悪に項垂《うなだ》れる。

王子の私室で、しかも忙しく働いている時にそういうことをするのも気が引ける。夜は夜で必ず一緒に浴室に入るように決められているので、俺はそういう気分にもなれず、処理する気も全く起きなかった。

つまり、身体が反応するのは生理現象ではあり不可抗力ではあった。

けれど、王子に触れられて反応してしまった事実はわりとショックだ。

静まれー、静まれーと、どうでもいいことを考えようとするが、そうすればそうするほど、感覚が鋭敏になり背後のカシュエル殿下を意識する羽目になった。

これ以上大きくならないようにと、もじっと尻を動かしてみるが何も変わらない。

変わらないどころか、身体の角度が微妙に変わったため、カシュエル殿下の兆したものが足に当たった。

「えっ？」

信じられなくて、思わず声が出る。

俺に当たっていることに気づいているだろう王子は、それを退けるどころかぐっと押し当ててくる。嘘だろーっと、俺は驚愕で固まった。

その最中もぐいぐい押し付けられて、自分よりも明らかに存在感を放つものを無視できない。

俺は居ても立っても居られず、腰を押し付け変わらず好きなように手を動かす王子に話しかけた。

「……その、殿下」

「何？」

「ええっと、当たっているのですが」

「ああ。そういう気分になった」

そういう気分？

聖君王子様の言葉と思えず驚き声をなくす俺に、カシュエル殿下は何てことないように首筋に吸い付いてくる。いつもより長めに吸われ、濡れた感触に肌が粟立った。

徐々にこういったスキンシップを増やされつつあるが、いつまで経っても慣れる気がしない。しかも、今は王子もそういう気分らしいので、俺もどのように反応していいのか困る。

高ぶりを押し付けられると、緩やかに快感を求める気持ちが呼応してしまいそうで、俺は大きく息をついて申し出た。

「その、やめてもらっ」

「最近、忙しくて処理ができなかったからね。そういえば、レオラムはどうしているの？」

最後まで言わせてもらえなかった。

しかも、こちらに話題が振られて、俺はうくっと言葉に詰まる。

まさに、自分も高ぶり中ですとは言えない。

言えないけれど、現在お腹あたりにある手の位置を、王子が少し下げるだけで完全にバレる状態。

俺は焦りで声を上擦らせながら、なんとか抜け出せないかと脱出を試みる。だが、いつものことながら力強い抱擁で抜け出せそうになかった。

足の位置を少しずらしてカバーしようとするが効果もなさそうだ。気づかないでと願いながらおずおずと答える。

「その、特に何も」

「あの夜、イってからは何もってこと？」

改めて聞かないでもらえます？

むしろ、緊張やばたばたしているなかでしていたほうが驚きだ。

そう思うのに、返事をする声が小さくなった。

「……はい」

ぼっち気質だった俺は、猥談をする相手もいなかったし知識も乏しい。言葉にするだけで、かぁぁーと頬が熱くなった。

自分の体温を意識すると、己の意思とは反対に下半身も熱を帯びてくるようだ。

かつてない動揺で身動きできないでいると、カシュエル殿下が耳元でささやく。

「そう。なら、ちょうどいい。一緒に気持ちよくなろうか」

「え……」

驚きすぎてただ言葉を発しただけの俺に、ふ、と色めいた吐息とともに笑うと、カシュエル殿下は俺のズボンの中に手を入れてきた。

兆したものを直接握られ、大事なものに何をされるかわからない恐怖で一瞬ふにゃりとなったが、すぐに促すように上下されると誤魔化しが利かないほどはっきりと勃《た》ち上がった。

「レオラムもそういう気分になってる」

「それは」

「ほら、私の手の中でぴくっと動いた。かわいい」

すっかり弱いとばれている耳をぱくりと食《は》まれ、押し付けていた腰を軽く揺らしてくる。

それに煽られるように、俺のものはさらに硬くなって先端から雫がじわりと漏れた。

王宮に連れられこの部屋に初めて来た時に散々見られて扱かれもしたが、あの時の手つきは優しく淡々と作業をしていた感じだった。

思うことはあったが、最終的に見られて恥ずかしいの一点だ。

なのに、今は放つ空気が違いすぎる。とろりと絡みつくような甘重いものが、動きを鈍くさせる。

まさにそういう気分。

言葉とともに明らかに性的な意図を持って触れられ、俺のそれはあっさりと硬度が増した。

くちゅ、くちゅと淫猥《いんわい》な音と、時おり漏れる息遣いが静かな部屋を支配する。

「でんか……」

緩やかな快感に支配され、じわりと涙の膜が張る。

自分から腰を動かしたい衝動にかられ、ぐっと我慢するとさらに快感が強くなっていく。

「ぁ、ふぅ……」

俺は息をついて身をよじり、なんとかしたくて己の下半身へと手を伸ばす。

カシュエル殿下の手へと伸ばした自分の手は、止めてほしいのか続けてほしいのかわからないまま、ただ重なっただけになった。

「気持ちよさそうだね」

カシュエル殿下はかすかに笑うと、顔を近づけ顎のあたりを舐めてくる。

ざらりとした感触さえ気持ちいい。そのまま舌はつつつっとゆっくりと頬のラインを伝うように上っていき、耳も舐められた。

「……ぁっ」

ぞわぞわと官能が刺激され、俺は熱っぽい吐息をこぼし全身が赤くなる。

耳元で濡れた音にも煽られ、抵抗にもならない小さな動作で首を振った。

「じっとして」

「それ……」

甘く低い声とともに捕らえられ、舌が差し入れられる。

「集中して」

ぬるりと這い回りこもった音にぞわぞわと身体を震わせていると、もう片方の手が服の下に侵入しするすると腹から這い上がり、俺の小さな乳首をつまんだ。

ここ数日で俺の知らなかった快感の場所を教えられ、そういう意図をはっきり示された今、ぞくぞくと背筋に悪寒のような快感が這い回る。

「……ん、そこもだ、めぇ」

「ダメじゃないでしょ？　ここも期待してる」

柔らかい乳首をくにくにと遊ぶようにつまみ、いつの間にかズボンは下げられ、長い指でそっちもくちゅりと先端を撫で回される。

いたずらするみたいに先端の穴を爪でほじられた。とぷりと雫が溢れ、竿を濡らし、王子の手の動きを滑らかにするのを手伝う。

「んっ、それ、だめです」

自分でする時は単調に動かし溜まったものを吐き出すだけだったが、カシュエル殿下は俺が思いもしない動きをし、もどかしさと煽るような動きに翻弄される。

人肌があること自体が普段と違うのに、直接的な刺激だけでなく口づけられ、柔らかに触れられる愛撫に、俺は慣れないながらも徐々に快楽に落とされていった。

声にははっきりと欲情が乗り、だめ、には甘えしか含まれていない。

カシュエル殿下はごくりと喉を鳴らし、低く甘く俺の耳元でささやいた。

「顔が見たい」

それと同時に、手を動かすことをやめてぎゅっと握り込まれる。

「あ、なんで……」

自分でするのとは比べものにならない快楽に囚われて、このまま気持ちよくしてくれるものと勝手に思い込んでいた。

それをもたらしてくれるはずの王子が止めたことに対して、非難の言葉がぽろりと出る。

快楽に染まりかけた俺は思考できず、どうして、と王子を仰ぎ見た。

ただただ、もっと気持ちよくなりたくて、最後まで導いてほしくて。

甘ったれた声と濡れた瞳で訴えると、握っていたものの手を離されてくるりと身体の向きを変えられた。

「可愛い顔を見せてくれたら、もっと気持ちよくしてあげる」

誘うような声に俺は期待する。

唇が頬を滑り、ぎゅっと抱きしめられる。

互いの熱が触れ合い、自分よりも大きく立派なものが俺の腹に押し当てられ軽くこすられる。

カシュエル殿下の、ふっ、と艶かしい吐き出す息に俺のものも反応した。

王子が自分を触っているだけで同じように感じているのだと思うと、なんだか満たされた気持ちにもなった。

「でんか、その」

気持ちよくなりたいって、言ってもいいのだろうか。

イきたいって、言ってもいいのだろうか。

人の温《ぬく》もりにも慣れていない俺は、快感を追うこと、それ自体の良さが今までよくわかっていなかった。

溜まっていたものを出したらスッキリするし、処理している最中はまあ気持ちがいいかなという程度だった。

なのに王子にされると気持ちよくて、やめてほしいのも本当なのに、もっとと思う気持ちが強くなってその先をねだりたくなる。

どうしたらいいのか、どうするのが正解なのかが全くわからなかった。

「ね、気持ちよくなりたかったら、カシューと呼んでごらん。そしたら、とっても気持ちよくイかせてあげる」

「きもちよく……」

「そう。なりたいでしょ？　私はレオラムと気持ちよくなりたい」

言葉に誘われるように、イキたいと快感の先へ意識が向く。

「でんかも、きもちよく？」

「うん。一緒。だから、名前呼んで。レオ」

一緒という言葉は許しの言葉に思えた。

ここに来てからしてもらってばかりで、王子は忙しいのに自分はやることはあまりなくて。

王子の強い意志のもと留められているのだが、本当に自分は必要なのかと思う時もあった。それが居心地の悪い理由の一つにもなっていた。

この部屋で一緒にいること以外は特に何も望まれず、そんな王子が一緒に気持ちよくなりたいと言っている。

ここから出ていくつもりなのに、こんな時なのに存在理由を見出して喜んでしまう。

こつんと額を合わせ瞳を覗き込んでくると、王子は期待に勃《た》ち上がったままの俺のものに腰を押し付けゆるりと上下に揺らす。

蠱惑《こわく》的な瞳に誘《いざな》われ、俺はうっすらと唇を開けた。

気持ちよくなりたいと言葉に出していいのだと、一緒に気持ちよくとはどんな感じなのだろうかと、先にあるものと王子がもたらしてくれる自分の知らない快楽に期待する。

知らないことを教えてくれる、しかも気持ちいいと吹き込まれ、温《ぬく》もりのよさを教えてくれた相手に俺は委ねたくなった。

「レオ」

すでに拒む気持ちはなく、俺は王子に促されるように熱のこもった瞳を見つめた。

「カシュ、エル、さま」

顔を赤くさせて名を呼ぶと、カシュエル殿下はくすりと笑う。

俺の熱すぎるほっぺたにキスを落とした。

それから再び下りてきた王子の手が、俺のものを触れるか触れないかそっと撫でてくる。ふるりと反応すると先端を優しく執拗《しつよう》に撫でられ、俺は腰を揺らめかせた。

「レオ、違う。カシューでしょ。ほら、ここはイきたいって涙をこぼしているよ。気持ちよくなりたいって。イきたくない？」

「……っ。さわらないでください」

唇の端を食《は》まれ、ぺろりと舐められ、むずむずする感覚に気持ちとは反対の言葉が出た。

すると、お仕置きとばかりにさらに親指でぐりぐりと押される。

「つよ、いっ……」

「でも、感じてる。レオラムは優しくされるのも強くされるのも好きみたいだね。ね、触らないと気持ちよくなれない」

「ん、ぁっ」

カシュエル殿下の長い指に絡められ、濡れそぼっている中心を大きな手で包まれる。

ゆるゆると愛撫されると、思考が溶けてとろとろになる。

的確に、時に焦らすように動かされ、王子の動きを追うことに夢中になった。

「ほら。レオ、呼んで」

「カシュ、……ん、っ」

大きな手でされると、自分の手でするよりも断然気持ちいい。

愛おしいとばかりに触れられて吸われるキスもよくて、心も、身体も、王子にすべてを預けてしまいたくなった。

「いき、たいです」

「そう。えらいね。私のも触ってくれる？」

目尻を吸われ焦点を合わせると、王子の期待に満ちた瞳がこちらを見下ろしていた。

俺も同じ男だ、王子の状態も気持ちも理解できる。

ここまでくると出してしまいたい気持ちが勝り、自分だけ気持ちよくされているのも申し訳ない。できることなら王子と一緒にイきたい、気持ちよくなってほしい。

「その、うまくできるか」

「レオラムが触ってくれるだけで気持ちいいから」

反対側の目尻を吸われながら手を取られて、自分とは大きさも長さも違うずいぶんと立派なものを掴《つか》まされる。

「ね、レオ。一緒に気持ちよくなろう」

「……はぃっ」

消極的な小さな返事だったが、カシュエル殿下はしっかりと拾ってくれたようで、柔らかに微笑んだ。

耳元で、小さくありがとうと礼まで言われて、きゅうっと胸が締め付けられる。

カシュエル殿下の太く熱いものの感触がリアルで、どくどくと波打っているものが己の手のひらにあるのが不思議だ。

王子の動作を真似るように上下に動かしてみるが、自分の快楽に引きずられるせいか、もたもたしてうまくできない。

それでも、王子は上手だと褒め、隙あらば唇を寄せ俺のものを包み込む。

耳を噛まれ舌を差し込まれ、とぷ、とぷりと我慢できずに先端が濡れた。

「耳感じる？　真っ赤だ」

「恥ずかしい、です」

「うん。恥ずかしいことしているからね。こういうのは特別じゃないとできないから、感じているところを見せてくれて嬉しい。もっと感じて」

「もっと……。これ以上はちょっと。慣れてないので」

手加減してもらえると助かる。

気持ちよくなりたいけれど、知らない世界に連れていかれそうで怖くもあった。

「慣れていたら困る。しっかり私のやり方を覚えて」

そう告げると、王子は耳の後ろに歯を当ててきた。

ぴくりと身体を震わせた俺の手を一度外させると、自分のものと王子のものを合わされ一緒に掴《つか》み直させられる。

「殿下？」

「一緒にしよう」

歯を当てたところを舐められ、二人分の熱を握った自分の手にカシュエル殿下の大きな手を重ねられる。そのままゆっくりと動かされ、じんわり漏れ出る体液が混ざり合う。

脈打つものを直に感じ、二本あることで届かない部分だとか、そうじゃないというもどかしさもあってやばかった。

「ん、んんっ」

「気持ちいいね。レオラムも自分が思うように動かしてごらん」

「……こう、ですか？」

言われるままに自分から指を絡め強弱をつけると、カシュエル殿下が甘い吐息をこぼした。

自分の手の動きははっきり言ってそこまで快楽を得られないが、その吐息に煽られる。

「そう。上手、もっと大きく動かしてごらん」

俺が積極的になると、カシュエル殿下の動きもさらに複雑になった。

その最中でも額や頬、首や喉とずっと口づけを受けていて、欲だけでなく情も感じる。直接的な快感とともに包み込むそれは、俺をふわふわと夢心地にさせた。

「……きもち、い」

もたらされる快感の波に次第に呑まれ、イきたいとそれだけになる。

このまま優しい快楽に流されてしまいたい。

甘えるように擦り寄り気持ちよくなりたいと腰を動かす俺を、カシュエル殿下はひっそりと笑った。ぐいっと俺の小さな尻を掴《つか》み、さらに身体を引き寄せる。

「イく時は私の名前を呼んでごらん。そうすれば一体感が出てきっとずっといいから、ね」

右手はそのまま欲望を掴《つか》み、左手は尻から背中へと上がり、俺の頭部へと回った。

くいっと頭の角度を変えられて、カシュエル殿下の端整な顔が近づいてくる。

あっ、これはキスされる。

そう思ったのに、逃げようとも思えず俺はただその美貌をじっと見つめた。

次第に顔全体を捉えられなくなり、視線だけが絡み合う。

触れる前にすっと目元が柔らかに細められ、唇が触れるか触れないかのところで名を呼ばれた。

「レオ」

最終確認のそれに、俺はそっと瞳を閉じた。

心臓が早鐘を打ち、すぐそこにあるのにひどく長く感じる。

しっとりと軽く唇が重なると、俺の口は自然とゆるりと綻んだ。

あの日以降も、まるで避けるかのようにずっと唇以外のところばかりにキスをされていて、決して待ち望んでいたわけでもないのに、触れた瞬間にやっとだと歓喜するように全身が震えた。

何度か啄《ついば》むようなキスが落ち、くすぐったい気持ちに目を開けると、熱っぽく俺を見つめるカシュエル殿下の双眸《そうぼう》とかち合った。

そのまま様子を見るように下唇を吸われ、舌が差し込まれる。

俺の小さな舌は、あっさりと王子の熱い舌に捕まった。

搦《から》め捕られじゅるりと唾液とともに吸われ、次第に頭がぼやけてくる。されるがままでいると、噛み付くようにキスをされて容赦なく官能を煽る口づけに翻弄される。

「はっ、ぁっ」

キスがさらに激しくなり、一緒くたにした自分たちの熱もさらなる高みを目指して摩り上げていく。

　腰の揺れが止められない。もっともっとカシュエル殿下の立派なものに擦り付けたくて、擦り付けてほしくて、俺も一生懸命手を動かした。

「鼻で息をしないと」

「んんっ」

　途中、息苦しさを感じ眉根を寄せると、息継ぎのタイミングを教えてくれる。

　呼吸を合わせてキスをしながら、二人して追い上げていくことに没頭した。

「んんっ、カシュ」

「そう。レオ、このまま一緒に」

　言われたように、イきたいと王子の名を呼ぶとちゅっと頬にキスをされ、また唇を奪われた。

　熱くて、気持ちいい。あの時のキスとは全く違う。

　深く交わり、口も下もどこからどこまで混ざっているのかわからなくなる。

「……うっ」

　ぐっと突き上げるように動かされ、俺はぐるぐると腹の中に溜まっていた熱を放出した。

「くっ……」

　耐えるような掠れた声を漏らした後、それを追うようにカシュエル殿下も熱を吐き出す。

　いつもより荒い息とともにのしかかられて、またキスをされる。

　どくどくどくと脈打つ心音が重なる。

次第にそれが緩やかになると、つっと糸を引いてようやく唇が離れていった。

「……キスしすぎです」

そうは言ってみたものの、どちらかと言えば、カシュエル殿下とのキスは好きだと思う。

ほかの人たちがどうしているかも知らないし、自分たちの関係もよくわからない。ただ、カシュエル殿下からの愛情は感じているし、俺も王子に情は持っている。

気持ちいいことに流された気もするし、情があるからと言われればそうなのだろうこの状態に対して、恥ずかしすぎて俺はキスのことしか触れられない。

「レオ」

そんな苦情にもにこりと笑って、カシュエル殿下は俺の唇を吸い上げた。

次第に熱烈になるそれにうっとりと眦《まなじり》に涙を溜めると、「もっと、ね」とさらに深まる口づけを受けた。

第四章　自由と制限と揺れる思い

遠くのほうで響く喧騒を背にして、俺は人通りの少ない回廊を歩いていた。

空は雲で覆われているが、心地よい風にそよそよと揺れる灌木《かんぼく》と色鮮やかに彩る花々は見ているだけで気分を癒やしてくれる。

それらを眺めながら足を進めていたのだが、回廊の終わりを捉えると、ふぅ、と息を吐き立ち止まった。

「あの、本当についてこられるのですか？」

「はい。私たちの役目はレオラム様をお守りすることですので」

「どうぞ、お供にお連れください」

俺の少し離れた後ろにいるのは、カシュエル殿下付きの近衛騎士の二人だ。名はスキナーとマクベイン。

前回のダンジョンでの怪我人を治癒した時にもいたスキナーは、金髪を刈り込んだ上背のあるガッチリとした体躯で、己に対しても鋭さと厳しさが見て取れる言動と第二王子への忠誠心もあつくまっすぐな男。

マクベインは赤茶色の髪でスキナーと比べると細身ではあるが、こちらも鍛えているとわかる体躯を持ち、話しかけると笑みを浮かべて受け答えしてくれるので柔和な感じだ。

「そうですか……。でも、楽しくはないと思いますが」

前回の護衛は宰相たちから振られた仕事だったのであまり気にしないでいられたが、これは完全に個人的なものだ。それに付き合わせてしまうのはどうしても気が引ける。

「守らせていただくことが仕事ですので、私たちへの気遣いは無用です」

「先ほども述べましたが、同行させてもらえるだけでいいので」

「……わかりました」

二人は一定の距離を保ち、必要以上に近づかないし詮索もしてこない。

俺が大柄な人物に威圧感を覚えるのを気づいているようで、彼らなりの気遣いを持ちつつもカシュエル殿下の命令に忠実に俺の護衛に徹していた。

ここに来るまでに似たようなやり取りを何度かしているので、これは何を言っても仕方がないと、俺ははっと乾いた笑いを浮かべ再び足を動かした。

ここ数日、自由に出歩くのを許されただけでもよかったと思うしかない。

帰りたい理由として妹について話した時に、『少し待って』と言われたが、カシュエル殿下は相変わらず忙しい日々を送っているため、その答えはいまだにもらえていない。

カシュエル殿下は聖女召喚を成した人物であり、この国の最高峰の魔力の持ち主なので実に多忙だ。その中で、聖女のラブコールはやまずで、ひとたび私室を出ると多忙を極めていた。

俺も様子を見ながら王子の答えを待っていたのだが、先が見えない日が続くことに限界を迎えた。

ずっと部屋にこもっているのは、精神衛生上よろしくない。

時間があればあるほど考えることが増える。やはり妹の現状や様子など気になることがありすぎて落ち着かない。

「それに……」

思わず声を口に出して、一人ではなかったと思い出し、慌てて閉じた。

それに……、とカシュエル殿下との濃密な夜を思い出すと、走り出したい衝動にかられて頬が熱くなる。

一緒に気持ちよくなった日以降、カシュエル殿下の行為はエスカレートしていた。

夜一緒に眠り、抱き込まれるのが当たり前だったのが、浴室以外のベッドでも肌を直接触られるのは当たり前、キスをするのも当たり前、兆したら一緒にイくのも当たり前と、徐々に俺の許容範囲を広げられていた。

そして、お互いにそういう気分になった時は後ろに指を伸ばされることも増え、これってそういうことなのだろうかと悩みながらも、快楽に流される日々。

自分がこんなに気持ちのいいことに弱いなんて知らなかったし、ただそれだけではないような気もして、胸の中が複雑すぎて俺はいっぱいいっぱいだ。

――自分のことなのに、どうしたいかがわからない。

十八歳まで十分なお金を稼ぎ生きることができたら、その時は田舎に帰って妹に会い、やることをやったあとはしばらくのんびりすることだけ決めて、今まで歯を食いしばって過ごしてきた。

だから、十八歳と同時に提示された選択肢、温《ぬく》もりに戸惑う。

明確な言葉はないけれど、愛情が伝わる優しい手つきとキス、他人からもたらされる気持ちよさ、そして体温が俺の心を揺らす。

すっかりカシュエル殿下に触れられると反応する身体になり、快楽に弱い自分を知り、流されるままなのがどうしようもなく不安になった。

自分の感情もゆらゆら揺れてすべて把握しきれていないのに、他人のことを的確に推し量ることはできない。

愛想の欠片もない、必要なことしか動かない無気力ヒーラーとして悪い意味で有名だった俺は、ギルド登録をして独り立ちを決めてから好意的な構われ方をされたことがない。

一人で過ごすことが圧倒的に多かった俺には、余計にカシェエル殿下の思惑を推測することさえ難しかった。

王子の愛情は感じていても、触りたいと思われるくらい好まれているとは気づいていても、本当のところはどう思っているのか不明なままだ。

だから、庇護《ひご》下におかれ、護衛をあてがわれて執着を見せられると混乱する。

どのような態度で、どのように話を持っていけば正解なのかわからないのだ。

思考の渦に溺れそうになり、薄紫の花に視線を止める。

自由に動くにあたって護衛は絶対条件だと言われ、自分に護衛なんて必要ないと申し出たが許可されず。

しかも、カシュエル殿下自身の心の安寧のためだと本人に言われ、スキナーとマクベイン二人にも殿下のためにもぜひ我々をお供にと、膝を折られて訴えられては否と言えない。

正直、王宮内を一人でうろつくのは心配であったし、下手に出歩いて不審者扱いされても困るので助かる。

だけど、王子の大事な近衛騎士はやりすぎだ。しかも、二人はつけすぎだろう。

悪い人たちではないし頼りになるのだけど、なんとも微妙な感じで俺は自由を許された。

歩いていた回廊は終わり少し先に門扉が見えたところで、俺はもう一度立ち止まり、護衛の二人に話しかけた。

「今日は外に出ようと思いますが、本当についてこられますか？」

二人にはどこに行くとは言っていなかった。

訊《たず》ねられなかったし、いざ外に出るとなった場合に彼らがどんな対応をするのか知りたかったのもあって、あえて黙っていた。

彼らの仕事は俺の護衛だ。

もし、本当にここを出たらいけないと指示されていたら止められるだろうし、それはその時に感じたことも含め、考えようと思ったためだ。

「はい。お供いたします」

「どこまでも」

「そうですか」

やっぱりついてくるらしいと、小さく息をつく。

こうなることはなかば予想していたけれど、彼らがというよりは護衛の存在に落ち着かない。

納得がいっていないとわかる俺の返事に、二人は何食わぬ顔で頷《うなず》いた。

こういうところが、さすがカシュエル殿下の護衛だと感心する。

職務に忠実と言えば忠実なのだろう。守ってくれるし配慮されてはいるが、俺の味方ではないのだなと思う。

俺は複雑な気持ちになりながら、多角的に物事を見ることは大事だと思い直す。

信念は人それぞれだし、行動理念も、その示し方も違う。

――それを痛感したばかりじゃないか。

俺が外出しようと踏み切ったのは、なんとなく王宮から出たらいけないという思い込みに気づいたからだ。

カシュエル殿下にそう言われたわけでもないのに、一緒にいるイコール部屋にいなければいけないと思っていた。

それについては、最初に宿から荷物を運び込まれたことや、宰相のくれぐれもという言葉が原因のような気がする。そのせいで、出てはいけないと思い込んでしまった。

それに気づいた時は、あまりのショックにクッションに顔を埋《うず》めてしばらく動けなかったほどだ。

俺なりに混乱しながらも思考してきたはずだが、視野が狭くなっていたようだ。このままではやはり駄目だと動くことにした。

もろもろの確認のためギルドに行く必要があったし、田舎にとまではいかなくてもまず外に出て今できることをするほうが健全だ。

あと、少しでもカシュエル殿下のそばから離れて、ずるずる引きずられていく今の流れを見直すいい機会にもなると思った。

一緒に過ごす時間が長ければ長いほど居心地がよくなって、一人でいた頃に戻れなくなるのは非常に困る。

まだまだこれからなのだけれど、まずは王宮を出てもいいとわかったのは収穫だ。

ひとまず前進した気分で俺はよしっと気合を入れ門扉をくぐり、そこで、がしっ、と左手首を掴《つか》まれ阻まれた。

護衛の二人は反応していない、つまり不審者ではないのだろう。そして、俺にこのようなことをする人は限られている。

自分より大きな手に加減しない力。なんとなくわかるのだけれども、振り向きたくなかった。

「おい、どうしてここにいる？」

――ああぁー、またあんたか。勇者よ。

勇者に引き止められてここにいる現状と、さよならと別れを告げた後に一度ならず二度までも出会うのはすごく複雑だ。

俺はぐっと眉間にしわを寄せた。

黙っていると、上のほうから舌打ちが聞こえる。

勇者が舌打ちするのは印象はよろしくないですよと言いたいところだが、俺の前ではしょっちゅうだったので、勇者もクセになっているのかもしれない。

「レオラム」

さらに黙っていると険しい声音で名を呼ばれ、俺はゆっくりと勇者に振り向いた。

力強い手は俺が逃げると思っているのかぎゅっと掴《つか》まれているし、戦闘能力の高い勇者だ。これを振り切るのはひ弱な俺では無理だ。

明るいとどうしても視線を相手の目元から下げてしまうが、相手は俺の態度に慣れた勇者だし失礼だと取られてもまあいいだろうと、勇者の視線を若干逸らすように見た。

すると、勇者はイライラと高圧的な態度で俺に詰め寄る。

「また視線を逸らすのか」

「…………」

咎《とが》められ、距離を詰められてぴくっと肩が揺れる。俺は悔しくてきゅっと口を引き結んだ。

王宮に来てから少しマシになったと思っていたのに、経験からなのか身体が勝手にビクついた。

やはり早々治るようなものではないみたいで落ち込む。

あの日は最後だと思っていたし、気も大きくなっていたのだろう。ここ最近は王子をはじめ気遣ってくれる人たちばかりで甘えていたのかもしれない。

剣士の態度と勇者は関係ないがワンセットのようなものなので、あの治療をした日を思い出して気分はあまりよくない。

――というか、今さらなんなんだ！

気持ちが沈みかけたが、勇者にもいまだに吹っ切れていない自分にもムカムカしてきて、俺は勇者を仰ぎ見た。

「これでいいですか？」

自棄になって勇者と視線を合わせると、勇者はきりきりと俺を睨んでいた瞳はそのままで、だけど満足だと口の端を引き上げた。

こわっ。

やはり、あの夜から勇者が何を考えているのかわからない。

「ああ。それで、どうしてお前がここにいる？　あと、どこに行く？」

こっちの動向を知ってどうするんだ？

護衛の二人が気にかけるのはわかるが、勇者は関係ないのでいちいち話す気になれない。

俺は自分のことには触れずに淡々と返した。

「確か、勇者様は聖女様の訓練のために王宮に滞在されているのでしたか」

「……アルフレッドだ」

「…………」

「…………」

無表情で見つめ返すと、勇者もただ無言でこちらを見下ろしてくる。

はぁ、あの晩もなかば無理やり呼ばされたが、パーティを組んでいた時は言われたことがなかったのに、脱退したら名前を呼べなんて本当どういう了見なんだろう。

治療も名指しだったし、そのせいで剣士に絡まれるし、ろくなことがない。

「…………あーっと、そう呼べと？」

「そう言っている」

要求のみ伝えて叩き落すような返事に腹が立ったが、ここで反発していても仕方がない。

話が進まないし、早く終わらせたい。

自分の進退に関わらない相手との会話は、コミュニケーション力が低い自覚のある俺にとっては面倒という気持ちが勝ってくる。

「わかりました。それでアルフレッド様はどうしてこちらに？」

せっかく名を呼んだのにそれに対しては反応せず、勇者は訝《いぶか》しむように俺を見た。

名前呼びにこだわっているのかこだわっていないのかわからない反応に、俺はぐっと眉を寄せる。

――本当にこの勇者はなんなんだ!?

視界に入ると鬱陶《うっとう》しくて仕方がないのだろうか？　だから、動向を知りたいとか？

そこまで考えて、この勇者ならあり得るなと思った。

パーティに入っている時から、辛辣《しんらつ》なのに各々の自由時間に何をしているのかと見張られていると思うことが多々あった。

その時は見られていても特に困らなかったし、ただ単に気にくわない圧をすごく感じて俺が敏感になっているだけだろうと思っていた。

それに、好意的ではない視線の一つや二つが増えたところで気にしなかった。というか、その辺りを気にする精神的余裕がなかったのだと今は思う。

だが、抜けた後も絡まれるとなっては、考え方を見直したほうがいいのかもしれない。

「そういうお前はどうして……」

言いかけ、そこで勇者は護衛の存在に気づいたのか、気づいて無視していての今なのかは知らないが、俺の背後に視線を投じ、ふーんと声を上げた。

「まだ王宮にいるのか？」

「見ての通りですね」

「あの晩から？」

「まあ……」

あなたが引き止めたことも原因なんですけどね、と声に皮肉が滲む。

アルフレッドは顎に手を当て、護衛、そして王宮のほうを眺めると、顔をしかめ俺を見下ろした。

その青の瞳は名状しがたい複雑な色味をしている。

「……なるほどね。やっぱりそういうことか」

「やっぱり？」

「いや。それで、今まで王宮にこもっていたお前が今からどこに？」

今までの勇者のどの様子とも違う。

俺が首を傾げると、なんでもないと肩を竦《すく》め、また質問をしてきた。

「…………」

「レオラム」

答える気がなく黙っていると、鋭い声音で名を呼ばれ凶悪な目で睨みつけられる。

冒険者時代は俺が答えても答えなくても話すのが面倒だと用件だけ伝えて去ったのに、今は話さないほうが気に食わないようだ。

俺は諦めの溜め息とともに口を開いた。

「冒険者ギルドに行こうかと」

「冒険者はやめるのではなかったのか？」

「今後活動する予定はありませんが、次回の更新まで猶予もありますしお金も預けているので」

「金、ね」

また金かよ、とばかりの視線だが、俺は慣れっこなので澄まし顔で頷《うなず》いた。誰に何を言われようとも、お金は大事だ。

それを見たアルフレッドは唇を嗤《わら》いの形で歪《ゆが》ませ、ぼそりと吐き捨てた。

「本当、可愛げがないな」

「それはすみません」

「ちっ。いつも適当な相槌ばかりだな。あの晩は少し変わったと思ったが、気のせいだったか」

「そうじゃないですか」

「はあー。殿下の前ではあんなに感情が表に出ていたのに、なんか腹が立つな」

殿下との言葉にどきりと心臓が鳴ったが、俺は表情を歪《ゆが》めた。

「でしたら、絡みにこなければいいのでは？」

「だが、気になる」

だが、気になるってなんだ！

しかも、堂々と言い切るって勇者はこんなヤツだったかな？　いや、結構好き嫌いをはっきり言うタイプなので、勇者らしいと言えば勇者らしいのか。

だけど、気になってもらわなくて結構。むしろ、俺にとっては迷惑でしかない。

黙っていると、アルフレッドは舌打ちする。

「一年苦楽をともにした仲間だったのに、お前は俺を金蔓《かねづる》くらいにしか思っていない」

苦楽の楽をともにした覚えはないが、苦難は一緒に乗り越えてきた。お金は大事であったし、金払いのいい勇者はありがたかったが、金蔓《かねづる》とまでは思っていない。

さすがにここまで言われると腹が立つ。さっき掴《つか》まれた手はまだ痛いし、ついでに言ってやる。

「勇者様の最後のお金も確認できていませんし」

「はっ⁉　俺がケチったとでも」

苛立ったような声音に、一瞬びくりとなったが俺は少し溜飲《りゅういん》を下げる。自分ばかりが相手に振り回されるのは割に合わない。

それに、アルフレッドのこの怒りよう。微塵《みじん》もそんなことを考えていなかったとわかる反応だ。

やっぱりこういうところは信用できると思った。

なので、素直に訂正する。

「いえ。その辺りは信用しています」

「……あ、そ」

俺がそう告げると、アルフレッドの勢いは萎《しぼ》んでいった。

さらさらの金色の髪をガシガシとかき回し、途方に暮れたような顔をする。

「えーっと、それで聖女様の訓練はよろしいのでしょうか？」

調子が狂うなと俺から話しかけるとすぐに気を取り直したのか、いつもの自信に満ちた表情で大きく頷《うなず》いた。

そこには以前まであった俺への苛立ちのようなものが、若干薄れている気がする。

「聖女は忙しくて俺たちばかり相手にしてられないようだ」

「ああー、そうなんですね」

アルフレッドは、聖女のことなどどうでもいいとばかりに肩を竦《すく》めた。

仮にも、この先魔王討伐に一緒に行く仲間になる人物だ。俺が言えたことではないが、それでいいのかと気になった。

「で、ギルドだな。俺も行く」

「王宮にいなくてもいいんですか？」

「どうせ今の段階では俺たちがいてもいなくても変わらないし、当の聖女は殿下の追っかけだろ？じゃあ、行くか」

こちらの意見を聞く気のないアルフレッドは、俺の腕を掴《つか》んだまま外門を出る。

——なんなの？　一言も同行許可を発してないけど⁉

護衛だけでなく、勇者も同行することになった外出。しかも、どちらも己の意を通せない現実に、俺はげんなりと肩を落とし、王都にある冒険者ギルドに向かった。

ギルドではあらゆる職種の仕事がいつも募集され、酒場と宿が併設されており、どの時間帯も常に人の出入りが多い。

夜は冷え始めたとはいえ、日中はまだ暑い。

アルフレッドに道中もあれこれ話しかけられ、それに答えるのが面倒で逆に質問していたら、意外と会話が成り立つようになっていた。

一年一緒にいたのに、パーティを抜けてからのほうが話しているとはなんとも皮肉な話だ。

しかも話しているうちに面倒になって敬称を付けるのをやめたら、なぜか機嫌がよくなった。

勇者のご機嫌ポイントはよくわからないが、威圧されるよりはマシだろう。

俺は、大人気の金髪碧眼《へきがん》美形勇者を見上げた。

曇り空のなか、わずかに差す光を浴びて金の髪が輝き、切れ長の水色の瞳は物語に出てくるような王子そのものだ。

俺にとって勇者は勇者だ。カシュエル殿下の美貌を常に目の当たりにしている今は、その容姿について何も思わないが、美丈夫だとは思う。

「今さらですが、アルフレッドもギルドに用が？」

「ああ、S級向けの仕事があるのかどうか、あとは聖女同伴にちょうどいい仕事があるかどうかだな。お偉方も当然考えているだろうが念のためな」

こういうところは、さすがパーティのリーダーだ。

同パーティだった時、扱いについては良いものではなかったが、危機管理に関しては徹底していたので仲間としてその恩恵は受けていた。

全員の命を預かる者としてあらゆる事態に備えて動き、勇者として最強であることは、人が集まる要素なのだろう。

「へえ」

「なんだ？」

「そういうところはすごいなと」

「おまっ」

素直に思ったことを告げると、そこでアルフレッドは声を上げ、ああーっと右手で顔を隠した。

何をしているのだかと情緒不安定な勇者は放っておき、俺は来る者に力を試しているかのごとく重いギルドの扉を押す。

背後で、「そういうところが」とぶつくさ言っているが、俺は中へと一歩踏み入れた。

あらゆる情報の収集場でもあるので、ここから己の得意分野で活躍できる地方の仕事へ向かう者もいる。

あとは王都を通す仕事は評判に影響が及ぶので、ふっかけられることも少ない。当然、危険は付き物だが、王都のギルドで活躍できることは、冒険者にとっても憧れであった。

その頂点とも呼べる勇者は当然目立つ。

今は抜けていても元仲間であり、通り名があった俺もそうだ。まして騎士を連れているとあって、皆の視線が一斉に集まるのがわかった。

「ここはいつ来ても盛況という感じだな」

「多種多様の情報が手に入るから余計ですよね」

そういった視線に慣れた俺たちはいちいち構っていられない。視線には触れず人混みの中へ歩みを進めた。

騎士たちは外で待機してもらいたかったが、中で何かあっては困るのでぜひとも一緒にと言われ、少し下がった位置にいる。

彼らの役目は、俺の護衛。可能な限り近くにいたいと訴えられては、王宮で厄介になっている身では否と突っぱねることはできなかった。

さすがに手続きをする間は離れていてもらいたいので、ここで声をかける。

「手続きをするので、ほかの方の邪魔にならない場所で待っていてもらえますか？」

一歩距離を詰めて見上げると、スキナーとマクベインは心得たと快諾した。

「わかりました。何かあればお声かけください」

「私たちのことは気にせず、したいことをなさってください」

丁寧に礼を取られ、彼らは姿勢良く壁際に立った。

王都はまだましだが、荒くれ者も多くいる冒険者の中に、汚れ一つない騎士服姿の彼らは目立って仕方がない。

だが、彼らは全く臆した様子もなく、堂々とした姿で俺のほうを注視していた。

そのやり取りを近くで見ていたアルフレッドが、俺の肩にぐっと体重をかけるように手を置く。

「ふーん。肝が据わってるよな。さすが近衛騎士ってところか」

アルフレッドの中で俺の存在がどう変わったのかは知らないが、馴れ馴れしい態度は苦手だ。

そっと距離を取ると、ちっと舌打ちされる。

それでも懲りずに手を乗せてくるので今度はその手を払う。ギルドまで一緒に来るというノルマはこなしたし、まあ、別れの挨拶くらいはしとくかと口を開いた。

「任務に忠実だとは思います。では、あっちのカウンターに行きますので。お元気で」

勇者にはいちいち断りをいれなくてもいいだろうが、一応、道中は一緒だったからと俺なりの歩み寄りであったのだが、思いっきり顔をしかめられる。

「はっ？　何を言っているんだ。帰りも一緒だからな」

「えっ？　なんでですか？」

「なんでって、どうせ王宮に戻るだろ？　俺もしばらく滞在しなければならないし、帰る場所が一緒なのだからいいだろう」

いいだろうって。

何度も言うが、今までのアルフレッドは俺を嫌いだという態度を隠さなかったし、誤解でもなく嫌われていたはずだ。

そのため互いの精神衛生上、極力プライベートは関わらず、必要最低限での会話しかしてこなかった。なのに、今はともにいる必要がないのに一緒に行動しようとする。

理由なんてわからないが、どうせアルフレッドも俺が何を言っても各々の用事が大幅にズレない限りしたいようにするのだろう。

やっぱり権力や自分に自信のある人は他人を振り回すことに慣れすぎていて、俺はどうしても流される側になってしまう。

「…………」

言葉もなく黙っていると、アルフレッドは言い含めるように声を張った。

「絶対一緒に帰るからな。先に終わったからと勝手に帰ったりするなよ」

「……」

「レオラム。わかったな？」

「……わかったけど」

全く納得いってはいないけれど、最終的に面倒くさくなった俺は頷《うなず》いた。

不服が声音に表れるが、取り繕おうと思わない。相も変わらず強引で、敬語を使う気もなくなってきた。

その態度を生意気だと怒って距離を取ってくれないかと期待したけれど、アルフレッドは何も気にしていなそうに念を押してくる。

「絶対だからな」

びしりと俺の眼前で指を差し、自身が用のあるカウンターへと向かった。

俺はそれを見送り、小さく溜め息をついた。

勇者に絡まれるというイレギュラーなことはあったが、こうしてギルドに到着したのだしと気持ちを切り替える。

受付に向かい、勇者からの入金を一応確認してそれを振り分け、送金する手続きをした。

王都のギルドは初めから話が通じやすく風通しが良いので、俺も利用しやすい。

なので、必要なやり取りは王都ギルドでするようにしていた。

受付嬢とやり取りをしていると、ぬぼぉと熊みたいな男が階段から口髭《くちひげ》を撫でながら下りてきた。

俺に気づくとこっちまでやって来て、彼女の後ろから片手をカウンターの上に置いてでかい図体で乗り出してくる。

茶の白髪交じりの男は、この王都のギルド長であるブランドンだ。

「よお。こっちにもあっちにも連絡がないからどうしてるのかと心配したぞ。元気だったか？」

「はい。イレギュラーなことが起こりまして、本来なら戻っているはずだったのですが、まだ王都にいます。今日は確認と手配をしにきました」

「そうか。で、イレギュラーとはあそこでやたらと華のあるヤツらのことか？」

そこでカウンター越しにブランドンは、どうしても存在感を放つ護衛二人を見た。

「まあ、それに関係しています」

「近衛騎士とは豪華なメンツだな。おおっと、もしかして勇者も一緒か」

こちらを見るアルフレッドの存在に気づいたブランドンは、考えるように無精髭をざりざりと撫でながら、にやにやと俺を見た。

「いろいろありまして」

「いろいろねぇ。まあ、こっちもお前にいろいろ言いたいことはあるが、とにかく、あいつも気にしていたから顔を出してくれてよかったわ。ちょっと上に来いよ」

軽く顎をしゃくって促され、俺は苦笑しながらついていく。

話の内容は聞かれたくないし、これ以上目立つのは避けたかった。勇者はいいとして、護衛二人には行ってくると目配せをしておく。

ブランドンの大きな背中の後に続き、階段を上りすべての視線から逃れて部屋へと入ると、俺は苦言を呈した。

「もうちょっと穏やかにことを進められないのでしょうか。ギルド長が絡むと目立って仕方がないのですが」

「んなもん、今さらだろ」

今までは公で顔を合わせても絡んでこなかったのに、よほど顔を出さなかったことを怒っているのだろうか。

田舎に帰る馬車の手配を多忙なギルド長直々にしてもらっていたので、連絡もなしにキャンセルしたのは悪かったと俺も思っている。

しかも、王宮からの使いときては何事かと驚いたはずだ。

だけど、さも知り合いですとばかりの、勇者や冒険者たちの前での会話はいただけない。また噂されるのだろうなと考えると気が重い。

今後活動するつもりはなく、しばらくのんびりするぞと決めているからこそ、波風をこれ以上立てたくない。

「今さらだろうが、王都のギルド長ともなる相手が、まるで特別扱いしているような態度はまた違ってくるんですけど。あ、今日も手紙とお金をよろしくお願いします」

ギルド長には、現在妹の世話と安全確保を任せているダニエルとの橋渡しをしてもらっている。

そのおかげで、妹との手紙のやり取りもギルド長を通して確実にダニエルへと渡り、叔父たちに内密に妹へ届けられるので、たとえぼったくりのような金額をダニエルに払うことになっていたとしても十分だった。

ダニエルには力のなかった俺にもできる仕事があることを教えてもらった。

会えば言い合いになるだろうしムカつくが、感謝している。

ダニエルに出会わなければ、あのまま自分も妹も潰れて今よりもっと不幸のどん底に落ちていたはずだから……

「ああ、それだよ。どうしてあんなに多額の金額を？　必要ないだろ？」

「だから、それは前にも説明しましたが、そう言われたからです」

「ああー、マジでなんでそんなこじれてんだよ。まあいい。とりあえず、手続きは済んでるから戻ってくるなら戻ってこいと連絡は受けている」

無事、頼んでいたことはしてくれたようだ。信じていたが、一気に肩の荷が下りた。

「わかりました。機会を見て帰ろうと思います」

「機会ねえ」

そこで言葉を切ったブランドンは、深く息を吐き無精髭を撫でた。

それから、こんこん、と机の上を指で忙しなく叩いていたが、「ああー、もうわからん」と投げやりに告げると、背もたれにぐったりと凭《もた》れて足を組んだ。

「あっちのことはダニエルがいるから任せていいと思うが、その機会とやらは俺らにはどうすることもできないぞ」

「わかってます」

近衛騎士が護衛につく状況に、顔が広いブランドンは何か察したのか、俺が頷《うなず》いても訝《いぶか》しげな視線をやめなかった。

結局それ以上は何も言われず、今後の話し合いをして俺はギルド長の部屋を後にした。

もろもろの確認を終わらせ階下へと下りると、護衛二人はもちろんのこと、その近くで壁に背を預けて腕を組んだアルフレッドも待っていた。

俺の姿を見つけると、開口一番苦情が飛ぶ。

「遅い」

「すみません」

思わず反射的に謝ってしまったが、こちらが待ってほしいと言ったわけではないと思い直し、俺は眉間にしわを寄せた。

もう我慢しなくてもいいと思うと、散々絡まれたせいか冒険者時代では言えなかった本音もぽろりと出る。

「先に帰ってくれてよかったのですが」

「一緒に戻ると言っただろう」

むすりとした顔で睨まれ、俺は苦い顔をした。

どうしても俺に絡みたいらしい勇者の思惑は知らないが、どうせ一過性のもの、そのうち飽きたり、勝手に納得したりして関わることもなくなるだろう。

俺は嘆息し、仕方なく口を開く。

「……でしたら、用事も済みましたので出ましょうか」

ギルド長との絡みのせいで来た時よりもギルド内の視線が自分に向けられていて、俺はさっさと退散しようと勇者と護衛二人を促した。

スキナーとマクベインは、相変わらず付かず離れず俺の護衛に徹しているので、必然的にアルフレッドと会話することになる。

「おい、あそこの店寄るぞ」

「またですか」

「お前はすぐ引きこもろうとするから、ついでに教えておいてやる」

「はあ」

お節介すぎないか？

頼んでもいないのに、あれこれ世話をやこうとする勇者をげんなりと見上げた。

「嫌なのかよ？　さっきの肉も美味かっただろ？」

「確かに美味しかったですが、ずっと食べ物ばかりでお腹が」

「そういうことね。なら、あっちのデザートだ」

俺もそれなりに食べるほうだが、燃費の違いからか勇者と食べる量が違う。

もうはち切れそうなお腹を押さえていると、まだまだ入るらしいアルフレッドは妥協案を出してきた。食べることをやめるという選択肢はないらしい。

ギルド長との関係を聞かれるかと警戒していたが、意外にもそこには触れられず、あそこの店がオススメだとあっちこっちの店に連れ回されていた。

冒険者時代はなるべく人の視界に入らないように行動していたため、パーティでの行動以外は人が多い場所を避けてきた。

物珍しいのもあり、次いつ機会があるかもわからないから付き合うことにする。

腹がはち切れると言っているのに、あれもこれもと差し出され、一口だけでも食べてみろと続き今までにないくらいお腹が膨れた。

串焼きを目の前に差し出され、うっぷと口を押さえる。

「もう、本当に限界です」

「遠慮しているわけではなく？」

「なんで、俺が遠慮しなくちゃいけないのですか？」

というか、十分前にもお腹が苦しいと伝えたはずだけど？　納得したからデザートという話だったのに、また肉に戻っているのはどういうことだ。

「まあ、そうだな……」

「もう、本当に無理ですから！」

じろりと睨むと、なぜか残念そうに二軒先の店に視線をやる。いや、本当に無理だから。

「そもそも、なぜこんなに絡んでくるんですか？」

もうこれ以上付き合っていられず、ご機嫌取りでもされているのか、すべておごられて気味が悪くて訊《たず》ねると、アルフレッドはぽりぽりと頭をかいた。

「まあ、あれだ。この間、俺がお前をヒーラーとして指名したばかりに、迷惑をかけただろ？　ジョードが悪かった」

「それはアルフレッドが悪いわけではないので。それに気にしてませんから」

一瞬落ち込んだけど、カシュエル殿下に甘やかされていろいろ吹っ飛んでいった。腹は立ったけれど、もともとそういう関係だったので期待していなかったし、一時《いっとき》だけだ。

「ならいいが。あれからしっかり怒っておいたから」

「別にいいです」

どうでもいい相手にいつまでも感情を乱されるのは非生産的だ。

こんなのだから可愛げがない、無気力だと言われてしまうのだろうけれど、限られたエネルギーをどこに使うかは人の自由だ。

「確かにレオラムは愛想もないいし守銭奴だし、秘密主義だし、可愛がりがいがない」

「可愛がってほしいなんて思ってません」

何を言い出すのだとすんと表情を消すと、アルフレッドはちょっと困った顔をした。

「ああ。そうだろうな。まあ、聞け。それでもお前は体力で足を引っ張ることはあっても、絶対に弱音も吐かなかったし、治癒に関しては完璧だった。今回のあいつの怪我も、当たり前のように甘受していた高レベルの治癒が受けられなくなったことによって起こったものだ。レオラムがいつでも最善の治療をしていたから、俺たちは憂いなく挑めていた。それを忘れていた」

「…………」

真っ向からの褒め言葉に絶句する。態度の急変についていけない。

何が心境の変化をもたらしたのかは知らないが、なぜか歩み寄られているのは伝わってくる。

「いいです。金泥棒と言われなければそれで」

「ああ。誰にも言わせない。ジョードも今回のことでヒーラーの役割を理解したはずだ。だから今は聖女の機嫌取りに頑張っている」

「ははっ。女性好きでもあるので適任ですね」

「ああ。そうだな」

いまだに冒険者時代のこともあって違和感はあるが、勇者のこのペースに少し慣れたからだろうか、行きよりも気負いなく会話ができている。

今日構ってきたのは先日のことを気にしてだとわかったし、まあ悪い気はしない。

気がつけば、一日曇り空だったので夕方になると辺りはうっすらと空気が重い。暗くなるのも早く、道中も子供たちの姿が徐々に減っていった。

王宮に入っても別れるタイミングを見失い、なんとなく一緒に歩きながら会話を続ける。

「レオラムは王宮のどこに？」

「……殿下にお世話になってます」

「ふーん。近衛が付いていることで察せるが、なるほどね……」

じろじろと見下ろされ、俺は眉を下げた。

会話の最中に勇者たちがどこに滞在しているのかを知ったが、促したわけでもないのに反対に問われ、カシュエル殿下の私室にいるとは言えず言葉を濁す。

――この話題は心臓に悪い！

カシュエル殿下の話題になると胸が騒つくし、夜のことを思い浮かべると挙動不審になりそうだ。

俺は質問されないように、現在の勇者たちについて話題を振る。

なぜか今のアルフレッドはパーティから離れた自分の行動が気になるようなので、小さな動揺も見透かされそうだった。

「いつまで滞在されるのですか？」

「聖女次第というところもあるが、そろそろ俺たちも魔物を間引く活動をしないとな。ギルドの情報とともに今後の話し合いにもよるが、近々出ていくつもりではある。本格的に魔王討伐に出向くまでは、王宮には出たり入ったりといった状態になるだろう」

「魔物は依然活発なままでしょうか？」

勇者一行と行動をともにして、最初の頃よりも実体験として魔物の強さのレベルと発生規模も大きくなっていると感じていた。

襲いくる魔物の怖さと残酷さは足を竦ませるほどで、ヤツらは見境なくそこにあるものを襲う。

それに、ダンジョンの突然変異のこともある。

幸い死人は出なかったけれど、今まで散っていった命を数え切れないほど目の当たりにした俺は、前線から退くと決めたのに完全に切り離して考えることはできていなかった。

特にギルドに行ったばかりで、今後彼らの中に犠牲者が出るかもしれないと考えると胸が痛み、一抜けして冒険者をやめることに後ろめたくなる。

最前線に向かう勇者を前にし、真面目に取り組んでいるらしい姿勢を見ると、特にその思いが顕著になる。

「ああ。やはり魔王をどうにかしないと、どうにもならないのだろうな」

「魔王……。いったい、どんな化け物なのでしょうね。とても醜いとも言われていたり、その逆に非常に美しいと言われていたり、ただ知能が高いという点だけは一致しているようですけど」

「そうだな。それについても相対してみないとわからないが、魔物のレベルも上がってきているし澱みの範囲も広くなっている。それらをすべて排除してさらに魔王が待ち構えているとなると、相当の覚悟が必要だな」

共通の話題となると、同じパーティ所属だったためこのような話になるが、安全圏にいる俺と、危険にこれから立ち向かう勇者とでは言葉の重みが違う。

それでも俺にとって、死は今も遠いものではなくいつでもそこにある。いつ襲いかかってくるのかわからないものだ。

戦いの場に身を置く勇者たちも、華々しい戦歴とは別に死と隣り合わせの日常だ。

続くうまい言葉が見つからず、話題選びを間違ってしまったかなと、自分の会話力の低さと気の利かなさに落ち込む。

「…………そうですよね」

長い沈黙のあと、結局そんな言葉しか出ず俺は俯《うつむ》いた。

扱いの悪かった嫌われヒーラーとしての活動、妹のことや家のこと。ずっと耐えてきたからこその今。

やめてすっきりしたと思ったのに、勇者たちに後ろめたい気持ちも芽生えて様々な感情でぐちゃぐちゃになる。

嫌いだったのに、ムカついていたのに、心配になる。

自分は本当にこれでいいのかと、焦燥感が募る。

忍び寄る宵闇に、そのまま引きずられていきそうだ。

「レ」

「レオラム」

足元を見下ろし唇を噛み締めていると、勇者の声に被さるように甘く低い声で名を呼ばれ、ふわりと慣れた匂いとともに背後から長い腕に搦《から》め捕られた。

落ち込んでいた気持ちをまるっと包み込むような抱擁に、俺は顔を上げる。

「カシュエル殿下」

顔を確認せずともここ最近で慣れ親しんだ声と匂いは疑いようもなく、自分にこんなことをする人は王子しかいない。

いないけれど、抱擁の力加減がなんとなく普段よりも弱々しくて違和感を覚えた。

振り仰ぐと簡単に解かれ、場所を考慮したとしてもやはり王子らしくなくて、にこりと微笑む完璧な美貌を前にわずかに首を傾げた。

「王宮を出たと聞いて、レオラムがなかなか戻ってこないから心配したよ」

「遅くなって申し訳ありません」

どこに行っていたのか直接告げていなくても伝わっているだろうし、仕事が立て込んで忙しい王子が部屋に帰ってくるまでには時間もあるし、なんとなく大丈夫だろうと思っていた。

だけど、結局心配をかけてしまったようだ。俺のこの自由行動が仕事の妨げになったのではないかと不安になる。

勇者もだけど、カシュエル殿下も代えが利かない。

国にとって非常に大事な役割を果たしている人たちだ。

望んでこの場にいるわけではないけれど、負担になっていると思うと逃げたくなる。

カシュエル殿下に心を預けられるほど、逃げ腰になる。

人の人生に関われば責任が伴い、相手やその相手に関わるものを知るとさらに重くのしかかる。

自分のことだけでも精一杯なのに背負いきれるか、もしもを思うと怖い。

二人を前にすると、魔王討伐も含め彼らの肩にかかる重みがすごすぎて、中途半端な自分の存在は邪魔ではないだろうかと考えてしまう。

「レオ、どうしたの？」

「いえ。煩わせてしまったようで」

自分だけ一抜けしたような、悪いことをしているわけではないのに申し訳ない気持ちになるのを止められない。

「私がしたくてしていることだ。レオがそれに対して悪いと思う必要はない」

王子は見惚《みと》れるような笑みを刻むと、逃げるなと拘束するように俺の腰に手を回した。

その際に、首に鼻を当てて匂いを嗅ぐように吸ったがそれは一瞬のことで、さらにぎゅっと手を回すとその状態でアルフレッドに視線を移す。

「勇者アルフレッド。私のレオラムがとてもお世話になったようだね」

王子の言葉に、アルフレッドは大げさに肩を竦《すく》めた。

「そんなに過保護にならなくても、レオラムも大人ですよ」

「レオラムが大人だということはわかっている。成人しているしね。それよりも、君は聖女と一緒に訓練しているはずでは？」

「その聖女様は殿下がいないとやる気がでないと言っては、すぐどこかに行くもので」

アルフレッドがわざとらしい微笑を浮かべ、挑戦的な視線をカシュエル殿下に向ける。

対する王子もにこやかな笑みを浮かべた。

話題は自分と聖女。なんとも居心地が悪く、俺はどうしていいのかと身を縮こめた。

「君たちがしっかり引き止めておいてくれたら、私も仕事がはかどるのだけどね」

「俺たちは俺たちで最善は尽くしています。聖女様の扱いは細心の注意を払わなければならず、強引にというわけにもいかないですので」

「そうだね。ただ、勝手なことを言う者がいるのは心配だ。先日も治療してもらう身でレオラムに暴言を吐いたとか？　彼が聖女の機嫌を損なわないかね」

二人して笑顔で会話をしているが、ぎすぎすした空気が流れる。それと同時に、背後にいるカシュエル殿下の魔力がぶわりと膨れ上がったのがわかった。

俺が身震いするとなかったかのようにすぅっと引っ込んでいき、悪かったと腰を宥めるように撫でられる。

勇者も鋭敏にカシュエル殿下の魔力を感じ取ったのか、じりっと後退《あとずさ》って一瞬剣を抜く体勢を取りかけたが踏みとどまった。

心臓に悪い。

ふぅっと肩で息をすると、アルフレッドが頭を下げた。

「それは、申し訳ありません」

「彼は君をとても慕っているようだ。つまり、今まで君がそれを許していたからこのたびのことが起こったのでは？」

あまり掘り返してほしくなくてカシュエル殿下の手に触れると、ぴくっと手が動き上から重ねられた。するりと撫でられ、きゅっと長い指に拘束される。

王子の指摘に、アルフレッドがぐっと眉をひそめる。

「……それは否定できませんが、俺の疑惑を深めたのはカシュエル殿下ではと考えておりますが」

「疑問を持つのはいいが、態度に出すのは未熟者のすることだ」

「否定しないんですね。なるほど、わかりました。今は理解しておりますし、俺もレオラムを認めています。今後はこのようなことがないよう努めます」

「今後などないよ」

「それはどうでしょうね」

会話の後半は意味がわからなかったが、やけにすっきりした顔の勇者がにやりと笑うと、俺の頭を小さな子をあやすようにぽんぽんと叩いた。

背後から殿下に抱きしめられながらのそれに、本気で嫌だと顔をしかめたが、アルフレッドはあははは っと笑うだけでまともに取り合う気はないようだった。

「では、私はこれで失礼します。聖女様のことは、まあ、お互いになんとかしていくしかないでしょうし」

「そうだな」

「私たちのほうでも対策を考えます。レオラム、力が必要な時は言えよ」

アルフレッドは王子に頭を下げると、俺に視線を向けた。

「そんな日は来ないです」

「本当、可愛げがないな」

「もとからです」

真っ向からの視線はやはり苦手だ。

ぎこちなく視線を逸らしてしまったが、嫌みを言われたわけではないので視線を戻すとアルフレッドは面白そうににやにやと笑みを浮かべていた。

「そうだったな。ま、用がなくてもまた美味しいところに連れていってやる」

「……結構です」

「まあ、そう言うな。じゃあまたな」

「はい。……アルフレッド、いろいろありがとうございました」

小さく頷《うなず》き奢ってもらったので礼を述べると、なぜか腰に回されていたカシュエル殿下の腕の力が入る。

「はっ。ああ。お前ってそういうヤツだよな」

アルフレッドは愉快そうに喉の奥で笑いを噛み殺した。

そういうヤツとは何だと眉をひそめると、さらにくつくつと笑い出す。

「何なんですか？」

「いや。先入観があって気づかなかったが、意外と律儀で面白いヤツだったんだな」

いや、ホントなんなの？

何をもって面白いと判断したのか。

むぅっと眉間にしわを寄せて、こいつなんなんだという顔で見ているのに、アルフレッドはいつも以上に意地悪そうに、そして嬉しそうに笑んでいる。

それに加えて、勇者も勇者だが、王子も王子だった。

アルフレッドが話しかけるたびに、カシュエル殿下の放つ空気が冷ややかになっていく。

これ以上ないくらいぴったりとくっつかれて、怖くて顔を見られない。

アルフレッドがそんなカシュエル殿下を見て、にやっと笑うと小さく手を横に振った。

「そんなに睨まないでください。いろいろ誤解していた時期やこれまでのことを含めて反省しているんです。それに気づかせてくれたのは殿下ですから」

「一生気づかなくてもよかった」

「まあまあ。魔王討伐、そして聖女様のこともありますし、今後もよろしくお願いします。では、今日はこれで失礼いたします」

アルフレッドは終始満面の笑みを浮かべ、最後は俺を見てにやっと笑うと去っていった。

その姿を見送っていると、カシュエル殿下が肩口にこてんと顔を埋《うず》めてくる。

「殿下？」

俺が呼びかけると、ふぅっと息を吐き出したカシュエル殿下は俺の顔を覗き込んできた。

笑みを浮かべる神秘的な紫の瞳の奥は、一体何を考えているのか底の読めない鈍い光が宿っている。美しすぎて冷たく見えるそれはじりじりと熱を帯び、俺を射貫く。

触れたものすべてを凍らすような冷たさを湛えているのに、中心だけ熱に浮かされたような色から視線が逸らせない。

じっと見つめ返すだけの俺に、ゆっくりと瞼を伏せるとカシュエル殿下が俺の腕を掴《つか》む。

「レオラム。帰ろうか」

「はい」

帰宅の途についている役人たちが多いなか、転移魔法は使わずカシュエル殿下に腕を取られながら王子の部屋へと向かう。

すたすたと歩く王子の足の長さに合わせ、俺は小走り気味になった。

――やっぱり殿下機嫌悪い？

小走りになるくらい構わないが、ここで一緒に過ごして知ったカシュエル殿下の人となりだったら、紳士的な気遣いで俺のペースに合わせて歩いているはずだ。

もしくは人目も憚《はばか》らず抱き上げて歩いていくという強引さを見せるか。

相変わらず美しいご尊顔なのだが、いつもと違う様子にどことなく不機嫌さを感じ取る。

何があったのか、何をしたのか知りたくて、じっと顔を見つめるとにこっと微笑まれた。

だけど、歩みは一向に止まる様子はない。

――やっぱり勇者関連？

帰りが遅かったことも含め、勇者と会話していた時から様子が変だった。

特にこれといったおかしな会話ではなかったが、徐々に勇者の機嫌が良くなっていくのに対して、カシュエル殿下はずっと楽しくなさそうだった。

最後に勇者と俺で交わした挨拶の時には、ぴくりと俺の腰に回していた腕が反応したので、カシュエル殿下の心情に何かが起こったとは思うのだけど気安く訊けない。

自分が関係していることくらいさすがにわかるので、俺は何も言わずに王子に引っ張られるまま後をついていく。

部屋のドアの前に着くと、そこでカシュエル殿下が言い放った。

「これからしばらくは非常事態以外、一切誰も入室は許可しない」

「「わかりました」」

一緒に行動していたスキナーとマクベインの任務は、カシュエル殿下がいない間の俺の護衛だ。主人の命令に忠実な彼らは敬礼すると、俺を残してさっさと去っていく。

ぱたん、と静かに響く音を聞きながら閉ざされていく扉を眺め、それと同時に迫り来る圧迫感に俺は緊張してきた。

この時間帯にカシュエル殿下と二人きりでいるのは初めてだ。

俺の腕を掴《つか》んだまま離さず王子の気配だけが不穏になっていく。

カシュエル殿下は手を離し振り返ると、俺の髪を耳にかけ、そのまま耳たぶをふにふにと触りながら思案するように伏し目がちになった。

「カシュエル殿下？」

「……はぁ」

大きな溜め息をつかれ、我知らず背筋を震わせた。

両手で頬を挟まれて、どこまでも見通そうとまっすぐに見つめる王子の視線に囚われる。

「殿下？」

さらに顔が近づき、むにむにと頬の感触を確かめるように指を動かしていたが、その指を唇へと移動させた。

さわさわと俺の唇を撫でながら、カシュエル殿下が口を開く。

「レオラム。ずいぶん勇者と仲が良くなったみたいだけど」

「仲良くはなっていません。たまたま一緒にギルドに行くことになっただけで、なぜか帰りも一緒になってしまいましたがそれだけです」

「ふーん。まあ、今は勇者のことはいいよ」

そう言いながらも、本当にいいとは思っていなそうに目を眇《すが》めるカシュエル殿下。

話している最中も唇をなぞられ、軽く内側も触れられる。

じっと見つめられながらそっと触れられているだけなのに、行動が制限される。

美しさの中に翳《かげ》りも見え、俺はされるがまま次の王子の反応を待った。

部屋を一歩外に出ると表情の変化があまり見られない王子は、二人きりになると感情の色を見せることも増えた。

「それよりも、馬車の手配を頼んだってどういうことかな？」

「……えっ？」

「えっ？　じゃないよね。今日、馬車の手配をギルドでお願いしたのではないの？」

腕を掴《つか》まれたまま、すっと腰を折って顔を覗き込まれる。

宝石のような美しい瞳に視線を奪われながら、ゆっくりと王子の言葉が脳内に届き、何を言われたかを理解する。

「ちょっと待ってください。……その、どうして知っているのですか？」

ギルドに顔を出したことは、なんらかの手段を持って伝えられていると想像できる。

だが、ギルド内で、しかもギルド長と二人きりで話した内容が、まさかさっきの今で王子に伝わっているとは思わない。

「どうしてって。そこはどうでもいいよね」

「どうでも……」

よくはないが、今は言及すべき時ではないとわかる。

王子から漂う空気に圧され、俺は視線を彷徨《さまよ》わせた。

「レオラムに帰りたい理由があるのはわかっている。それに対して、私も待ってと言ったよね？」

「……はい」

「だよね？　なのに、私に相談もなく帰る準備をしているのはなぜだろうね」

「準備というか、いつでも動けるように」

「それが準備と言わずして何になるの」

冷静な指摘に俺は口を噤《つぐ》む。王子に言葉で勝てる気がしない。

秀美な笑顔で口調は丁寧なのだけど、いつもと流れる空気が違う。

違うけれど、触れる手はとても優しくて。

「カシュエル殿下……」

「カシューー。そう呼ぶように言ったよね？」

どうやらカシュエル殿下をがっつりと刺激してしまったらしいと気づいたのは、いつもよりは口数少なく浴室で身体を洗われ甲斐甲斐しく世話をされ、指を絡めベッドに押し倒された時だった。

聖君の思い　side カシュエル

カシュエル・フラ・ベルジュレントは、この国から遠く離れた小国の次女であった第二妃となる母とベルジュレント国王の間に生を受けた。

王太子であるマテオの母親は正妃で軍事力の高い大国の長女だ。実家の権力の違いが歴然としてあり、継承権争いが大々的に取り沙汰されることはなかった。

あくまで「大々的に」がつくだけで、母の類い稀な美貌を受け継ぎ、王国最強と言われるほどの魔力を持って生まれたせいで平穏とは程遠い日常ではあった。

たまに野心のある者、考えが安直な者が、母親の地位さえ高ければと嘆き騒がしい時もあるが、それはごく一部なので大きな争いにならない。

ただ、成長するにつれカシュエル自身の進退について口を出してくる者は多くなった。

よくよく考えずとも、第二王子妃という立場は魅力的だ。しかも、美貌と才能がずば抜けているせいでその手の誘いは数え切れない。

カシュエルは一つ学べば十を知るような賢さと、大人顔負けの周囲への気配りを持ち合わせ、手のかからない美しい王子として育った。

幼い頃から兄の王太子を立て、野心なんて感じさせない素晴らしい働き。

当時カシュエルの素晴らしさを絶賛し、現在もカシュエルと関わりのある者は、皆口を揃えて言う。当時は気づかなかったそれは気配りではなく、無駄なき最善のための行動であり、それができる恐ろしい子供だったと。

言動《そこ》に王子の気持ちはなく、己の役割を認識してどれだけ効率的に物事を進めるか、そのために己の美貌や影響力を理解した上での立ち回り。

それを王子は意図的にというより、ごく自然に行う。小賢《こざか》しいのではなく、出来過ぎなのだ。全く隙がない。

子供特有のわがままや癇癪《かんしゃく》といった機嫌の浮き沈みもなく、大人でさえ日によって違う気分は言動にも出てしまうのに、王子はずっと一定で変わらない。

聖君と呼ばれるのは、そうしたところから来ていた。

そんなカシュエルがレオラムと初めて出会ったのは十七歳の時で、東部の田舎でのこと。

魔力の多いカシュエルは、魔物などの周囲の害悪から国を守るために自ら申し出て魔法陣を張り巡らせる巡礼を年に何回かしており、その教会には数日滞在する予定であった。

その日も、カシュエルの美貌に目が眩んだのか地位に目が眩んだのか、東部の田舎の教会の神父に身体を狙われた。

粘りつくような毒蜜の言葉を投げられる。本人は甘くささやいているつもりなのだろうが、気持ち悪いというよりは滑稽で呆れていた。

「またか」

そんな感想が口から出た。

本来ならばその気がないのに襲われて嫌悪するのだろうが、カシュエルにとってはその程度。

成長するごとにカシュエルの美貌は冴え、男として成長しきれていないこの時期は中性的に見えるせいか、性別関係なく周囲の秋波に悩まされて襲われることが増えていた。

もちろん護衛もいるのでほとんど未然に防がれるが、どこにでも隙をつく者はいて、一人になる時間や、こんな人がと意表をつかれすべてを避けることはできないでいた。

十歳くらいまでは体格差で敵わないことも多かったが、拒絶の感情が発露しそれに押されるように魔力が放出され、相手が失神することでことなきを得ていた。

十代も後半になると体力や魔法によって相手を簡単に退けられるようになったが、その手のモーションは一向に減らなかった。普段抑えている魔力を解放するだけであっさりと解決するといった日常を送っていた。

魔力に相性があることは学会で報告されているが、人体に影響を及ぼすことは稀だ。ほかに例がなくわからないが、カシュエルは普段抑えることで周囲への影響に配慮していた。

魔力の抑制を前提で生活を営むカシュエルは、普段から感情の起伏がないことが幸いして、それを苦と感じずに普通に行っていた。

ここの神父のように、小国の姫の王子はさぞ居心地が悪かろう、私があなたの後継人となり輝かせてみせましょうなどと、知ったような口を利く者は後を絶たない。

カシュエルは眉を上げると同時に普段抑えている魔力を解放し、浅はかな神父をあっさりと気絶させて部屋の外に出た。

「いつものやつだ」

「かしこまりました」

護衛はカシュエルの向こう側に倒れている神父を見て、目を見張ったが恭《うやうや》しく頭を下げた。その顔にはまたですかと書いてあったが、彼は仕事をすべく室内へと入っていく。

それを確認し、カシュエルは残った護衛へと声をかけた。

「しばらく外に出る」

「はっ。どちらまで行かれますか?」

「その辺りを散策しようかと思う。こんな田舎で何も起こらないだろうが、念のため認識阻害フードを被るから、護衛をつけるなら離れて周囲にはわからないように」

「ありがとうございます」

一人になりたくても自らの立場では無理だとわかっているので、初めから妥協案を伝えておく。

神父がいようがいまいが、カシュエルのすることは変わらない。後処理は護衛たちに任せて外に出た。

深くフードを被り山手にある教会の外に出る。周囲は少しずつ秋の気配が濃厚になり、木々が赤や黄色に染まっていた。

教会の裏手に回って生い茂る木々をくぐり抜け、人の気配が少ないほうへ進むと小さな広場に出た。

やけに澄んだ青空が視界に入り、カシュエルはふと立ち止まる。

常に人に囲まれ注目を浴びる王都とは違い、今はフードも被っているため誰も己に注目しない。そもそも人がいない。

崩れかけた階段から見下ろすと、木々の合間からわずかだが村の様子が見える。

特に綺麗だとかそういった感想など抱くことのないその光景が田舎らしくて、自分も何の変哲もないただの風景の一部となったような気分になる。

ふっ、と息が漏れ、ゆっくりと瞬きをした。

一歩、足を進めるとかさりと落葉が音を立て、踏んでしまった葉の一部が欠け崩れる。

「落ちる時は一瞬だな」

さっきの神父は更迭《こうてつ》される。野心を持ち王都で活躍できる居場所を欲したのだろうが、それとは反対に今までの名誉も財産もすべてなくすはめになった。

何もしなければそのまま安泰であっただろうに、人の行動は時としてカシュエルには理解不能に見えた。

行動する前に、なぜそのことによって崩れるものを考えないのだろうか。

一時の感情に乱され、築き上げてきたものが抑止力にならないほど理性を捨てて行動する者を見るたびに、カシュエルは冷ややかに相手の思考や背景を見てしまう。

相手の立ち位置や性格を冷静に分析し、自分はどのように見られやすいか、どう評価されているかと客観的にものを見て、カシュエルは人と対話をする。

今回のようにたまに暴走する者が現れるが、対処できるレベルなので特に不満はない。

だけど、ときおり虚しさに似たものに襲われる。

ただ、それはすぐに消えていくので深く考察したことはないが、自分は人とは違うのだろうと、もしくは何か欠けているのではという思いは常に持っていた。

「あれっ、先客？」

そんなことを考えながら景色を眺めていると、小さな声がしてカシュエルは慌てて振り返った。

魔力が多いためか人の気配というよりはほかの魔力に敏感な自分が、声をかけられるまで他人の存在に気づかないのは初めての経験であった。

潜んでいる護衛が止めなかったので、害になる者ではないのであろうが、その姿を見てカシュエルは目を眇《すが》めた。

十歳くらいだろうか。着古した服を着てガリガリというほどでもないが線の細さが顕著だ。見るからに栄養が足りていない様子の少年。

もしかしたら見た目以上の年齢かもしれないが、自分よりも幼いその姿、何より赤黒い血が滲むシャツが彼の境遇を物語る。

「ごめんね。君の場所？」

「ううん。たまに来るだけだから。じゃ」

「待って」

カシュエルの質問にぶんぶんと首を振り、人がいるなら仕方がないと帰ろうとする少年を慌てて引き止めた。

服の下がどうなっているのか心配だ。足取りはしっかりしているようだが、見てしまったからには手当てくらいはと思う。必要なら保護すべきだろう。

あとは、単純に気配を悟らせないまま近づいてきた少年が気になった。

「何？」

茶色い髪の少年は、立ち止まってくれたが視線を合わせてくれない。

こちらも認識阻害の魔法をかけているので、合ったところでとは思うのだが、なぜだか少年とはしっかりと顔を合わせて話したいと思った。

「怪我してるよね？　手当てしよう」

「別にいい。いつものことだし、放っておけば治る」

そう言って、また歩き出そうとする少年の腕をカシュエルは掴《つか》んだ。

怪我を考慮し、そっと掴《つか》んだつもりであったが、「つっ」と少年は顔を歪《ゆが》める。

「ごめん。やっぱり痛いんだよね。それに君だってここに来たくて来たのだろう？」

「なんとなくだし」

少年はぼそっとそう告げたが、ここまでの道は意図してか迷子でないと来ることはないだろう。

「そう。でもこれも何かの縁だし一人も寂しいと思っていたから、君がここにいてもいいと思う間だけでも話し相手になってくれると嬉しいな」

「寂しい……。お兄さん、寂しいの？」

「一人になりたいと思って来たのだけど、寂しいのかもと今思った」

「何それ……。ん、まあ、少しだけなら」

一向に視線が合わないままであったが、寂しいという言葉に少年は反応し、おずおずとカシュエルの横に立った。

物言いはぶっきらぼうで、視線を合わせないなど警戒心が強く人嫌いな気もありそうだが、年上の寂しいという言葉を放っておけないようだ。根っこの部分が優しい子なのだろう。

しばらく無言で階段から見えるなんの変哲もない景色を眺めていたが、カシュエルはちらりと少年へと視線を投じた。

ただ一心に景色を眺める少年は、何を考えているのだろうか。

怪我をしていても気丈な姿と、眼前へとまっすぐに注がれる視線。その横顔からは何もうかがい知れなくて、カシュエルは無性に少年のことが知りたくなった。

「名前はなんていうの？」

「……レオラム」

「レオラムはどうして怪我をしてるの？」

「………………」

そう訊《たず》ねると、レオラムはぎゅっと唇を引き結び遠くを見つめた。

完全なる拒絶の姿勢にカシュエルは眉を寄せ、そっとレオラムの袖を引っ張った。

「ごめん。聞かれたくない？」

「………」

「レオラム」

何度かつんつんと引っ張り名を呼ぶと引っ張られたほうの腕に視線をやり、レオラムは困惑気味に瞳を揺らした。

まるで手負いの野良猫のようだ。人と距離を取りたいけれど優しさから人を嫌いになりきれない、そんなちぐはぐな印象に、彼に何があったのかと気になった。

だが、これ以上追及すれば逃げられてしまうだろう。

「ね、詮索はしないから手当てさせて？」

「……大丈夫。治ってきているから」

はっきり詮索しないと告げると、ようやく答えてくれた。

「そう言うなら見せて。いろいろ訊《たず》ねないし、レオラムが嫌なら答えなくていいから」

「………わかった」

なんとか許しを得て見せてもらった背中や腕は、古いものから新しいものと大小様々な傷があちこちにあった。肩甲骨のあたりに鞭で叩かれたようなミミズ腫れがあり、それがシャツに擦れて血が滲み出ている。

おびただしい量の傷跡だが、確かに治ってきているものも多い。ただ、治りきらないうちに傷が増え続けているのだろう、日常的に虐待を受けているようだった。

「……レオ……」

そこでカシュエルは言葉を切った。

明らかにレオラムの肩が強張り拒絶の意思を背中で語られ、口を噤《つぐ》む。

「……痛そうだけど大丈夫？」

「慣れた」

「……そう」

痛みに慣れるわけなんてないのに、レオラムは気丈に流そうとする。

レオラムに気づかれないように護衛が置いていった消毒液をかける。ガーゼや包帯は困ると言われ薬を塗るだけの手当てになった。

「レオラム。しんどいなら私が保護することもできるよ」

「いい」

酷い境遇でもそれを受け入れなければならない事情がレオラムにはあるのだろう。

簡単に立ち入ってはいけないとわかっているのに、簡潔に断られてカシュエルの気持ちに影が差した。

自分にもどうにもならないそれに、カシュエルは眉を寄せる。

——何もできない。させてもらえない。

権力があっても、人を動かす力があっても、拒絶されては救えない。

聖君という大層な名で呼ばれているが、決して己は万能ではないのだと痛感させられる。

何事も適材適所で、持てないものに無駄に焦がれても仕方がないと考える合理主義なカシュエルであったが、この時に初めて魔力があっても治癒魔法が使えないことが悔やまれた。

レオラムは脱いでいたシャツを着直し、「で？」とカシュエルに話しかけてきた。

これ以上詮索されないよう、カシュエルの厚意を断ったことや気落ちした様子を心配してだろう。

根っこは本当に優しい子だなと思う。そんな子がと考えると胸が痛いが、これ以上は近づけさせてもらえないのは気配でわかるので下手なことが言えない。

「何を話す？」

「そうだね。何を話そうかな……」

年下の子に気遣われ、それに返答する自分の声が思ったより気落ちしている。

それに気づいたカシュエルは驚きとともに微苦笑を浮かべ、複雑な気持ちでレオラムを見つめた。

認識阻害フードで顔はどこにでもいるような平凡な顔、後で思い出そうとしても思い出せないようになっている。

見ているようで見えていないはずだが、そういった感情に聡いのかレオラムは眉を下げた。

「お兄さん、心配してくれたのにごめんね。いつもは初めての人って怖いのだけど、お兄さんはフードを被って怪しいけどなんか大丈夫だって思えたんだ。だから、寂しいなら何か話せたらって。でも、もう行こうか？」

「いや。いてほしい。なんていうか、今までにない感情に戸惑っている」

「感情？」

「そう。もどかしいし、なぜか苦しい？」

なぜ、初対面の子にこんな話をしているのか、カシュエルにもわからない。

わからないけれど、少年と話していたいし帰ってほしくなくて、彼の事情に触れられないならばと話を続けた。

優しいレオラムは、首を右に左に捻り、とんとんと足を考えるように踏み鳴らした。

真面目な性格でもあるようで、しっかり答えようと考え込んでくれている。

「うーん。そこで疑問系なんだ？　きゅって胸が苦しくなるのはよくあるけど、お兄さんは今まであまりなかったのかな。苦しいのって苦しいけど、そのうち慣れるんだよね。身構えるのがうまくなる？　自分なりの逃し方ができる？　そんな感じかな。お兄さんはそういうのがあまりなかったから、戸惑ってる？　わかんないけど」

「そうかも」

「ふーん。なら、まあいいことなのかな」

「どうして？　つらいと思う感情ならいらないよね？」

それをいいことと言うのなら、どうしてレオラムはつらそうなのか。

「でも、そういったことから逃れることはできないよ。どんな形でどんな大きさで、襲ってくるかわからないし」

「確かに、感情とはそういうものだね」

己の経験というよりは、周囲の動きを見て思うことだ。

「うん。だから、ちょっとずつ慣れておくほうがいい。一気に全部降りかかってきたら、息もできなくなるから」

「息……」

レオラムはそこで、とん、と自分の胸を叩いた。

「ここが詰まってくるとね、本当に苦しくて頑張ろうとしていたこととか、全部どうでもよくなる時があるから。慣らしておくと踏ん張れる、のかな」

会話をしてみると、見た目より年齢はもう少し上のような気がした。

ただ、つらいことに慣れすぎて諦めているような、それでも強くあろうとする姿勢も見てとれてその姿に胸が打たれる。

「レオラム、君は……」

問いかけようとする言葉は途中で途切れる。

レオラムが視線を伏せて、話を続けたからだ。

話してくれるけれども、核心に触れることは許されない。

「人って自分の気持ちに左右されて、正しいとか正しくないとか判断する前に動くことって多いよ。こっちがどれだけ身構えていても、どんな形でいつ降りかかってくるかわからないし。だから、慣れるしかないんだ」

まるで自分自身に言い聞かすように言い切ると、レオラムはぎゅっと拳を握りしめた。

だから、その傷も隠すのか。

横からしか見られない伏せられた瞼の下で、レオラムは何を思うのか。

小さな身体が頼りなくて、包み込んでしまいたくなるほど細くて、レオラムと話していると息をするのが苦しく感じる。

カシュエルはそっと胸のあたりのシャツを握った。

「苦しいのは嫌だな」

もどかしく、落ち着かない。

こんなことは初めてで、カシュエルは戸惑う。

「んー。つらいのは嫌だけど、つらいって思う間は心が合図を送っているってことだから。俺はこんなことを望んでないぞと怒りを覚えたり、悲しくなったり。ちゃんと生きてるって、生きたいって言ってる合図。そういう感情が原動力になることだってあるし」

「そうか」

何気ない言葉に、はっとさせられる。

心の合図。それを自分は感じたことはあっただろうか。

もちろん、カシュエルにだって好みはあるし嫌なこともあるが、それは感想であって心から湧き上がる経験は少ないように思う。

小さな頃に初めて襲われて嫌だと思ったが、その後はすぐに慣れて対処していたし、心の動きは少ないのだろう。

レオラムが、遠くを見つめながら続ける。

「お兄さん、最初寂しいかもって言ってたけど」

「言ったね」

「なんかいろいろ知らない間に溜まっているんじゃないかな？」

考えたことも言われたこともない言葉を繰り返す。

「溜まる？」

「そう。そのコートの下から見える服もだけど、雰囲気も高貴なできる人って感じがする。周囲に合わせることが多くて、自分を出し切れる場所がないのかも。そういったことが気づかないうちに溜まっててさ。ふと寂しいって知らない子供と話したくなったとか？　こういうの、よくわかんないけどそんな感じ？」

あくまで初めて出会った年下の子の推測で、本人も首を傾げながら出した言葉であったが、カシュエルの中にストンと落ちた。

別に合わせることなど苦ではない。

頭の回転が速いせいか周囲が追いつくのを待つことも多く、常に合わせている現状に文句もないけれど、先導し待つだけの日々は刺激もないのは正直なところだ。

その上、魔力のこともあって、常に抑えながら周囲の動きを気にしていたのは確かだ。

「そうかもしれない。物心ついた頃から魔力が人に影響を及ぼすこともあるから常に抑えているし、仕事以外で自分が何かをしたいと思ったことはないな」

そう告げると、レオラムがわずかにこちらを向いた。

それでも視線は合わないが、レオラムなりに関心があるような態度にカシュエルは小さく笑みを刻んだ。

　自分のことを少年が気にしてくれている。それがとても胸を温かくした。

「魔力、今も抑えてる？」

「そうだね」

「それってしんどいよね」

「別にしんどいと思ったことはないけど」

　そんなふうに言われたことも考えたこともなく首を傾げると、おおっとレオラムは声を上げた。

「すごいね。お兄さんとっても優秀なんだ。だけど、俺は無理かな」

「どうして？」

「だって、魔力って持って生まれたもので空気と同じようにそこにあるのに、それを加減しろって言われるのは呼吸を調整しろって言われているようなものだし。ええー、本当それって面倒っていうかやっぱりしんどい」

　ぶんぶんとレオラムが首を振る姿を眺めながら、カシュエルは吐き出す息を意識して声を発した。

「呼吸」

「うん。しんどそう」

　まるで自分のことのように眉根を寄せて胸を押さえる姿に、知らず知らずに笑みがこぼれる。

「そういうものかな」

「今の状態が当たり前すぎてわからないのかな。あっ、俺、あまり人の魔力わからないんだ。だから、ちょっと解放してみる？」

「わからない？」

「…………そういう体質なんだって。だから、俺なら大丈夫かも」

いざ、意図的ではなく、普段抑えているものを自然な形で出せと言われ戸惑っていると、そこで昼を知らせる鐘が鳴る。

レオラムはその音にびくっと身体を震わせて顔を一瞬引き攣《つ》らせたが、唐突に口調だけは明るく告げた。

「あっ、やばっ。もう行かなきゃ。話の途中でごめん。手当てありがとう」

「えっ」

「じゃ」

急な展開に目を見開いていると、レオラムは小さく笑って手を振り、何事もなかったかのようにあっさりと去っていった。

彼にとっては、寂しいと言った年上の男の話に少し付き合った程度だったのだろう。

最後まで大事なものに触れさせてもらえなかったのに、視線さえ合わせてもらえなかったのに、こちらは大事なものを持っていかれたような感覚に襲われた。

それだけ、レオラムとの会話はカシュエルにじわりじわりと衝撃をもたらした。

抑えることが当たり前の魔力。

それを呼吸に例えられて、そこでようやくカシュエルは息をできていないのだと知った。

生命維持のための息ではなく、己が己のリズムで作り出す呼吸を忘れていた。

抑えることがずっと身に染み、周囲に合わせることが当たり前で、どの状態がカシュエルにとっての正常なのかがわからないと気づく。

見えなくなったレオラムの姿を追うように、今は誰もいない道とも言えぬ木々の合間を見つめる。

「もっと、話したかったな」

ぽつりと漏れた言葉はカシュエルの本心で、誰にも聞き取られることなく消えていった。


滞在中、毎日時間さえあれば出会った場所に顔を出したが、結局会えないままその地を離れることとなった。

レオラムの怪我や背後に見える状況を思い浮かべては気になり、人を使って捜させたりもしたが見つからなかった。

時間が経てば経つほど、レオラムの存在がカシュエルの中で膨れ上がっていった。

最後の引き攣《つ》った顔が頭から離れない。もしかしたら、あの後また怪我が増えるようなことが起こったのではないのだろうかと心配でたまらない。

最後に小さく笑ってくれた姿が可愛くてもう一度その姿を見たいだとか、気を使うのにやけにあっさりしていたとか。

痛みは慣れたと言い放ち、苦しみには慣れていたほうがいいと当然のように言うことだとか。

レオラムのすべてが気になって、カシュエルの意識を惹きつけた。

本当の意味で呼吸を教えてくれた。

魔力を解放してみたらと、自分なら大丈夫かもなんて言われ、忘れられるはずがない。

会えない時間、見つからない時間、年下の少年が気になって焦がれるようになった。合図を覚えた心は足りないと告げていた。

——レオラムでないと、レオラムがそばにいないと、もう息をすることさえままならないんだ……

レオラムと出会ってから、ようやく呼吸とはこういうものだと知った。

そして、さらに苦しい、もどかしいと思う日々が始まった。

あの時、魔力を解放していたらどうだったのだろうかと、カシュエルの関心はレオラムに向かうばかりで一向に薄れる気配がなく月日が経っていった。

可能な範囲でレオラムの捜索をし、ようやく出会いから二年後にレオラムを見つけ、見守るうちに芽生える様々な感情に振り回される。

見守るだけが徐々に特別になり、感情に振り回されているうちに情が愛情と執着へ変化するのは、カシュエルにとって必然であった。

その間、ほかの誰も自分の心を揺るがすことはなかったから。

レオラムだけがカシュエルの心に訴えてくるのだ。

そんな相手がいて、もともと感情の起伏が少ないカシュエルがほかに関心なんて抱くはずもなく、すべての関心がレオラムへと向く。

ただ、レオラムのことを考えるだけでじくじくとした痛みやもどかしさを覚え、話を聞いたり姿を見ると嬉しかったり心配になったり。

性別や年齢など関係なく、こんなにも心に合図を送ってくるレオラムだから欲しいのだ。

その欲しいに、様々な色がついたのはこれといった出来事があったわけではないが、気づけばレオラムしか欲しくなくなっていた。

だから、聖女召喚の儀式にも積極的に取り組んだ。

治癒士《ヒーラー》であるレオラムのために。

性格や態度を取り沙汰されて悪い印象のあるレオラムは、本人は無自覚のようでそこそこと思っているようだが、ヒーラーとしての能力は非常に高い。

聖女がいなければ、レオラムがこの国のヒーラー代表として魔王討伐に向かう候補として挙がっていたほどだ。

レオラムの魔王討伐の参加。それは絶対避けなければならなかった。

そのため、以前から聖女召喚を請われていた状況も重なり、カシュエルは召喚に尽力したのだ。

そして無事聖女召喚が成功した。

聖女は行動に問題はあるけれど、能力は申し分ない。

国のためにも、レオラムのためにも、何よりカシュエル自身が暴走しないためにも、聖女には魔王討伐に力を貸してもらいたい。

カシュエルにはすでに心に決めた人がいると噂されている。聖女召喚に尽力していたため、それは聖女ではと言われているようだが、すべてはレオラムのためだ。

確かに、国の未来を左右するといっていい聖女は大事な存在ではあるけれど、それだけだ。

レオラムを自分のそばにいさせるためなら、難関であった聖女召喚も成し遂げてしまうほど、レオラムはカシュエルにとってかけがえのない存在。

見守っているうちに関心は執着へと変わり、手に入れると決めて着々と準備をしてきた。

今さら、レオラムを手放すなんて考えられない。これ以上、レオラムがつらい思いをしないようそばで見守りたい。

身分や立場の違い、同性だということで諦めるつもりはない。

この国の王子として自由にできる権限を増やし、内側からも外側からもレオラムを囲い込む。そのためには、多少の面倒は厭《いと》わない。

国を守るためにどれだけ難しい魔法でも駆使しよう。

レオラムが怪我することなく無事自分のそばにいるなら、カシュエルは何だってするつもりだ。

◇　◇　◇

レオラムが王宮に来るまでの様々なことを思い出すと、ぎゅっと胸が引き絞られるように痛む。

それさえもレオラムがいる今は愛おしい時間だ。

カシュエルは王宮の外に出ているレオラムを思い、窓の外を眺めた。

騒がしい聖女から逃れ執務室にこもり書類を捌《さば》きながら思いを馳せていたが、エバンズに声をかけられ彼を見上げた。

「レオラム様はギルドに向かったようですね。あのまま行かせてもよろしかったのですか？」

「護衛も付けてあるし、こもってばかりは疲れるだろう」

エバンズとは長い付き合いなので、カシュエルが今何を思い、何を気にかけているのかわかっているはずだ。

このたび、聖女召喚という大役を成し遂げ、第二王子としての立場は一層強固になり、目論見《もくろみ》通り己の意見を通しやすくなったのは良いが大きな誤算があった。

カシュエルもここまできたらレオラムとの仲を周囲に隠すつもりもないので、レオラムが自室で過ごしていることも隠さず堂々と行動をしている。

むしろもう少し早い段階でレオラムの認知度を上げる予定が、聖女がことごとく騒動を起こし邪魔をしてきて一向にそれが進まない。

レオラムについて協力してきたエバンズも、レオラムの事情と打ち解け具合が気になるようで眼鏡の奥で目を眇《すが》めた。

「レオラム様からのお話は？」

「頑《かたく》なところもあるからね。少しずつとは思っているが、その時間がなかなか持てない」

言外に聖女をなんとかしてくれと告げると、執務室にいた誰もが視線を逸らした。

聖女が騒動を起こすたびにレオラムとの時間が減り、レオラム自身が抱えている問題は時間をかけて向き合うべきことだと感じているのに、そもそもの時間が少なくて順調とは言い難い。

深夜帰宅後は気遣われ少し話をして一緒に寝る毎日。何度も話題に出して負担になってもとあまり深掘りできず、レオラムから話してくれるのを待っている状態だ。

その分、カシュエルは少しでも気持ちが伝わるよう触れ合うのだが、レオラムが快楽に弱いのも嬉しい半面、心配だ。

レオラムが誰にでも簡単に流されると思ってはいないし、そもそも自分がそういう流れに持っていっているのだが、恥ずかしがる姿やとろける感じが可愛すぎて止められない。

よく今まで無事であった。レオラム自身がつらい日々だったとは思うが、人を寄せ付けないスタンスでいてくれて嬉しいような、複雑な気持ちだ。

「非常に元気でいらっしゃる聖女様ですが、今のところはカシュエル殿下しか素直に話を聞かないもので」

「……」

エバンズの皮肉に、カシュエルは無言で応じた。

こちらの都合で召喚したので手厚く遇したいが、恋愛脳というか、恋愛にも満たない感情を持ってアピールされても困るだけだ。

聖女の能力は必要だが、彼女自身を欲しいとは思えない。

早く自分から興味が移ればいいのだが、あまり雑に扱うこともできず、やたらと時間が取られていた。

カシュエルは気を取り直し、通信魔道具に視線をやってエバンズに再度確認する。

「ギルドへの手回しは大丈夫だな？」

「はい。ですが、そのギルド長との繋《つな》がりがどう働くのかはわかりません」

「それは大丈夫だろう。レオラムは義理堅いからね。約束を簡単に反故《ほご》にするタイプではないから、挨拶もなしに出ていくような真似はしないよ」

ただ、挨拶さえすればさっさと出ていく可能性は大いにある、というのは言葉にしたくなくてカシュエルは心の中で呟く。

大事な部分は何重にも殻が張り巡らされていて、一つ割れてもまた次がありレオラムの本心が見えない。

少しずつ、少しずつ、隠さず態度で示すことでほだされてくれてはいるが、いつ姿を消してしまうか気が気でいられない。

「今までの活動経歴を見ていても、契約期間はしっかりと役目をこなしていましたし。確かにそういう方ですね」

「本来、真面目な気質なのだろう」

真面目なゆえに、決めたことにブレないでいられるのだろう。

レオラムを知れば知るほど、近づいているようで遠いと感じ、そばにいる時はいつも触れていないと不安になるほどだ。

冷静かつ合理的に物事を判断し行動するカシュエルの気持ちが動くのは、レオラムに対してだけだ。

「まさか、レオラム様が勇者パーティの一員としての関わり以外でギルド長と繋《つな》がりがあったとは盲点でした。個人情報だと言われれば、こちらの依頼の仕事を怠っていたわけでもないので強く言えませんでしたが」

「ああ。レオラムのためだったのだろう？　ギルド長としても人としても、あり方はそれでいい。ただ、こちらが依頼した時におくびにも出さなかったのはさすがだが、心情的にはもっと早くにわかっていれば動きも変わっていた。怒りも同時に感じる出来事だったな」

レオラムが妹のことを教えてくれたおかげで、手紙のやり取りをどのようにしているかが焦点となり、今までのレオラムの行動からようやく交友関係を掴《つか》めた。

そのことがなければレオラムが大金を必要としていた事情もわからないままだっただろう。

「レオラム様にはその辺りのご説明は？」

「まだだ。妹にもレオラムにも被害が及ばさないように準備はしておくが、レオラムがどうしたいのか気持ちを聞いてからだ。いつでも手を差し伸べられる状態のまま、引き続き現状を見守るだけにする」

レオラムがギルドに登録し、カシュエルが捜していた本人だと確認が取れた時から、カシュエルはやきもきしながらレオラムの活動を見守っていた。

歯を食いしばって頑張ってきたレオラムのそれらを、今さら簡単に手を差し伸べて救ってしまっていいのか、果たしてそれが救いとなるのかまだ見極めきれていない。

「わかりました」

「ギルド長に関しては、今後はすべて報告にあがればそれでいい。それよりも勇者も王宮の外へ一緒に出たとか？」

「そのようです。報告では任務以外で一緒に行動する仲ではなかったようですが、たまたまでしょうか」

「…………どうだろうね」

治癒士として腕がいいレオラムは、無気力守銭奴ヒーラーと皮肉られながらも重宝されていた。

それならとカシュエルは実力のある信頼が持てる良いパーティと組めるようギルド長に依頼し、少しでもレオラムの足しになるようにパーティ自体の資金援助もギルドを通してやってきた。

それに加えて、エバンズの使いとして使者が出向き、こちらのことはオブラートに包みながらレオラムの安全確保の最優先をパーティのリーダーには厳重に告げていた。

そのため、依頼主が貴族だということやギルド長に気にかけられていることに、最後のパーティリーダーである勇者は思うところがあったようだ。

「口には出さなかったようですが、貴族が関与していることと、レオラム様の関係を気にしていたようです」

「そうだろうね」

レオラムの意思を尊重しつつ陰ながら見守ってきたが、長期討伐に出向いている時期などカシュエルは気が気でなかった。

こちらのギルドを通してできる依頼は、レオラムの安全のみ。

レオラムを気にかける者がいて資金を得ているという事情を知る勇者には、遠征に出ている時はしっかり見ておくように告げ、追加の資金も渡していた。

パーティを渡り歩き、しかも高給取りのレオラムの印象は悪い。

その辺のことや普段の愛想のない態度で勇者メンバーとはうまくいっておらず、むしろ扱いが悪かったことなど、カシュエル自身も苦い思いで含むものは多い。

だが、すべてが周囲のせいだけではない。レオラムの態度にも起因している。レオラムも改める気もなく理解した上での行動であったようなので、外野がとやかく言うことではないと呑み込む。

大事なのは、危険をくぐり抜け冒険者として実績を上げつつ、レオラムが怪我することなく無事にいることだ。

今、レオラムが自分の手の中にいることがすべて。

苦しさやもどかしさ、怒りや寂しさといった様々な感情をそれが凌駕《りょうが》する。

レオラムが息をして笑って、少し肩の力を抜いて、自分のそばにいるということが、カシュエルの心のバランスを取る。

レオラムが元気でそばにいれば、それでいい。

見守ることで、いつしか愛情とも執着ともわからない思いは膨れて捻れ、熱くカシュエルの中でくすぶる。

だが、本日ギルドでレオラムが馬車の手配をしたと報告を受け、きりきりと胸が痛んだ。

待ってと言ったはずだし、カシュエルはレオラムが少しでも心を開いてくれるのを待っていた。

悔しいと思うことも、こんなに悩ましく思うことも初めてだ。

レオラムは、カシュエルに新しい感情を、合図を送ってくる。

いない時のもどかしさや苦しみは慣れても、そばにいてからの感情の揺れには慣れない。

どんな時でも全く意識の外から出ていってくれない。

レオラムにとっては出会って間もないのだろうが、カシュエルにとっては六年という長い月日をかけてずっと話せる日を、過ごせる日を心待ちにしていた。

だから、相談もなく離れようとされたことが、悲しいし悔しいし、怒りすら湧いてきて。

それらはレオラムにすれば理不尽であるとわかっているが、愛おしいと思うからこそあっさりと自分を切り離すように行動するレオラムが憎くもある。

今まではもっと遠いところにいて、会えなかったし話せなかった。

それでも、我慢できていたし、元気なことが確認できるだけで満足だった。

なのに、すぐに話せる今のほうが焦がれている気がする。

一緒にいない時に何をしているのか、何を考えているのか、レオラムに触れてさらにもっと知りたいと思う欲求が抑えられない。

他人とのやり取りをここまで気にして、不快に思ったことはなかった。

——ああ、我慢ができない。

レオラムの抱えているもの、気持ちを尊重したい。

その思いは嘘ではないが、本当はもっともっと彼の中に踏み込みたいし、触れさせてほしいとずっと切望していた。

まだ早いと言い聞かせ抑えてきたものが、じわじわと滲み出る。それどころか今にも飛び出してしまいそうだ。

――もう、いいだろうか。

カシュエルにとって、言葉は物事を誘導するための台詞《セリフ》だ。本音を偽り、打算的な欲にまみれることもある。嘘で塗り固めれば本心なんてわからない。

気持ちがこもった言葉も受け止め方で変わるし、万能でもない。

それでも、大事だとはわかっている。言葉で示し伝えて変わることのほうが大きく影響力は計り知れない。

だからこそ、思いを言葉にすると真面目で優しいレオラムを縛ってしまうと思った。

だけど、もう、いいだろうか。胸の内を言葉に出してレオラムを縛っても。

レオラムがつらい過去を抱えているだろうこと、それも含めて愛おしい。

癒やされる場所はここであり、守ってあげたい。泣くのも笑うのも、自分のそばでと強く願う。

愛したいし、愛されたい。

相談もなしに出ていくというのなら、逃げるというのなら、その中に入れないというのなら……言葉で、身体で、一刻も早く自分の色に染め縛り付けたいといった強い衝動にカシュエルは支配された。

第五章　殿下の瞳に囚われる

シーツの上に指を絡めながら押し倒され、身動きが取れないようにのしかかられる。それでも苦しくないように配慮され、強引なのに優しさが伝わる王子らしさに怒るに怒れない。

目を丸くして見上げると、顔を覗き込んできたカシュエル殿下はひっそりと微笑んだ。

「レオラム」

低く、それでいて鮮やかに響く声で名を呼ばれ、俺の心臓がとくりと鳴る。

まっすぐに俺へと届けとばかりの声音は、自分だけが欲しいのだと、必要だと訴えられているようだ。

最初は勘違い、思い上がりだと思ったそれらは、毎日注ぎ込まれては勘違いでは済まされない。

さすがに、俺も気づく。だからこそ、ほだされ流される。

カシュエル殿下が俺に向ける熱は、自由を制限されるようで息苦しいと思うのに、心地よさを感じて困ってしまう。

「殿下……」

「名前を呼んで」

こつんと額を合わせ吐息がかかる位置で懇願され、俺は宝石のような双眸《そうぼう》と睫毛《まつげ》の先までもが美しい王子の視線に囚われた。

燃えるような熱い眼差しで俺を射貫きながらも、どこか頼りなげな哀しい表情にも見えて戸惑う。

「カシュエル殿下」

「今は二人きりだよ」

「……カシュー」

「そう。忘れてはいけない」

絡まる指に力が入る。

きつく両手を拘束されたまま呼び直すと、そっと顔が近づいて唇を奪われた。

いつもなら頬や鼻先へと戯れるように俺の緊張をほぐすようなキスから始まるのに、いきなりのそれに目を見張る。

「はぁっ」

柔らかな感触は普段と変わらないのに、順序だとか、いつもはとか、そんなことが気になった。

「レオ」

息継ぎもろくにさせてもらえず、下唇を食《は》まれる。

はくはくと感触を楽しむように食まれていたが、すぐに舌が差し込まれ舐めまわされる。

口内を支配されて角度を変えてくる執拗《しつよう》なキスに翻弄された。

いつもと違う、どこからくるのかわからない迫り来る圧から逃げなければと思うのに、快楽に弱い身体はあっという間に熱くなっていく。

「んぅっ」

「ね、レオ、逃げてはいけない」

性急な追い上げに小さく首を振ると、上唇を噛まれてかちっと歯がぶつかる。

真剣な目で言われ、どくりと心臓が音を立てる。

艶めかしく激しい情動を向けられ、こくりと喉を鳴らした。

キスで濡れたカシュエル殿下の唇がいつもより赤い。

色づいた唇を視界に留めながら、キスの余韻で荒くなった息を吐き出すように口を開いた。

「逃げようなんて……」

「でも、馬車を手配した」

「それは」

いつ手配しても大丈夫なようにしておいてほしいと伝えただけで、すぐに出発すると考えていたわけではない。

だが、先ほど嗜められたばかりなので、カシュエル殿下の言い分も理解できる。

確かに待ってと言われていたのに、聞かずに行動したことは悪かったとは思う。

言葉を濁すと、両頬を撫でられて無遠慮に服を剥《は》ぎ取られた。

「レオラムが帰りたい気持ちをないがしろにしたいわけではないし、ましてや妹に会いたいのならそうすべきだと思っている。でも、心配なんだ」

裸にされ目を細めて腕を労《いた》わるように撫でていた手が、お腹へと移動する。

するすると這い上がっていく長い指が、小さな乳首をくにくにとこね、きゅっとつまむ。

そのまま、濡れた唇が小さく開き、ぱくりと音を立ててちゅるっと吸われた。

「あっ」

声を出すと、さらに快感を引き出そうと指は這い回り、唇はあっちこっちと俺の弱い場所をたどった。一つひとつ確かめるように吸って痕を残していく。

身体が疼き出し、たまらずもぞりと足を動かすと首筋に強く吸い付かれた。

ちくりと刺すような痛みの後、ざらりと舐められて俺はのけぞる。

「気持ちいいよね。私に触れられて反応してる」

カシュエル殿下もすべて脱ぎ捨て、整った身体のラインを惜しげもなく晒《さら》し、その上で反り勃ったものを擦り付けてきた。

ごまかしきれない、むしろ隠すつもりのない高ぶりが肌をかすめ、それだけで煽られ先端からじわりと雫が溢れる。

腰を揺らされ、互いの肌が絡み合うように抱きしめられる。

頬を上気させながら俺は小さく息を呑んだ。

気持ちがいい。だけど、違う。

いつもなら多少の焦らしはあるがどれも気持ちいいように触れてくれるのに、今はゆっくりと腰を撫でるだけで物足りない。

直接触れられなくて俺が腰を揺らすと、くすりと優美に微笑んだ王子はぷくりと硬くなった乳首をぐにっと押しつぶしてきた。

「後でね。余計なことを考えないでいいよう、もっと私なしでは生きていけないようにしようね。ほら、腰を上げて」

「あっ」

互いの高ぶりを触れ合わせ、カシュエル殿下は艶かしい息をつくと後ろに手を滑らせた。俺の肉つきの薄い尻をきゅっと持ち上げると、すっと縁を撫でられる。

カシュエル殿下の手練手管に酔わされてきたが、お尻に触れられるのはまだ抵抗があった。

だけど、少しずつ丁寧に快感を得る場所を捜し出されいじられてきたそこは、縁を撫でるだけでぞわりと嫌悪とも期待とも言えない感覚に襲われる。

香油を垂らした長い指が、つぷりと入り込んできた。

違和感は初めだけで、後ろで指が動くと同時に前も触れられ、すぐに思考はとろけていく。

「ほら、もっと気持ちよくなろう。レオラムの好きなところはここ」

「あっ、……ん、そこは」

「かしこいレオラムはここが気持ちいいって覚えているよね。もっと擦《さす》ってと腰が動いてる」

直接的な言葉に、かぁっと頬が熱くなる。

それでも、みっともなく動く腰を止められなくて、縋《すが》るようにカシュエル殿下を見た。

「それは前が気持ちよくて」

「そうなの？　じゃ、前を触るのをやめようか。後ろだけで気持ちいいって覚えていかないとつらいのはレオラムだからね」

「それは、ちょっと、いや、かなと」

「嫌じゃないよ。レオのここは私を受け入れて気持ちよくなるのだから」

惚《ほう》けていた頭で会話をしていたが、最後のカシュエル殿下の言葉で覚醒する。

——受け入れて？

えっ、受け入れるって言った？

なかば閉じかけていた瞼を開けて視線だけで問うと、にっこと眩しいほどの笑みを浮かべられた。

ちゅっと、今さらのように頬や瞼へと可愛らしいキスが送られ、最後に唇を奪われる。

息ごと奪うようなキスのあと、指の数を増やされ、これからくる太さを教え込むように丁寧に広げられていく。

互いのものを押し付け合う、くちゅりと水音が部屋の中に響き、行為へと思考が引きずられる。

違和感が気持ちいいに変わり、物足りなくなって、この先に進みたいのか進みたくないのかそれさえも判然としない。

「レオ。私を受け入れて」

「ああ、たくさんこぼして。かわい」

「ここは私の手が気持ちいいと言っている」

「レオが欲しい」

「レオも欲しくない？」

そんな中、高ぶりを握られ昇りつめるには足りない緩さで上下に動かされ、耳元でたくさん甘くささやかれ口づけを降らせながら、着々と後ろを解される。

身体は受け入れる準備ができつつあり、あとは心だけ。

それも、ぐらぐらと揺れている。

「ほんとうにするの、ですか？」

日々、身体を重ねてそれなりのことをしていて、はっきり拒否もしなかった。最終的に行き着くそれを考えなかったなんて言わないし、今さら知らないふりをするつもりはない。

気持ちいいのは好きだし、情を注がれ熱を分けられ大切に思われていると感じさせられ、カシュエル殿下にならとはどこかで思ってもいた。

別に大事にとっておきたかったわけでもないし、そもそも誰かとこういう行為をすると思っていなかった。

思っていなかったが、同性であり奪われる側というのは意外というか、やはり衝撃はある。

それでも性別というよりは、大事に思ってくれているだろうカシュエル殿下にならいいかと、欲しがってくれるのなら惜しむものでもないかと思うのだ。

だけど、いざそれを示されると緊張する。

今まで丁寧でゆっくりだったのに、王子らしくなく性急な気もする。

けれどどのようなタイミングであったとしても、何か思うことがあってだとしても、注がれる情は依然として変わらないように思えた。

「レオが欲しい。愛してる」

「あっ」

言葉とともに、王子のものをあてがわれる。

「レオ。いいよね？」

焼き焦がすような視線に、このまま囚われてみたくなった。

何より、愛してるの言葉が俺を拘束する。

ずっと態度で示されてきて、今、言葉でも示される。

向けられた情の色がはっきりと見え、ぐらぐら揺れていた気持ちがゆっくりと凪いでいった。

このまま身体を預けても後悔はしないとはっきり思える。

カシュエル殿下ならと、俺は恥じらいながら小さく頷《うなず》いた。

「……はい」

「ああ、レオ。私の」

「んあぁぁっ……」

返事をすると、奥へと一気に突き入れられた。

散々解され濡らされたそこは、わずかな痛みを感じただけであとは圧迫感のみで受け入れていく。

「レオ」

「あっ……、ぁ、……」

熱い杭が俺を捉え逃がさない。

ゆるゆると馴染ませるように動かされ、声にならない声が漏れる。

「レオ、愛してる……」

「……んぁっ……ぁぁっ」

押し開いてくる強烈な硬さと熱さにわけがわからなくなりながらも、名を呼ばれ、愛しているとささやかれる声だけはしっかりと胸へと響く。

自分の喘《あえ》ぎ声が甘ったれて聞こえて、聞かれたくなくて聞きたくなくて慌てて口を閉ざすと、ぐいっと腰を容赦なく送り込まれた。

「ああっ……っ！」

「レオ、声は我慢しないで」

わずかに乱れた吐息とともに命じられ、ぺろりと唇を舐められる。

「……でもっ」

「私は聞きたい」

腰をきつく抱かれて、次第に激しい動きになっても、悩ましく色っぽい表情でずっと俺を見る瞳は外されない。

「レオ」

ぽつり、ぽつりと行為の合間に名を呼ばれ、心の芯がじくじくと熱を持ち出し、身体だけでなく心も縛り付けられるようだ。

「あっ……！」

感じる場所をグラインドされ声を上げると、重点的にそこを突かれる。

「あっ、カシュ、……ぁぁっ……」

自分でも驚くほどの甘ったるい声が耳につき、それさえも熱を上げる要素となった。

「よかった。感じてるんだね」

艶かしい吐息とともに、快楽で滲む涙を吸われる。

苦しいのに気持ちいい。

相手に支配されることの心地よさ、欲望を受け止められることの充足感さえ覚えて、俺はカシュエル殿下へ腕を伸ばした。

気づいた王子はすぐに俺の腕を取ると、ちゅ、ちゅっと手のひらや甲へと唇を押し当ててくる。

激しいのに、優しい。

大事に、それでいて芯から欲される衝動のまま求められ、俺はぶわぁっと鳥肌が立つような高揚感に見舞われた。

可愛らしいキスを送られていたが、そっと腕をカシュエル殿下の首に絡ませるように回される。

その間はゆるゆると俺の反応を見ながら腰を回すように刺激され、あっちもこっちもと気持ちよさと苦しさとで思考が溶けていく。

息を弾ませていると、首筋から耳までねっとりと愛撫され、乱れた吐息が漏れる。

「あっ、ぁ……」

吐息を吹きかけるように耳元で色気が増した低音で催促される。

「レオ、もっと名前を呼んで」

そうするといつも気持ちよかったでしょ、とするりと勃《た》ち上がり雫をたらたらとこぼしている俺のものに手を伸ばされ擦られる。

先ほど鈍く気持ちよかった場所からわざと外し、浅いところで腰を揺すられ、俺はもどかしさに誘惑されるまま王子の名を呼んだ。

「カシュー、それっ」

「どうしてほしい？」

滴る色気とともに誘惑される。

「もっと奥も」

「こう？」

わざとじゃないかと思うくらい、手前で止めては戻される。

前への刺激も、決定的なものをくれなくて俺はもぞもぞと腰を揺らした。

「ちがっ」

意地悪だと声を上げると、ふ、と笑みを浮かべて楽しげな色を滲ませた声とともに唇を奪われた。

「レオ。ふふっ、かわいいっ」

ぽそりと掠れた声にぞくぞくする。

柔らかなその感触にうっとりしていると、王子はぺろりと唇を舐めた。それから食らうようにがぶりと深く口づけを施すと、容赦なく快感を煽るような愛撫に変わる。

「……ん、んくっ……」

甘い吐息を漏らして背中を震わせると、熱を帯びた双眸《そうぼう》をさらにぎらつかせた王子に腰を強く打ち付けられた。

極めそうになるたびにはぐらかされ、後ろと前とで初めてとは思えないくらい俺はとろとろにされる。

激しい行為とともに視線に犯される。

捕らえて逃がさないとばかりの熱い双眸《そうぼう》にも感じて、俺はぶるりと身体を震わせた。

その際に、奥にある王子のものを締め付け、咎《とが》めるように激しく穿《うが》たれる。互いの名を呼ぶ二人分の荒い息さえも快感を煽る要因となる。

「レオ、レオ」

「……かしゅ、ぅ」

終わりの見えぬ熱と快楽に、俺は呑まれていった。

◇　◇　◇

聖女召喚から一か月以上が経ち、なんだかんだと俺はいまだに王宮に滞在していた。

カシュエル殿下の告白と行為を受け止めてそういう関係になったのだが、俺の心は依然晴れなかった。

嫌だとかそういうことではなく、王宮にいること自体が問題なのだ。

王子には、ああいうことを受け入れてもいいと思えるくらい好意を抱いているし、それを誤魔化すつもりはない。

実際のところ快楽に流されている部分もあるし、向けられる強い情にほだされている自覚もあるが、ほかの人と微塵《みじん》もしたいとは思わないので俺の中でカシュエル殿下は特別なのは確かだ。

だけど、恋愛というか情を取り交わすこと自体がよくわかっていないし、そもそも俺はまともに人間関係を構築してこなかったので、そういったやり取りをどのように進めていいのかわからない。

過去のトラウマで警戒心が強い自覚があり、周囲を慎重に観察するほうではあるが、それは不必要に距離を近づけないためだ。相手と良い関係を築くためにどう行動すればいいかと考えたことはあまりない。

ましてやお相手はあの聖君で魔力もこの国で随一と言われるカシュエル殿下だ。

聖女召喚も成功させるだけの実力がありつつ身内を立てる謙虚さを持ち、温厚な性格と抜きん出た頭脳を持った高貴な方。

この国に住む者ならば、カシュエル殿下のその完璧さを称えない者はいないだろう。

そんな王子がなぜか自分にご執心。

愛していると言われ、身体を求められて受け入れ、さてその先はどうかなんて想像もつかない。

身分差や同性であることなど様々な問題があるのがわかっていながら、俺は逃げ切れないまま王子に酔わされていた。

王子とのことを考えると、はっきり言って自分は不相応だと最終的には行き着き、俺は今もこっそりと息を吐き出した。

昼の陽光を背にソファに座りながら、周囲の無言の圧に身じろぎ、立とうとすると座っていてくれていいと言われ落ち着かないまま来訪者を迎え入れる。

「レオラム様。お手紙でございます」

「ありがとうございます」

エバンズ宰相から渡された手紙を受け取り太ももの上に置く。

じっと何か言いたげにこちらを見ている宰相を見上げた。

「何か？」

「レオラム様はここにいてくださりますよね？」

「…………」

切れ者と知られる宰相に真偽を確かめるように見つめられ、俺は小さく肩を竦《すく》めた。

嘘をつくつもりはないが、余計なことを口にするとそれを盾に何を約束させられるかわかったものではない。

ある意味、こういったことはカシュエル殿下よりも宰相のほうが油断ならなかった。

黙っていると、吊り上がり気味の細い目をさらに細められる。

「先日、逃亡なさったとか」

「人聞きが悪いです。ただ、用事で少し外に出ようかと思っただけです」

本当、人聞きが悪い。

不相応であることから逃げたくて、そして俺の事情から、カシュエル殿下がいない隙に何かと理由をつけて王宮から出ようとするとそのたびに護衛総出で止められる。

一度、スキナーたちの目を盗んで行動してから、周囲の俺への行動に対しての監視が厳しくなってしまった。

別に本気で逃げたいわけではなく、冷静になりたくて気分転換も兼ねて外出したいだけなのだが、周囲から逃げないでと言われ、仰々しく逃亡劇として語られる。

昨日なんかは、行動範囲が広がった王宮内でどこからともなく不気味な声がして思わずその場にあった部屋に逃げ込みそのまま閉じ込められてしまった。

後から考えれば風の音とも取れるが、華やかな王宮内での不釣り合いさにびっくりしたのだ。

なぜかその部屋は内側から開けられなくて、見つけてもらえるまでしばらく身動きが取れなくなった。

だが、閉じ込められたことよりも、そのあとが大変だった。

必死に捜してくれていた騎士たちには「私たちのためだと思って、どうかー、どうかー一人で行動しないでください～」と泣きまで入れられる始末。

そして、心配をかけてしまった日はカシュエル殿下の何かのボタンを押してしまうようで、夜がしつこくて心身ともにぐったりになる。

宰相しかり、護衛しかり、王子の溺愛しかり、なかなかの包囲網の厚さにたまに息苦しい。

俺としてもカシュエル殿下を煩わせたいわけではないし、できるなら穏便に物事を進めたいのだけどうまくいかない。

「護衛たちが泣き落としにかかっていたと聞きましたが、カシュエル殿下のためにも行動される場合はご相談いただけたらと思います」

「相談と言われても」

「レオラム様に事情があるのはわかっておりますし、殿下も我々もそれに力が必要なら協力を惜しまないでしょう。少なくとも殿下には事情と、今後を相談していただきたいのです」

「………」

それができるのなら、とっくにしている。

俺が口を噤《つぐ》むと、エバンズははぁっと息を吐き出し、言い聞かせるように丁寧に言葉を発した。

「レオラム様。あなたがここから出ていけばこの国が滅びますがよろしいんですか？」

「聖君である殿下がそんなことするなんて思えませんし、力があると言っても大袈裟ではないでしょうか？」

強引なところはあるけれど、常に優しく温厚な人だ。国のために魔方陣を張り尽力してきたことも、資料を読み知っている。

この国を守ってきた、守ろうとしている人が、国を滅ぼすなんてあり得ない。

「どうでしょうか」

「冗談ですよね？」

「冗談とお思いで？」

「えっ」

しごく真面目な顔でこんこんと脅され、不安になる。心臓に悪い。

これって、脅しだよね？

いやいや、魔王復活目前とささやかれるこの世界。

魔王が完全復活したら、それどころではないと思うけど？

そのために聖女召喚したじゃないかといろいろ突っ込みたいことが満載だが、エバンズに言ったところでと思った。

聖女と勇者一行が魔王討伐に行く前に、俺がここから逃げるだけで国が滅びるなんて意味がわからない。

冷徹な眼差しで真剣に諭すように話され、権力の塊のような人に刃向かうなんてできやしない。

というよりは、相手は宰相。やはり言葉を選ばないと後が怖い。

これだからエバンズとの会話は油断ならないのだ。最初の頃、王宮に、部屋にいなくてはと思った要因の一つもこの人だし。

「ですから、逃げてはいけませんよ。くれぐれも行動は慎重になさってください。よろしくお願いしますね」

にこっと笑うけれど、笑えませんよ？　もはやお願いという名の脅しだ。

もともと冷たい印象の人だから、やっぱりそれも込みで脅しにしか見えない。

そもそも、自分でも自分の気持ちがはっきりわかっていない。

執着を含んだ愛情を注がれて受け入れてはいるが、なぜ王子がそこまで自分にこだわり、愛を注いでくれるのか理由がわからない。

こういったものに理由を求めるものかどうかもわからないが、出会った時のことも思い出せていないし、立場の違いから先も見えない。

このまま先が見えず不安なら、自ら描く未来へと進もうとするのは自然ではないだろうか。

嫌ではないけど、相手が聖君と呼ばれるこの国の第二王子だからこそ、それだけの思いで俺がここにずっといるためには弱い。

カシュエル殿下の愛情に胡座《あぐら》をかいたままでは、どうも俺の性格的に合わないし、何よりまずは帰りたいと思うのだ。

エバンズを見送り、一人になって俺は渡された手紙を開いた。

ギルドを通していた妹とのやり取りは、ここからでもできるように王子が手配してくれた。カシュエル殿下が少しでも俺にとって良い環境になるように動いてくれているのは十分伝わる。

「どうしたらいいのかな……」

田舎に帰りたい。だけど、すべてを話したくない。

でも、逃れたい、逃げてしまいたい衝動にもかられる。

カシュエル殿下を悲しませたくないし、その腕を振り払ってまで強行したいとは思えない。

どれも自分の気持ちであり、現状は行き詰まっている。

はぁっと息をついて、まずは一つずつできることをしよう。そう思って封を切った。

前回送った手紙には時間を作って帰ることと、周囲に気をつけて過ごすようにと書いた。

いつもと変わらないけれど、初めて居場所とともに、できたら会いにいくつもりだと書いた手紙の返事だ。俺は緊張して手紙を持つ手が知らず知らず震えた。

取り出すと、一枚だけの紙。

「珍しいな」

今までは数枚、少なくとも五枚以上は俺の体調への気遣いや近況報告があれこれと書かれていた。

俺が十八歳になって妹も状況が変わったことや前回とそんなに間が空いていないこともあるだろうが、あまりにもそっけなく思える。

ふぅっと息を吐き出し、折りたたんだそれをそっと開き、俺は思わず叫んだ。

「えっ。はぁーっ！！！！！」

叫んだ後、外に控えている護衛に聞かれて心配されては大変だと口を押さえ脱力する。

「いやいやいやいやいや、ありえない。えっ、ちょっと待って」

そこに書かれている文字を何度も確認し、俺は天を仰いだ。

「どうしてそうなる？」

短い文章に用件だけを書いた内容。

しかも、その内容がやばかった。

しばらく会えていないが、兄さん、兄さんと可愛く呼ぶ姿が今でも思い浮かぶし、手紙にもそれが伝わるような文面だった。なのに、この手紙には目立つように『バカ兄』と書かれている。

あんなに優しくいつも気遣う手紙をくれていた妹にバカと言われ、唯一の肉親で、俺の生きがいでもあった妹の言葉に俺はショックを受けた。

そんな大事な妹からの手紙。

『バカ兄へ
十八歳の誕生日おめでとう。

いつも気にかけてくれているのはわかっているけれど、できたらって何？

やっと会う意思を見せたと思ったら、それってどういうこと？

こっちは散々待っていたんだから、そこはできたらではなくて必ずでしょ？

ちゃんと顔を見せる気がないのなら、兄さんの許可なくダニエルと結婚するからね！　ハンナ』

元気そうではあるが、これは思っていたのと違う。

全く別の意味で心配なことが増え、俺は感情を露わに立ち上がった。

「ダニエル。シメる！」

あのムカつく大人は本当にムカつく。年の差いくつだと思っているんだ。

あまりの衝撃にすっこーんと、先ほどエバンズに釘を刺されたことやカシュエル殿下への迷う思いなども吹っ飛ぶ。

必要最低限のものが入っているカバンを引っ掴《つか》むと部屋を勢いよく飛び出した。……まではよかったが、すぐに護衛に捕まった。

スキナーがぬっと前に立ちはだかる。

「レオラム様、どこへ」

手紙の内容にあまりにも頭に血が上ってしまったが、気持ちが少しだけクールダウンする。騎士たちの泣きを思い出し、現実に戻される。

聖女みたいに騒動を起こして周囲に迷惑をかけるのは本意ではない。

俺は熱していたものを逃がすようにふぅーと大きく息を吐き出した。

彼らは俺の安全の確保と居場所の確認が仕事なので、用件をしっかり言えば通じるのだ。

何度かの失敗から学び、俺は気持ちを整える。衝動的な行動は何も良いことを生まない。

ぎゅっとカバンを掴《つか》み、真剣な顔で切々と訴えた。

「ギルドへ行きたいと思います」

「わかりました。我々もお供いたします」

「レオラム様。よろしくお願いします」

「はい」

スキナーとマクベインに真意を測るようにじっと見つめられ、俺は頷《うなず》いた。

すぐに彼らは俺に合わせるために手早く仕事を調整し、後をついてくる。

景色やほかのことが入ってこないまま、急く気持ちを押し殺し王宮を出てギルドに到着すると、茶の白髪交じりの熊みたいに大柄なギルド長を捕まえて、二人きりで話せるように頼む。

忙しいギルド長に一時間待てと言われ、時間をもらえるだけありがたいがじっと待つ間は長かった。俺はぎゅっと拳を握りしめながら、護衛二人を気遣うこともできず妹の手紙について頭がいっぱいになった。

ありえない、何かの冗談だと思いたい。

けれど妹は冗談を言うタイプではないし、とはいえ会わなかった数年間を知らないので絶対こうだと言い切れない。いろいろやりきれなくて思考がぐるぐるした。

こんなに気持ちが熱くなったのは久しぶりだ。自分のことではないから、余計にどのように吐き出したらいいのかわからない。

八つ当たりしても仕方がないと思うのに、ぬぼぅと緊張感がなく口髭《くちひげ》を撫でながら、待たせたなと現れたギルド長の腕をむんずと俺は掴《つか》む。

「おおっ。どうした?」

「いいから。早く」

目上の、しかもお世話になっている相手への態度ではないが、一刻も早く確認がしたくて大きなブランドンを引っ張る。

ダニエルと深い関係があるこの大人にしか言えない。手段がないからと安直に頼る自分の未熟さを感じながら、それでも収まりきらない気持ちで部屋に入ると詰め寄った。

「ギルド長、あの人、いったい妹に何をしたのでしょうか?　何か聞いてますか?」

「おいおい。いつになく熱いな」

俺の勢いを面白がりつつ、ブランドンは口髭《くちひげ》を撫でながらにやにやと笑う。

こっちは深刻だというのに、それが伝わらなくて俺は唇をかんだ。

いつになく、という言葉に掴《つか》んでいた腕を離す。

最近、少し気が緩んでいるのか、うまく前より感情を抑えられない。

これではいけないとゆっくりと瞼を閉じ大きく息をし、俺はなるべく感情を表に出さないように口を開いた。

「普通です」

激して揺れ動いていた双眸《そうぼう》を一度伏せ、再び開いた時にはそれらの感情を消した。

ブランドンが苦笑する。

「普通ねえ。この前来た時はいい感じで少し肩の力抜けて感情出してきたと思ったんだがな。それで、あいつがどうしたって？」

「大事な妹に変なことしてませんか？」

「ダニエルがか？　変なことって？」

「手を出すとか、洗脳とかです」

バカ兄と書いていたということは、ダニエルが何かを言ったに違いないと思う。

認めたくはないが、妹はダニエルをとても信頼しているから、何をどう話したか気になる。

百歩譲って、バカ兄はいい。

あんなに可愛かった妹がとは思うが、これも成長だ。

自分も全く考えもしなかったカシュエル殿下との関係を思うと、妹だけが変わらないという思い込みはエゴだとここで待っている間に思い至った。

何か文句があっての発言は、しっかり話し合えばわかりあえるはずだ。だが、最後の一文だけはいただけない。

「洗脳⁉　手を出すもあいつに限ってないな。妹は十六なのだろう？　ああー、絶対ないない。年の差いくつだと思ってるんだ」

「言い切れますか？」

「それは言い切れるな。何があった？」

「言葉にしたくもありません。とにかく、一刻も早く真相を確かめたいので帰りたいと思います。前に話していた馬車の手配を今すぐにでもお願いします」

「今すぐって言ってもお前、そっちはいいのか？」

「そっち？」

「レオラム、それはないだ、ろう……ぅお⁉」

俺が首を傾げると、呆《あき》れ返った視線を向けていたブランドンの双眸《そうぼう》が驚愕に見開かれていく。一時臨戦態勢で手を構えたが、解かれ降ろされる。

何事かと考えるより先に知った魔力の気配に気づくと同時に、脳髄に響く美声とともに背後から抱きしめられた。

「そうだね。私のことは考えてくれないのかな？」

「……っ、殿下？」

自分に向けられたいつも甘く響く声は、感情が乗っていないと非常に心臓に悪かった。

口角が強張り身体が竦む。

ぐいっと引き寄せられ、動けない俺は完全に抱き込まれた。

そっと見上げると、カシュエル殿下は彫像のように整った顔でにこりと美しく微笑み、視線をそのままブランドンへと向けた。

「ギルド長。レオラムが世話になったね」

「いえ。それは別にいいのですが、まさか転移魔法で直接来られるとは」

ブランドンが口を引き攣《っ》らせながらも、歓迎の印として盛大な笑顔を見せた。

ギルド長室にあっさり侵入を許した事実に、年の功で取り繕ってはいるが焦りは隠せていない。

対して、カシュエル殿下は口元を少し上げるだけの余裕の笑みを浮かべた。

「緊急だからね」

「……緊急でギルド内のしかもこの部屋に直接来られるのもどうかと思います。防衛の面でもギルドの面目丸つぶれです」

「ここの防衛魔法はしっかりと機能しているから心配ないよ。こんなことができるのは私くらいだから、あなたの仕事に落ち度はない。下だと騒ぎになると思ってね」

「複雑だ……」

ブランドンは思わず頭を抱えた。カシュエル殿下には天下のギルド長も敵わないらしい。

「大丈夫。普段は使うつもりはない。さて、レオラム。今回は何があったか部屋に戻って話をしようか？」

再び、ギルド長と話を終えた王子に視線を向けられ、肩が強張った。

逸らすことを許されない視線に囚われたまま、顎をわずかに引く。

「レオラム、帰るよね？」

「………帰り、ます」

それ以外の返事があるだろうか？

逃すまいと軽々と片腕で抱き上げられて自由を奪われ、俺は縮み上がった。

「あれだけ普段言っていたのに、私の相談なしにどうして進めようと思ったのか、しっかりと説明してくれるよね？」

静かに諭すように告げられ、蠱惑《こわく》的な紫の瞳で覗き込まれる。

見透かすような神秘的な瞳はひたすら俺に注がれている。けれどもそこに感情を見出せず、それがかえってカシュエル殿下の本気の怒りをうかがわせた。

「殿下……」

「レオラム。これで何度目だろうか。手配に関しては二度目だよ。そろそろ私も本気で考えなければならないようだね」

その考えを肯定するかのように、耳元でささやかれる。

俺は今までになく胸が騒ついて、凍りつく表情のまま王子を見返すことしかできなかった。

◇　◇　◇

突如冒険者ギルドに現れたカシュエル殿下にあれよあれよと王宮に連れ戻された俺は、胸中に広がる不安を押し殺しじっとする。

スキナーたち護衛は慣れたもので、王子が「一切の入室を禁ずる」と言っただけで、心得たとばかりに頭を下げ二人きりにされた。

扉が閉まると噛み付くようなキスをされ、ぎゅうぎゅうっと抱きしめられ拘束される。

機嫌が悪いのだろうとわかるし、自分が原因だとわかっているけれど、どうすればいいのかわからないまま私室に閉じ込められて、俺は荒い息とともに王子の名を呼んだ。

「……はぁっ、……カシュエル、でん、か？」

「レオラム」

名前を呼ばれ激しさでぼやけていた焦点を合わせると、きつく眉間にしわを寄せている王子の姿に息を呑む。

こんなにあからさまに苦悶の表情を浮かべるカシュエル殿下を見たのは初めてだ。

戸惑いで自由なはずの手は下げたまま動かせず、俺は困惑したまま見つめ返すことしかできない。

「その」

沈黙に耐えかねて口を開いたが、言葉が出てこない。

カシュエル殿下が絞り出すような声で、まるで請うように額をつけてくる。

互いに双眸《そうぼう》だけを映し出し、穏やかさとはかけ離れた色をした紫の瞳の光に答《とう》を捜し出そうとばかりに射貫かれる。でもそれは、鋭いというよりはやはりねだられているようだった。

「いつになったら私に心を許してくれるのかな？」

「……殿下はとても特別です」

その魅惑的な紫の瞳が綺麗なこともあるが、目を合わせることに全く抵抗がない時点でもそうだし、可愛げがない自分の性格も包み込んで愛情を注いでくれている人を、意識しないでいられるほうが無理だろう。

カシュエル殿下から注がれているものを、俺なりに返したいと思うくらいには情を抱いているのでそれは信じてもらいたい。

「それはよかった。でも、レオラムのここに入れてもらえていない」

肩を掴《つか》まれ二人の間に空間ができると、とん、と胸をノックするように叩かれ、俺の内側は騒めいた。

「…………っ」

過去の傷だらけだった自分を知る王子にすべて話してしまえばいい、カシュエル殿下なら受け止めてくれる、そうは思うのだけど怖い。

それに、今回は想定外のことに驚いて取り乱してしまったが、ダニエルのおかげで妹の安全は確保されている。十八になりできることも増えたため、守る手段も増えた。

なので、力なき幼い頃ならともかく、国家の存亡に関わることに尽力している王子やその周囲に助けを求めるのは違う。

下唇を噛み締めていると、カシュエル殿下がどこか怪我でもしたのではないかと思うくらい、痛みを滲ませて訴えてくる。

「レオラムがいないと、いなくなると考えるだけで私は息ができない」

「……」

「レオラムが愛おしすぎてどうにかなりそうだ」

「殿下……」

自分も、と返せない。情はあっても気持ちがついていけていない。

身体は明け渡せても、言葉を返すまでかどうか自分でもわからない。

王子の気持ちが重く響くからこそ、言葉は慎重になる。

そして、ささやかれればささやかれるほど、その言葉に囚われていく。迷いのないあまりにもまっすぐな眼差しで告げられ、俺の心は揺らぐ。このまま受け止めてしまっていいのか、王子の執着を感じるほど流されるとともに迷う俺を見て、カシュエル殿下は小さく息を吐くと肩を竦《すく》めた。

「レオラムの気持ちを急かすつもりはないよ。わからせるだけだしね。それで、ずいぶんと慌てていたと聞いたが、何があったのかな?」

ん?

することは強引なのに、俺の気持ちを尊重してくれている言葉。

だけど、いつもならそれで終わってずっと優しく甘やかされるのだが、そのあとに何か恐ろしい台詞《セリフ》があったような気がする。

気になったが、そもそもの話題に戻ったのでこれ以上こじれないようにと俺は口を開いた。

「……妹から手紙が届いたのですけど、それがいつもと違って」

「うん。それで？」

「どうしても確認したいことができたので」

「だからギルドに行ったんだね」

「はい」

いつもなら言い終わるまで待ってくれるのに、話を先へ先へと促すように誘導される。

そういったことからでも、どうして話してくれないのかと責められているようで、実際、王子は怒っているのだろう。俺の胸は痛み重くなっていく。

「それで私に話すこと、話したいことはある？」

「………………話すこと」

直接訊《たず》ねられ、声が震える。

動揺に心臓がドキドキと早鐘を打ち、それに耐えかねて俺は瞼を閉じた。

一人で考える時間が長かった。ずっと今まで耐えてきて耐え抜いて、これ以上は悪くならないと思うからこその余裕もあって、なら余計に頼るべきではないという気持ちが増す。

冒険者をしていたからこそ、魔王討伐や被害を少なくするために動いてくれている人たちの邪魔に自分がなるのは嫌なのだ。

年月をかけて教会や防護壁に魔法陣を施し、現在は王都でそれらを維持し国を守ってくれているカシュエル殿下。実際に討伐に行く勇者や聖女たちとともに、これからのこの国の未来に必要不可欠な人であることは子供でもわかる。

そんな人に個人的なことで甘えるなんて考えられないし、そもそも俺は甘え方がわからない。

それに、ムカつくし大金は必要だけど、ダニエルという協力人がいるのでなんとかなっている。

妹に何やら吹き込んだらしいダニエルは会ったらシメるし問い詰めるけど、それとこれとは別だとわかっている。

何より、話すとはどこまで話せばいいのか。

一つ話せば奥底に閉じ込めてあることも暴かれそうで怖い。王子がというよりは、俺の問題だ。身内である妹にも話せない。

必死に蓋《ふた》をして奥へ奥へと閉じ込めてはいるが、潜むそれが口を閉ざすことを選んでしまう。

——何が起こっても、思うような結果にならなくても、一人でしたことならばそのすべてを自分だけで抱え込んだらいいだけだから……。

臆病な俺は、行動でも感情でも人を巻き込むことが何よりも怖い。

ずっと、カシュエル殿下が話すのを待ってくれているのは知っていた。

知っていて、俺の様子を見て引いてくれているのに甘えて、怖さから、甘やかされることから逃げたくなって時に行動してしまう。

そういった心の動きさえ敏《さと》い王子は見透かしていそうで、俺はぎゅっと瞼に力を入れた。

「はぁ……。ギルドに行くことは別にいい。だけど、いつまで私は待てばいい？　いつになったらレオラムは私を受け入れてくれる？　いい加減、我慢の限界なんだけど？」

「カ、カシュエル殿下」

とん、ともう一度胸を叩かれ、くるりと身体を回される。背後から抱きしめ直されて甘く低い声が耳をくすぐる。

慌てて目を開けて抵抗するが、顔が見えないことで敏感に声や温《ぬく》もりを感じ取り、肌が粟立つ。

「違う。カシューでしょ」

ぱくっと耳たぶを舐めかじられて、「何回言わせるの？」と咎《とが》められる。

「あっ」

「レオ」

「カシュっ」

「ね、レオは誰のものかわかっていない。私がどれだけ必要としているか、しっかり刻み付けてわからせないとね」

とろけるような甘い声で、恐ろしいことを告げられる。

もう十分に刻み付けられている。

こんなに内側まで浸透してきた人は初めてなのだ。

そう、たどたどしく訴えてみるが、足りないと言われさわさわと服の上を這っていた手はあっさりと中に侵入を果たし、俺の小さな胸の尖りをきゅっとつまんだ。

「ひぁっ」

「ふふっ、レオ。可愛い声出してどうしたの？」

キュッキュッとつまんだかと思えばかすめる程度で両方を行き来し、爪の先でピンッと弾かれる。

それを何度も繰り返され、そのたびに快楽に弱い身体はぴくぴくと律儀に反応した。

「つんん、……やぁ」

「ほら、こんなことくらいで感じちゃうのに私から離れてどうしようっていうのかな？」

「……や、ちがっ」

「何が違うの？　ほら、ちょっと触っただけで尖ってきて、私に食べてって言ってるようだよ」

「そんなっ、んあぁー、アッ……」

否定するたびに、強弱をつけて胸を責められ逃さないというように腰に押し当てられる。

ぐいっぐいっと主張する王子の大きな熱に煽られる。こんな高貴で綺麗な人がと、何度欲望の対象なのだと見せられても、戸惑いが勝って素直に認めない俺の反応を楽しむかのようにさらに押し付けられた。

ぐりっ、と布越しに亀頭が擦り付けられたのがわかる。

「可愛いレオ。私のものは君がこんなに欲しいと熱くなっているのに、レオはいつになったら素直に欲しがってくれるの？」

「でも、お、私は男です」

自分が男だということは歴然とした事実で、こういう行為の相手が同性であること、それに対してそれほど抵抗はない。

その相手がカシュエル殿下だから戸惑うのだと、俺の中ではっきりしている。

この国の偉大な第二王子だからこそ、王子の相手が自分でいいのか、男でいいわけがないと、身体がとろけても心が溶けきってしまえない。

だから、これだけ愛情を注がれて、頼ればきっとすべてを包み込んでくれると思えるのに、心の奥底にあるものを吐き出してしまえないのだろうかとさえ思う。

「知っているよ。たくさん見たからね。それにこの国は同性婚だって認められているのだから今さらの話だよね」

「でも、カシュエルで、ひ、アァアー、いた、痛いです、うっ、んぁ」

「カシューだと言っているでしょう」

鋭い声で咎《とが》められ、ついでとばかりに力いっぱい抓《つね》られた。

「あっあぁーーっ、……カシュー、さま」

「さまはいらない。今は二人だけだ」

「でも、……やぁぁーっ、いたい、いたいっ」

「ちゃんと呼んで？　それに痛いだけじゃないでしょう？」

あっという間に衣服を脱がされ、揉みしだくように触られる。

ジンジンと熱を持ち出した胸の突起は、抓《つね》られれば痛い。だけどそのあとはもっと刺激が欲しいとばかりに赤く熟《う》れだしていた。

王子は鼻先を俺の首元にすりつけぺろりと舐めると、くにくにと色づきぷくりと上を向いた乳首を弄《もてあそ》ぶ。

いろいろ考えなければと思うのに、カシュエル殿下に抱きしめられ熱を伝えられるとそのまま身を任せたくなる。

「ほら、おいしそう。ね、レオ。いつものように食べてほしい？」

「んんっ、やぁ」

王子の声が、手が、俺を溶かしていく。

くるりと向き合うように体勢を変えられ胸元に顔を寄せて話されると、敏感になったところに吐息がかかり期待に下腹部までが兆し出す。

先端はとろりと雫が漏れ、隠すことのできないそれはぷるりと震える。

「素直じゃないね。ほら、レオの身体は正直だ。下も私に触ってと言ってるよ」

ちろっと舐められ、するりと降りた手にやわやわと掴《つか》まれると、甘い期待と急所を掴《つか》まれたことに身体がびくりと固まった。

触ることをためらうほどのカシュエルの美しい銀糸の髪がさらさらと俺の肌をかすめ、それさえも悪いことをしているようだと背徳感を煽る。

「んんっ、でも……」

夜ならまだいい。一緒に気持ちよくなるのは、お互いがそれでいいのならとも思う。

だけど、今は昼間だ。本来なら公務をしている時間なのにと思うと、申し訳なさでいっぱいになった。自分なんかに、時間を取らせていい相手ではない。

罪悪感もあり、イヤイヤと大きく頭を振る。

本気で抜け出そうなんて計画的に行ったわけでもないのに、俺の衝動的な行動に対して、カシュエル殿下はそれ以上の熱意を向けてくる。引き止めようとする。

宣言通り、言葉で、行動で刻み付けてくる。

——ほんと、どうして？

国の悲願である聖女召喚も無事終え、俺の個人的な目的もようやく果たし、これで田舎に引っ込めると思ったら王子のもとから抜け出せない現状は素直に喜べるものではない。

この状況も、今まで続く状況もどうしてこうなったのだろうかと疑問だらけだ。

快感にぼんやりとする頭で自分を構う王子の口づけを受けた。

「……んっ、んーっ、ふぁ」

「ほら、前に教えたでしょう。鼻で息をして」

キスの合間にそう告げると、容赦なく口内を貪られた。

体格差からか舌の長さも厚さも違う。官能を引き出すように動く舌使いにあっという間に思考が散漫になる。

「……っ、ふぁ」

くちゅりと互いの唾液でいっぱいになると、「飲んで」と甘くささやかれわけがわからないうちにこくりと飲み込む。

「おいしいね」と頬を撫でながら言われると美味しいんだと感じて、いつのまにか「もっと」と俺からキスをねだっていた。

大きな手を心臓の上に置かれ、深まるキスの合間に切々と伝えられる。それでいて、もう片方の手は官能を引き出すように動いていく。

「レオ、私をここに刻んで」

「……あっ」

「ね、ほらもっともっと欲しいでしょ」

「あっ、カシュ」

身体が熱くて苦しかった。

精一杯口を開き、王子の舌を迎え入れ絡ませる。

「ふふっ。レオ、可愛い」

「……かしゅ、あっ、んんっ」

「ほら、口からこぼれてる。もったいないよ」

それを見咎《とが》めカシュエル殿下は目を細める。漏れ出た唾液をペロリと舐めると、そのまままた舌を押し込んできた。

ぐりぐりと下肢もすり合わせるように押し付けられ、俺はあっという間に熱を出したくてたまらなくなった。

「はわぁ……、あっ、かしゅ、かしゅぅ」

「っ、はぁ。そう。深く考えないで、そのまま私を感じるんだ」

胸と、下肢と、口づけと。

感じるところを的確に愛撫され、俺の身体は高まっていく。

王子がくれる快楽にすっかり慣らされる。

相手は服を乱してもいないのに、自分だけがあられもない姿でいることも認知できない。

ただただ、与えられる熱を、愛撫を享受する。

今、この熱を解放してくれるのはカシュエル殿下だけ。

自分を好きにしていいのは目の前の高貴な人だけ。

「レオの前では私はただの男だ。王子ではなく、カシュエルという男として刻んでくれないと、どうにかなりそうだ。レオ、もっと私の名前を呼んで」

「カシュー、…カシュウ」

とろけきった俺は、常日頃王子から言われていることに思考が囚われる。

カシュエル、カシューだけ。

カシュエルにされるまで、そういったことに全く無縁であった俺はあっという間に落とされる。

そうなると、カシュエルの思い通りだった。

「レオ、イきたい?」

甘く唆《そその》かすように、神秘的な紫の瞳が俺を明らかな熱を持って見つめた。

「んっ、……ぁ、あぁ、かしゅ」

「ほら、こういう時はどうしたらいいかわかってるよね？」

「……イかせて。んっ、イかせてぇ」

「誰に？」

「かしゅ、かしゅぅにぃぃ」

「ちゃんとおねだりできて偉いね」

愛おしそうに頭を撫でられ、ぐいぐいと押し付ける下肢は激しいのにキュンと胸が引き絞られた。直接触ってはくれないけれど、それだけで気持ちいい。

お前が欲しいのだと言わんばかりに男の欲望をぶつけられる。

己を認識して優しく扱ってくれるその手と、今は自分だけを映すその瞳に囚われて、触られてもいないのに後ろが疼くようだ。

キュンキュンと自分でもわからない胸の高鳴りと、追い上げられ物理的に速くなる鼓動との区別がつかない。

ただ、目の前の美しい人を直接触りたい。それだけになる。もっと触ってほしくて、俺からも触らせてほしい。

普段なら、そんな恐れ多いこととためらうが、今はそれしか考えられなかった。

少しでも触れていたいと、カシュエルの身体に腕を回しぎゅっとくっつく。

そうすると、カシュエルの甘いのによくよく嗅ぐとどこか刺激的な匂いが混ざった複雑な香りが鼻をかすめ、すんっと無意識に吸い王子の肩に顔を埋《うず》めた。

俺が肩口で縋《すが》りつくようにおでこをぐりぐりすると、はぁっと熱い吐息とともに王子の熱が直接触れ自分のものと一緒にまとめてこすられる。

自分のものと比べて立派なそれは硬く、同時にこすられるとくちゅりくちゅりとどちらのものかわからない粘液が溢れさらに滑りやすくなり追い上げていく。

「あっ、アッ、…………ぁ、イく。イくぅ」

「くっ、……いいよ。一緒にイこう」

「あぁぁ〜〜っ」

「んぅっ、……はぁ」

イく瞬間、王子を汚してしまうと腰を引いてしまったが、ぐいっと容赦なく擦《さす》られてカシュエルとともに身体に渦巻いていた熱を吐き出す。

搾り取るように最後までこすりあげられる。またやってしまったと賢者タイムがくる前に、鍛えられしなやかな身体を持つカシュエルに軽々と抱きかかえられた。

「さて、今度はどうして出ていこうとしたのかたっぷり聞かせてもらおう。ベッドの上で」

横抱きに運ばれベッドに降ろされると、そのまま乗り上げてきたカシュエルに両手で頬を挟まれた。覗き込まれるその眼差しは逃しはしないと狙いを定めた猛獣のようで、普段の美しく清冽《せいれつ》な姿からは想像もつかない。

こくりと唾を飲み込み、俺はその瞳に囚われる。

「れーお」

穏やかな声音で名を呼びながらも、否を言わせない空気を醸し出す王子に耐えられず、俺は「ひっ」と小さく悲鳴を上げた。

わからせるだけ、というカシュエルの言葉の真意はこれからなのだと知らされたのだった。

◇　◇　◇

それは今よりももっと力がなく、何もわかってなかった頃の話。

ぐっと詰まった胸が苦しくて、その場で気絶しないのが不思議だった。

痛みは慣れた。慣れたというよりは、苦痛を逃すことがうまくなった。

そうしないと心が持たないから。

あらゆることを遮断して、降りかかるそれが過ぎ去るのを待っていた。

罵詈《ばり》雑言を浴びせられ続け、視界が歪《ゆが》む。何が正しくてどれが正しくないと、そんなことを言ってもこの人たちには届かない。届けようとも思わない。

それらは聞かれることもなく、圧倒的な力でねじ伏せられるからだ。

背中がじくじくと痛み、空腹でふらつく。だけど、ここで倒れてしまえばまた長くなる。

それだけは嫌だと、俺は必死で下を向いて歯を食いしばって耐えた。

「気味が悪い子だね」

そう言って、叔母にしょっちゅう食事を抜かれた。

「こっちを見るな。化け物め」

感情が表に出ると茶色の瞳が黒に近くなる。それが気に食わないと言われ、叔父に体罰を日常的に与えられていた。

見るなと言って叩くくせに、下を向いているとその態度はなんなんだとまたぶたれる。

この時は、ヒーラーとして他者を治癒する力があるのをわかっていなかった。

だけど、突然開花したそれは自分の傷を勝手に治していき、それが普通ではないことだとは理解していた。

普通なら痕や後遺症が残る酷い傷も、時間が経てば何もなかったかのように治ったから、実体験として嫌でも知った。

そんな俺を見た叔父たちは、寝て起きたら尋常ではないスピードで治癒されていることに気味が悪い、化け物だと言い、瞳とともに俺を不気味がり嫌悪した。

そのため、どれだけ体罰を与えても露見しにくいと一層仕打ちは酷くなった。

今日もよくわからない理由でぶたれ、罵られ、鞭で打たれた。

上半身は服で隠れるからと俺の傷は絶えず、叔父の機嫌によってその執拗《しつよう》さも変わる。

十歳になったばかりの俺では、大柄な叔父には敵わない。父の弟だというその男は、ある日を境にこの家を占領し家にあるものをめちゃくちゃにしていった。

酒を飲み、贅沢が好きな叔父夫婦は、あっという間に両親たちが貯めていた資産を食い尽くした。

サムハミッドは田舎の男爵家。代々受け継がれてきた土地はあるが、年々契約する騎士は減っていた。

そして、叔父がこの家に来てから俺は伏せっているとされて、ろくに外に出してもらえなかった。

だからどれだけ残ってくれているのかもわからない。

それくらい、自分たちの娯楽に使うばかりで叔父たちは何もしない。

先代、先々代と代々争いとは無縁の穏やかな家系で、父と母も村人に慕われていた。

叔父も子供の頃は穏やかだったと噂に聞いたが、それも家庭内ではどうだったか現状ではわかったものではない。

身内の醜聞は隠しておきたいというのは人の心理であるし、家族のことを悪く言い触らすのは気が引けたのだろう。

それに、いつかわかってくれる、家族だからと信じていたに違いない。

俺の知る父はそういう人だった。

だから、周囲は誰も気づかない。

外面は良い人たちだから、かわいそうな子のためにやってきた善意の者という面を被り後見人となった叔父と叔母を疑うような人はおらず、俺は一人で耐えていた。

——壊れてしまった。壊してしまった……

自分たちを守ってくれる人、無条件で愛情を注いでくれる人はもういない。

身体が弱い妹には知られてはならない。

彼らの矛先が彼女に向いてはならない。

俺が耐えている理由はもはやそれだけだ。妹がいなければ、こんな家なんてすぐさま飛び出している。その結果、たとえ野垂れ死んだとしてもここにいるよりはマシだろう。

男爵という身分なんていらない。

欲しいならくれてやるとは思うが、男の自分がいなければ今はまだ後見人という立場の彼らにさらに好きなようにされ、妹もどうなるかわからないと思うと何もできない。

だから、ただ俺は耐える。

病弱なのでほっといても死ぬと思っているのか、それとも抵抗もできないほど弱いから食料だけ与えておけばいいと思っているのか、必要最低限の食事は妹には与えられていた。

それさえなくなるのは、身体が弱い妹にとっては致命的だった。

外面のいい彼らは、妹をわざと死なせるようなこと、俺が目に見えて怪我することを嫌がった。なにせ、外では善意の大人なので、先々のために露見することをひどく恐れていた。

自分が耐えて、それで済むのならそれがいい。

そんな可愛げのない態度の俺が余計に腹が立つようで彼らの所業を激しくさせていたが、力で敵わない俺ではどうしようもない。

「お前のその傷の治りは異常すぎる。やっぱりあの女の血を引くからか。正体が知れない女と家庭を持つからこうなるんだ」

大きな身体で頬を張り倒されて、軽い俺は壁へと吹っ飛んだ。頭をひどく打ち付け、凄まじい衝撃に脳天が揺さぶられる。

ぐったりと力なく崩れる俺を見て、叔父は酷薄に唇を引き上げた。

「ああ、つい。顔にしちまった。まあ、いいか。その腫れが引くまで部屋から出てくるなよ。本当、怪我してもあんなに早く治ってしまうなんて聞いたこともない。その色の変わる瞳も含めて異常だ異常。あの女とお前が死んで、兄さんが生き残ってくれたらこっちも楽だったのによ」

叩いた手をぷらぷらと揺らしながら投げつけられる言葉に、俺は唇を噛み締めた。

口の中が切れたようで鉄の味がする。

吐き出すこともできなくて、まずいそれを飲み込んでわずかに眉をひそめた。

しんどい……

疲弊する心は、もうすべてを投げ出してしまいたいと訴えてくる。

人形のように心も殺して諾々とされるがまま何も考えないほうが楽なのだろう。

だけど、母を、家族を侮辱された俺の心は、そうじゃないと猛烈に激していく。

またぶたれるとわかっていても、睨むことをやめられない。

「ちっ。気持ち悪い。あの女に似た瞳でこっちを見るな。あんな女を娶《めと》ったから兄さんは事故で死んだんだ」

「違う」

「違わない。あんなに俺に優しかったのに、一切の援助もなくなったのはあの女が来てからだ」

「…………」

勝手な言い分。だけど、実際、何があったのかはわからない。

黙っていると、叔父が唇を吊り上げるように笑う。

「お前の妹は死なない程度に育ててやるよ。傷もつけないから安心しろ。いずれ金持ちジジイの後妻として役に立つように、綺麗な身体でいてもらわないといけないしな」

「ふざけるなっ」

どこまでも卑劣だと声を上げると、腹に蹴りを入れられ、ぐふっと胃液が出た。

「汚いなっ！　おい、口には気をつけろよ。それが早いか遅いかは、レオラム、お前次第だ。わかってるよな」

もう身体に力が入らない。出すものもなくぜいぜいと荒い息が出るだけだ。

ぐったりとその場で蹲《うずくま》った俺に満足したのか、叔父が部屋を出ていった。

俺はあまり力の入らない手で拳を作る。

悔しかった。

叔父たちを怖いと思ってしまうことが。

耐えることしかできないことが。

自分に力がないことが。

相手にとって反抗的な態度で言い返してはみても、いざ振り上げられる手を見ると、叔父が動くと、身体がビクついてしまうことが。

自分はなんて弱いのだろう。

悔しいし、怖いし、逃げてしまいたい。

自分は異常なのだと、投げつけられる言葉が毒のように俺を蝕《むしば》む。

傷つけられた身体は治っても、されてきたことは蓄積されていく。

叔父に言われた通り部屋にこもって痛みに耐えた俺は、周囲が寝静まった深夜、痛い身体を引きずり妹の部屋へと侵入した。

暗闇の中、雲の隙間から見える月の光が妹の寝顔を照らす。

外に出られず、この一年で一層白くなった肌が不健康に映る。

小さな呼気を確認し、俺はほっと息を吐いた。

生きている。

そう思うだけで、ぐっと胸にこみ上げてきた。

「かあさん、とうさん」

ここにはいない、もう会えない両親に縋《すが》りたい。

妹を守っていけるのだろうか。このまま、一緒に外に出たほうがいいのではないか。

身体が弱い妹には無理だとわかっているのに、何度も何度も自問自答する。

「……くっ」

瞬くと、いくつもの水滴がぱたぱたとこぼれ落ち寝ている妹の布団を濡らした。

袖でぬぐっても止まらないそれは、ぼたぼたと染みを作っていく。

泣いても変わらない。だけど、両親を偲ぶ間もなく始まった怒涛《どとう》の日々に俺の心は壊れてしまいそうだった。

苦しいし、逃げてしまいたい。

だけど、妹の姿を見るとやはり逃げては駄目だと思い直す。

そう自分に言い聞かせるために、寝ている妹を見にきているのかもしれない。

無条件で慕ってくれる妹が可愛くて仕方がない。俺が守らなければならない、彼女を守るのは自分しかいないのだと強く思う。

それだけが、つらい現状でも堪えようと思える俺の生きる意味。

――必ず、大人になるまで、十八まで生き抜いて、ハンナを守り抜いてやる。

十歳の俺は、改めて強く強くそう決意した。

その二年後、今後の人生に深く関わる人と出会い、大きなうねりとともに未来に影響してくるのだが、それは俺の感知しないことだった。

そしてさらにその一年後、喧嘩や言い合いばかりするムカつく大人、ダニエルとの出会いがあり転機を迎えるのだが、ただ耐えるだけの日々はまだしばらく続いたのだった。

◇　◇　◇

数え切れないほどのキス。

宝物に触れるように静かに、優しく、髪に、額に、眦《まなじり》へと落ちてくる唇から逃れられない。

ちゅっ、軽いキスの音を聞きながら揺れる身体。

腰の律動は緩やかさと激しさを繰り返しながら、ずっと俺の中で存在を主張する。

カシュエルにどうすることもできないほど高められ、彼の熱と形を執拗《しつよう》に覚え込まされ、すべてを委ねてしまいたいと思うまで攻められた。

二人分の熱さが混じる汗が、行為の激しさというよりは情の深さを示してくるようで、心身ともにその熱に囚われる。

「んっ」

終わりの見えない熱の交歓に思考も溶かされる。

抜かれてもまだ中にカシュエルがいるような感覚。ぎゅっと抱きしめられる暑苦しさが心地いい。

「レオ。愛してる」

「カシュ……」

とろけるほど甘やかに口説かれているのに、お腹に回された手には力がこもっている。

それがカシュエルの本気を知らしめているようで、俺は涙がこみ上げそうになった。

――こんなにも想ってもらっている。

理解しがたい執着さえも、必要とされる喜びが胸を浸す。伝えられる熱に嬉しさを隠せない。

カシュエルという男に存分に刻み付けられて、心までも囚われてしまった。何より今は物理的に逃げられない。

そっとその手に手を重ねると、嬉しそうに頬に鼻を擦り付けられ、その仕草が可愛くて。

――どうして拒めるだろうか。

貪欲に求められながらも大事にされているとわかるそれらは、戸惑いから愛しさへと変わる。向けられた情の分、与えられる甘さの分、カシュエルを大事にしたい。

そう思えば思うほど、その手から逃れることが難しくなる。

「レオ。私はレオの力になりたい。また知らないところで傷つけられているのかと考えるだけで胸が苦しい。ほかに手がつかなくなる。だから、私のためにも教えて」

心身ともに熱をこれでもかというほど刻み付けられ、執拗《しつよう》な愛情表現に俺はとうとう音を上げた。

自分しか目に入っていないという男の顔をされ、必要とされ、話せることは話してしまおうと、それでも臆病な俺は奥底にあるものにはしっかり蓋《ふた》をしながら、現状に関わる過去を吐露した。

妹の手紙の内容を話す時は非常に微妙な気持ちで、叔父たちにされてきたことは詰まりながらではあるがなるべく重くならないように平坦な声で告げた。

それを急かすことなくすべて聞き終えたカシュエルの返答は、実にあっさりとしていた。

「知っていた」

「えっ？」

とろとろのくたくたにされた身体に力が入らず、カシュエルの腕の中に閉じ込められていた俺は、まさかの返答に目を丸くした。

そんな様子の俺を見て愛おしげに目を細め体勢を変えると、手を握るようにと手のひらを差し出される。俺はそっとカシュエルの大きな手の上に自分の手を置いた。

「妹の話を聞いた時から、大体は把握していた」

「妹の？」

手紙のやり取りのことだろう。

それでどうして村人も知らない事情まで把握されているのか。

改めて、王子の情報網は半端ないことを思い知る。

最初の馬車の手配のことといい、勝手に調べられ情報をある程度掴《つか》まれている。腹が立つというよりは、正直に話されるとさすが国の至宝と呼ばれる人だからと納得してしまえるものがカシュエルにはあった。

人外と言われる美貌しかり、魔力も知力も人脈も俺には想像ができない域だ。

「そう。当時のレオラムの怪我を見ているからある程度予想できてはいたが、レオラムの口から聞くと彼らを……」

とても冷静に話しているように思えたが、そこで意味深に言葉が途切れるとヒヤリとすると同時に、心臓に刺さったままの棘《とげ》が振動を起こしたようにじわりと痛み出す。

彼らを、叔父たちをどうにかしてやりたいとばかりのそれは、俺の気持ちでもあった。

めちゃくちゃにされたもの、受けてきた仕打ち。

両親からの愛情を覚えていたからこそ、すべてに投げやりにならず毒のような言葉に傷つきながらも染まりきらなかったが、それでも心は疲弊し身体にも影響を及ぼした。

あの頃、自分に力があればと何度思ったことだろうか。

思い出しても悔しくて、今もなお何も感じていないだろう、金が入っているから見逃してやっているとばかりの彼らの態度を思うと、治ったはずの背中がじくじく痛むようで唇を噛み締めた。

「レオ」

甘く低く俺の名を呼んだカシュエルにそっと指を当てられ、噛み締めていた唇を解かれる。

下げていた視線を上げると、真面目な顔をしたカシュエルがそこにいた。

穏やかに見守るような優しい眼差しであったが、その奥の瞳は射貫くような光を帯びている。

「カシュ」

視線に圧倒されながら、唇に当てられた指の感触が妙に鮮明だ。

王子に縋《すが》りたくなるような心許《こころもと》ない気持ちが湧き上がり、頼りなく小さな声が出た。

俺がこうやって気持ちを抑えているからか、カシュエルも感情的にならないようにしてくれているのかもしれない。

過去だと割り切っていても話すのはつらい。

だけど、自分のことのように怒り、それを抑えようとしてくれる気遣いが嬉しい。

言葉でなく、傷つけることを許さないとばかりにそっとなぞる指が王子の優しさのような気がして、あらゆるところからカシュエルの気遣いを感じる。

虐げられてきたけれど、今はこんなにも大事に思ってくれている人がいる。

そのことが、俺の中にふわふわと温《ぬく》もりを与えて自然と笑みが浮かぶ。

ふわりと笑うと、王子は気持ちを落ち着けるように、ふぅと息をついた。

「レオラムが十八歳にこだわった意味も、そこから推測はしていた」

「そう、ですか」

十八歳になるとこの国では法的手続きができるので、妹の保護者としての権利を俺に移した。そういった手続きもダニエルに頼んであり、手続きが済んでいることも確認した。

これで、勝手に妹を叔父たちに売られることもない。一番の気がかりは消えてはいた。

自分に何かあった時もしっかり対策済みであったからこそ、カシュエルに捕らわれてからしばらくは大丈夫だと少し余裕もあった。

だけど、ここまでやり抜いたからこそこの目で確かめたくて、それでいて叔父たちと対峙《たいじ》するのも怖くて。

カシュエルに囲われ逃げたいと思うと同時に、怖さから踏み切れないで甘えてもいた。

常に不安はつきまとい、あの頃と変わらない反応をしてしまう自分がいたらどうしようと思う気持ちと、奥底に押し込めているものに触れられないまま、久しぶりすぎて妹に会いたいのに会うのを億劫にもさせていた。

自分の弱い部分に嫌悪を滲ませ落ち込み、俺は瞼を伏せた。

「レオラム、すべてを一人で抱え込む必要はない」

「…………」

「むしろ、頼ってくれないほうが悲しいしつらい」

つらい、と言われ、伏せた瞼を撫でられ、俺は再びカシュエルと視線を合わせた。

どこまでも寄り添うようにそばにいてくれるカシュエルの言葉が、じわりじわりと浸透してくる。

こうしないと、こうすべきという頑《かたく》なな心が、カシュエルにならと開いていく。

「ありがとう、ございます」

現状のように、良くも悪くも物事は自分が思うように進まないことのほうが多い。

今までは、妹に危害が加えられないように叔父たちにも金が渡るようにして気を逸らしていたが、先月からは彼らの分までは手配していない。

もうしばらく猶予はあるとは思うが、そのことで叔父たちがどう動くかが見えない。

思わず息をつき眉間にしわを寄せる俺に、カシュエルは重ねた手を握りしめ、もう片方の手で頭を何度もそっと撫でる。

優しく大きな手の温《ぬく》もりに俺がふっと息を吐き出すと、やがてその手は撫で擦《さす》りながら頬へと移動する。

労《いた》わるように触れられるその手は、自分を傷つけるものではなく守るものだと教えるように何度も何度も頬をなぞる。

「レオラムはどうしたい？」

まだ少し汗ばんだままの髪を梳《す》かれ、睫毛《まつげ》を一本一本数えられるほど近くから覗き込まれた。

乱されていた時の獰猛な獣のような気配はなりを潜める。

俺の意思を確かめるかのようなとても温かい双眸《そうぼう》を前に、俺は一度小さく口を開けたが閉じ、そっと噛み締めると再度口を開いた。

「……妹は絶対に傷つけたくありません」

「うん。それで強引ではあったけれど、レオラムがこうして話してくれたということは、私が手を出してもいいのかな？　こちらは準備ができているよ」

思いの丈を乗せた俺の言葉にカシュエルはゆっくりと頷《うなず》くと、それでと優しく視線で促してくる。

「準備、ですか？」

「そう。レオラムは妹を頑張って守ってきた。確認したが、レオラムが頼ったダニエルという男は今もしっかりと妹を守っているようだから彼女への危害の可能性は少ないし、もしもの時は私の配下も動くように手配している。ただ、叔父たちのことはどうしたい？」

ああ、とすとんと今までの王子の行動の意味を悟った。

問い詰め白状させようと思えば、カシュエルなら立場的にももっと早くできたはずだ。

なのに、俺自身から話すこと、俺の気持ちを尊重しようと、わかってからも準備をしながら俺への強い恋情とともに王子は待ってくれていたのだ。

妹の安全は最優先だと、すでにその配慮までされていて鼻がつんとして目が潤む。

俺の大事なものを守るために、すでに力を貸してくれていた。

こんなことからでも大事にされていると知らされて、握られていた手を俺も強く握り返した。

俺があまりに頑《かたく》なすぎたから、愛情でわからせるとばかりに強硬手段を取られたけれど、もっと内側に入れてくれと訴えられながらも、思いやる距離は依然キープされたままだ。

そのことに、とても報われるような気がした。

苦しみも、悔しさも、俺の一部だ。

ただ耐え抜いた時間は、妹を法的に守ることのできる十八歳まではなんとか力がないなりに頑張ってきたことを含め、精一杯踏ん張ってきた俺のもの。

その先はただのんびりする、そうあればいいと夢見て、その前に決着を、怖くても逃げたくても、過去から脱却したいと心の底が常に熱くくすぶっている。

俺は、ひと言ひと言自分自身に言い聞かせるように告げた。

「自分で、決着を、つけたいです」

いざ現実味を帯び、己の中だけでなく他人に告げるとなると声がかすれる。

王子のように絶対的な力がある第三者に彼らを排除してもらえたら、どんなに楽だろうと気持ちが全く揺れないと言えば嘘になる。

この国の王族なのだ。俺が望み、王子がそれをよしとすれば、あっという間に叶ってしまうのだろう。

それは完璧で最短なのだろう。けれど、そうすると俺の耐えてきた九年が、様々な感情が取り残されるような気がした。

それを見越して事情を知っても話すのを待ってくれていたのだろうかと思うと、カシュエルに抱きつきたくなるほど内側が熱くなった。

先ほどまで刺さって存在を主張し深く食い込み揺れていた棘《とげ》が、少し抜けていくのを感じる。

愛情を注がれた九年間と、虐げられ耐えてきた九年間。

人の愛おしさも醜さも、強さも弱さも突きつけられ見てきた。

そして、またカシュエルに驚くほどの愛情を注がれ大事にされ、俺のすべてを包み込むように見守られている今が、こそばゆくて嬉しい。カシュエルのことを考えるだけで胸が震える。

これが、幸せということなのだろうか。

愛される、必要とされることを実感できるのは、心が強くなったような気さえする。

「わかった。私はレオラムを見守ろう。ただし、少しでも危ないと思えば、レオラムがこれ以上傷つくことがあるならすぐに介入する。レオラムは一人ではない。それを忘れないで。無理だと思えば頼ることを約束して」

「はい。約束します。ありがとうございます」

カシュエルが見守ってくれているのなら、きっと大丈夫だ。

甘えすぎてはいけないと考えていたけれど、甘えることでカシュエルが安心できるというのなら、それがまっすぐに想ってくれている相手に対しての誠意になる。

そう思わせてくれるカシュエルの器の広さ、執着が好ましい。

カシュエルの頬に感謝のキスを落とし、俺はぎゅっとその逞《たくま》しい身体に抱きついた。

エピローグ　これからの日々

木の葉が風に乗って去っていくのを眺めながら、俺は一人ぼんやりと歩く。

実力のある騎士にいつまでも子供のお守りみたいなことをさせているのは気を使うと話し合った結果、王宮内は場所により護衛がいなくても動けるようになった。

信頼されて自由にさせられていると思うと下手なことはできないと気が引き締まる。同時に、やはり嬉しくて今日も特に目的もなく散策していた。

怒涛のような日々が過ぎた。俺からすれば何もかも急展開すぎて、喜ばしいことなのに困惑がまだ消えない。

「どうしてこうなった？」

思わず、ぽつりと独り言をこぼす。

カシュエルに過去のことを話した後、なぜか妹が会いに王都に来ることとなり、あれよあれよと叔父たちのこと以外は話が進んでいった。それはもうあっさりと。

先ほどより、冷たい風が吹く。

そんなあれこれを思い出しながら、ひらひらと手元に飛んできた落ち葉を受け止め、俺は葉柄《ようへい》を掴《つか》むとくるくると回した。

「ハンナに会えるんだな」

手紙のことといい、王都にくることといい、王子の使者に伝言を頼むことといい、自分の知るか弱い妹と違い逞《たくま》しさがやけに目立つが、元気そうなことと会えることは純粋に嬉しかった。

同行者がダニエルなのは、手紙の内容を考えると心配で仕方がない。

その辺りは会ってしっかり問い詰めるとして、叔父たちのことも含め妹と話すほうが大事なのでここで待つことにした。

――というか、なんだかんだと王宮にいることになってない？

そして、カシュエルとの関係もどうなっていくのだろうか。

「ああー、どうしたらいい？」

くるくる回していた葉っぱを吹いた風に乗せるように放り投げると、俺は叫んだ。

一緒にいられるならいたいと思う気持ちは前より増してはいる。

カシュエルに好意を抱いているのは確かだ。

少なくとも、何も告げずに姿を消すことはできそうにない。

だけど、この国の第二王子であり最強の魔法使いである立場は無視できないし、そんな相手の横にいるのが『無気力守銭奴ヒーラー』と言われる俺なのは不相応感が拭えない。

やはり田舎に引っ込むべきかと考えることもあるし、でもカシュエルの気持ちを思うとどうするのが正解なのかわからない。

悩みはあるものの以前より晴れやかな気持ちで歩いていると、前方では騎士や役人たちがばたばたと駆け足で動き回る姿が目に入る。

慌てた様子の声に、ぎょっとして柱に身を隠した。

「聖女様がまたいなくなった？」

「ああ。目を離した隙に消えたようだ」

「これで何度目だよ！　またカシュエル殿下のところに行ったんじゃないか？」

「あまり相手にしてもらえないのに、本当、懲りないよな」

げんなり肩を落としながら告げる彼らの話を横に、俺は素知らぬ顔でそっとその場を離れた。

「聖女様は今日も元気だな」

常にアクティブな聖女は、今日も元気にカシュエル殿下の追っかけをしているようだ。

以前より訓練にも参加しその実力を見せつけ認められつつあるが、ときおりふらっと姿を消しカシュエルのもとへと突撃するのはもはや日課となっている。

俺と聖女。勇者パーティの元メンバーと新メンバー。

そしてカシュエルを挟んでライバル関係のように比較されることが多く、聖女関連にはあまり近づかないようにしていた。

聖女が俺をどこまで把握しているのかわからないけれど、わからないからこそ俺の存在が悪い刺激となるのは避けたい。

下手な動きをして、せっかく少しずつ前に進み出したものが混乱することは望んでいない。

俺にできることは、大人しくしていることだけだ。

芽生えた気持ちの答えがはっきりするまで、妹や家のことを解決してから、先のことはまた考えればいい。

今は、まだここに。

何より、必要としてくれる、求めてくれるカシュエルのそばにいたい。

そのためにはできる限り目立たず、迷惑をかけず。

――下手なことはしない。そう誓う。

そう誓った後、「自分からは」とつくことがあるのだと思い知らされる。

気がかりが減り、少し肩の荷が下りたところで、新たな騒動に巻き込まれるなんて俺は想像もしていなかった。

その晩、カシュエルの私室。

俺はここにいる限りは少しでも魔王討伐の役に立てるようにと、魔物関連の資料を読み込み整理していた。前線に立たず、ヒーラーとしての活躍の場がない俺にはこんなことしかできない。

ダンジョン変異の理由を突き詰めるべく、また同じような場所がないか予兆がないか、範囲が広くて時間がいくらあっても足りない。

「ん、これって……」

頻繁に出る魔物の出現場所に違和感を覚え、眉を寄せた。

どくん、と心臓が嫌な音を立て胸が苦しくなった。

——まさか。たまたまだ。自分だからそう思うだけだと言い聞かせ、それでも気がかりの一つとして覚えておく。

ぱらぱらとほかもどうなっているのか確認していると、いつの間にか周囲は暗くなっていた。

「レオ。精が出るね」

帰ってきたカシュエルの長い腕に搦《から》め捕られ、すっぽりと抱きしめられ好きな匂いに包まれる。

「おかえりなさい」

「会いたかった」

もぞもぞと顔を動かし見上げると、目を細めたカシュエルは瞼に口づけた。

耳元で熱っぽくささやくとカシュエルの魔力がぶわりと増し、そのまま俺の中へと流れ込む。

「んっ」

馴染んできたけれど、やはり最初は違和感が拭えない。

「……あっ」

言葉を発するために開いた口の中に侵入する熱い感触。

ぬるりと長い舌に搦《から》め捕られ、口内も体内もじわじわと熱を帯びる。身体を繋《つな》げたことでさらに隅々まで行き渡るような感覚は、言葉では言い表すことができない。

最終的に心地よくなるのはいつも同じなのだけど、その過程が日によって違う。

大地の上に寝転んでいるような解放感を覚えることもあれば、ひたすら熱くて一晩中ずっと熱を抱え続けることもある。

今日はぬるま湯に浸かっていたかと思えば、いつの間にかじわじわと熱を帯び、気づいた頃にはその熱さから抜け出せずのぼせるような熱さだった。

魔力の流れが止まっても、その感触からなかなか抜け出せず、手足の末端まですべてカシュエルの魔力に浸っている。

全身で染まってしまえと言われているようで、ぞくぞくした。

「レオ。もっと私を隅々まで感じて」

私を忘れないように……

言葉でも願われて、身体の奥が震えた。

「カシュ……」

言葉も態度も疑う余地なく、ずっと変わらず自分に向けられる執着と好意。

世界を一変させる聖女召喚が行われた夜から、カシュエルに囚われ、今もその腕から逃れられない。

愛情を注がれれば注がれるほど、自分はこのままでいいのだろうか、それに見合うものを返せているのだろうかと、気持ちが揺らぐ。

いまだに出会った頃のことは思い出せないし、だから余計にどうしてこんなにも愛情が注がれているのかがわからなくて、気になって、後ろめたくもあって、それでも手を離してしまいたいとは思えなくて。

どっちつかずの自分に、愛されているから居心地がいいと錯覚しているのかと、そこに自分の気持ちがあるのかと疑うこともある。

だって、こんなことになるなんて考えもしなかった。

これほど、自分を愛してくれる人がいるなんて考えたこともなかった。

自信がないのだと思う。だから、不安になる。

それと、カシュエルの思いは別物なのだとわかっているのだけれど、どうしても分不相応という言葉が頭にちらつく。

それに、魔王の勢力、ダンジョンの異変、勇者たちや妹のこと。そして……

変わったものも変わらないものもある。だけど、今までと違い一人ではない。

それが自分にとってどんな影響を及ぼすのだろうか。

過去とこれからに、自分はどうしていきたいのか。

魔王討伐を控え、カシュエルや聖女、勇者たちについて考えると、自分の存在が足を引っ張るのではないか、このままここに何もせずいていいのか、どうすべきかと考えることから逃げられない。

「ああ、レオだ。匂いも好きだ。もっとくっついて」

「……私も、カシューの匂いは落ち着きます」

あらゆる思いは錯綜し、何度も何度も自問自答し、それでも、今はまだカシュエルのそばにいたいと最後は思う。

一緒にいたいのなら、向き合っていくしかない。

カシュエルが、すっと膝を折って俺の瞳を覗き込む。

「私にはレオが必要だ」

「カシュー」

俺の憂いを見透かし、それでいて自信に満ち溢れた強い双眸《そうぼう》に魅入られる。

知らずこくりと喉を鳴らすと、俺の頬を撫でカシュエルが続けた。

「レオの能力は素晴らしい。前回のことで、冒険者たちの間ではレオラムの評価は上がっているそうだよ。『無気力守銭奴ヒーラー』から『無気力愛想なしヒーラー』として。魔王討伐には聖女が、王都にはレオラムがいてくれることで彼らも戦いの場に挑める」

「それもどうかと」

無気力という評は変わりないようだし、守銭奴が愛想なしに変わったところで、評価が上がったとは思えない。

「愛想なしは、愛想はないけれどヒーラーとしては一流と言いたいのだろう。実際に治癒士としての仕事は怠らない。彼らがレオラムを呼ぶ時にヒーラーであると常に口にするのはそのためだ。彼らに必要とされている証拠だよ」

高い地位にいて国のために多大な貢献をしてきた人に褒められ皮肉なのかと思うところだが、まっすぐに見つめてくる双眸《そうぼう》は、わずかにでも疑念を抱くのは許さないという厳しさが見て取れた。

それでいて俺の頬を撫でる指の感触はどこまでも優しく安心させるものだ。向けられるすべてが自分のためのものだと思うと、何かしたい衝動にかられる。

「ですが、今は特に何もしていません。むしろ危険から守られた場所にいます」

「確かに最前線は危ない。だけど、そこだけが危険なわけではない。剣で戦うのも魔法で戦うのも、治癒で支えるのも、どれも欠けては守れない。隅々まで守ろうと思うならば、どの力が欠けてもいけない。だからレオラム。レオラムは冒険者たちに、この国に必要だ」

「…………」

必要、の言葉に目を見張る。

言葉は諭すようなものだったが、俺を見つめるカシュエルの瞳には愛情が浮かんでいる。

「その中で、一番私がレオラムを必要としている。それを忘れないで」

「……はい」

気づけば、俺の頬は緩んでいた。

俺の不安を感じ取ってそれに直接触れることなくさり気ない気遣い。

それだけ自分のことを見てくれているのだと思うと、胸の奥がくすぐったい。

カシュエルのために、必要とされる人に応えたい。そう強く思った。

まだまだ悩むこと、向き合うべきことが多いけれど、カシュエルのそばで。

溢れる思いで涙がこぼれそうになるが、カシュエルに心配をかけさせてしまいそうなので、俺は精一杯笑みを浮かべた。

まっすぐに重く絡みつくほどの気持ちをぶつけられ、そんな相手に言葉にするにはまだ自分の気持ちに自信はないけれど、大切にしたい思いが増えた。

開けた窓からさぁっと風が入る。

それに釣られるように窓の外へと目を向けると、夜空にはカシュエルに囚われた日に見たものと同じ満月が地上を見下ろし、星々が輝いていた。

「レオ」

名を呼ばれ視線を戻すと、魅惑的な瞳を持つ美貌の主の顔が近づいてくる。

ぎりぎりまで見つめ、息が触れると同時に俺はゆっくりと目を閉じた。

この作品に対する皆様のご意見・ご感想をお待ちしております。

おハガキ・お手紙は以下の宛先にお送りください。

【宛先】

〒150-6019 東京都渋谷区恵比寿4-20-3 恵比寿ｶﾞｰﾃﾞﾝﾌﾟﾚｲｽﾀﾜｰ 19F
（株）アルファポリス　書籍感想係

メールフォームでのご意見・ご感想は右のＱＲコードから、
あるいは以下のワードで検索をかけてください。

アルファポリス　書籍の感想　検索

ご感想はこちらから

本書は、「アルファポリス」（https://www.alphapolis.co.jp/）に掲載されていたものを、
改稿、加筆のうえ、書籍化したものです。

無気力《むきりょく》ヒーラーは逃《のが》れたい

Ayari（あやり）

2024年 9月 20日初版発行

編集－桐田千帆・大木 瞳
編集長－倉持真理
発行者－梶本雄介
発行所－株式会社アルファポリス
〒150-6019 東京都渋谷区恵比寿4-20-3 恵比寿ｶﾞｰﾃﾞﾝﾌﾟﾚｲｽﾀﾜｰ19F
TEL 03-6277-1601（営業） 03-6277-1602（編集）
URL https://www.alphapolis.co.jp/
発売元－株式会社星雲社（共同出版社・流通責任出版社）
〒112-0005 東京都文京区水道1-3-30
TEL 03-3868-3275
装丁・本文イラスト－青井秋
装丁デザイン－藤井敬子
（レーベルフォーマットデザイン―円と球）
印刷－中央精版印刷株式会社

価格はカバーに表示されてあります。

落丁乱丁の場合はアルファポリスまでご連絡ください。

送料は小社負担でお取り替えします。


ISBN978-4-434-34482-4 C0093